SOPHIE L

DU MÊME AUTEUR

Anna O, Buchet/Chastel, 2024

MATTHEW BLAKE

SOPHIE L

Traduit de l'anglais (Royaume-Uni)
par Laure Porché

BUCHET • CHASTEL

Titre original : *A Murder in Paris*
Éditeur original : HarperCollins

ISBN : 978-2-283-03879-6

PROLOGUE

Le Lutetia, Paris
1945

– Y a un autre macchabée, dit l'un des portiers. À l'étage, chambre 11.

L'homme soupire.

– Meurtre ou mort naturelle ?

– C'est votre affaire, pas la mienne. Je leur ai dit que vous iriez jeter un coup d'œil.

Il en a assez des meurtres et des cadavres. La guerre est finie, mais la mort ne s'arrête jamais. Il se lève, quitte le bureau et entre dans le hall. L'hôtel Lutetia, joyau de la rive gauche, est noir de monde. Il y a foule à l'entrée, partout à l'intérieur, des gens qui se mêlent dans la grande salle à manger, ou se tiennent debout tout au long du vaste escalier et des couloirs. L'Occupation n'est plus qu'un souvenir, ou plutôt un cauchemar.

Aujourd'hui, Paris est rempli de GI américains, d'officiers de liaison britanniques et de résistants français.

Mais personne ne les remarque. On ne voit que les survivants. Les rescapés des camps arrivent à la gare d'Orsay avec leurs haillons rayés, leur crâne rasé, la peau sur les os, certains respirant à peine. Ce grand hôtel est leur demeure provisoire. Ils sont comme des fantômes qui reviennent dans le monde des vivants.

Il arrive au premier étage et trouve la chambre 11. D'autres résidents se tiennent dans le couloir, espérant obtenir plus d'informations. La victime est une jeune femme. Elle aurait dû avoir toute la vie devant elle. C'est tragique, vraiment, mais la plupart des choses qui se passent en ce moment dans cette ville le sont aussi. Il se penche et approche les doigts du cou de la femme, à la recherche d'un pouls.

Elle est bien morte. Il vérifie le nom sur les registres.

La Croix-Rouge ne veut pas que les corps soient enregistrés ici, à l'hôtel, alors il dira qu'elle est morte en cours de route, l'une des nombreuses personnes qui n'ont jamais pu arriver à Paris.

Il quitte la chambre 11 et descend le grand escalier de ce magnifique hôtel, dépassant les derniers arrivants qui se dirigent vers leurs chambres. Autrefois, il était l'un des plus célèbres du monde. Les clients se pressaient au bar, dînaient bruyamment au restaurant, vivaient des liaisons passionnées dans les suites et se chamaillaient dans le salon en fumant des cigares. Il se souvient encore de la magie de l'endroit avant le début des combats. Paris a toujours été la ville des lumières. Les cinq dernières années ont tout changé. Depuis trop longtemps, elle est devenue la ville des ténèbres.

Il retourne à son bureau, rédige le formulaire et le tamponne. À l'heure du déjeuner, il se promène le long des quais de la rive gauche pour se changer les idées. Sa main tremble lorsqu'il tire une cigarette de sa poche, les larmes lui montent aux yeux, tout son corps est envahi par une sensation d'urgence qu'il ne peut expliquer.

Il n'a pas toujours été ainsi. Et, tout comme le Lutetia lui-même, les gloires du passé semblent mortes aujourd'hui. Ils sont tous survivants, d'une manière ou d'une autre.

Paris ne sera plus jamais tout à fait le même.

Et lui non plus.

JOUR UN

Présent

1

OLIVIA

L'appel arrive au pire moment.

Je prépare TJ pour l'école. Comme toujours, il refuse de mettre ses chaussettes parce qu'elles le démangent, puis il refuse de mettre ses chaussures, et il vaut mieux que je m'abstienne de vérifier que ses devoirs de géographie sont dans son sac à dos. Il n'y a que lui et moi, et il a assez de force, du haut de ses huit ans, pour transformer la routine matinale en match de catch de la WWE. J'aimerais parfois avoir The Rock comme compagnon de vie. Je suis sûre qu'il pourrait résoudre en trente secondes le dilemme de mon va-nu-pieds. Mais, hélas, il n'y a que moi. J'ai toujours l'impression de faire toute seule le travail de deux personnes.

Finalement, je coince TJ dans l'escalier et parviens à lui enfiler ses chaussures, en les fixant solidement avec du velcro avant qu'il n'ait le temps de protester. Je trouve les devoirs froissés, dangereusement proches du pot de confiture sur la table de la cuisine. Il a interverti l'Asie et l'Afrique, et a écrit « Amérique du Nord » en travers de l'Europe. Trop tard, tant pis. Seul le coin supérieur est collant, alors je l'essuie avec mes doigts et glisse la feuille dans son sac à dos que je finis, comme d'habitude, par porter moi-même.

– « *Right, go, go, go, go.* »

TJ chantonne maintenant pour lui-même. Il s'agit d'une version remaniée de Dua Lipa et Taylor Swift qu'il a dû entendre à la radio sur le chemin de l'école. Je ne me souviens pas que ma mère ait fait tout ça pour moi. À cette heure, elle était encore en robe de chambre, fumant l'une de ses soixante cigarettes quotidiennes. Elle pensait que l'éducation traditionnelle était dépassée, une notion démodée que les âmes libérées comme la sienne rejetaient, et je devais toujours me préparer seule pour aller à l'école. Aujourd'hui, j'habite une maison mitoyenne très correcte, dans une banlieue londonienne grise et banale – Redbridge, ni glamour comme Islington, ni à la mode comme Camden ; personne n'a jamais utilisé les mots « Redbridge » et « branché » dans la même phrase – et j'ouvre la porte tandis que mon fils de huit ans chantonne. Je suis mère, portière, chauffeur et, à mes heures perdues, psychothérapeute et experte en mémoire.

La porte d'entrée fermée à clé, TJ saute dans la voiture. La radio se met en marche, je force notre vieille Ford Mondeo branlante à démarrer et vérifie l'heure. Il nous reste six minutes pour un trajet qui en prend dix. J'ai planifié nos routines matinales tel un exercice militaire, alors pourquoi, un jour d'école, le temps est-il toujours trop court ? Je me lève bien avant sept heures, je fais dix minutes de sport et d'étirements, et je m'accorde un peu de temps pour moi. Mais arriver à la porte de l'école à huit heures et demie, c'est comme courir le cent mètres en moins de dix secondes.

Cela me dépassera toujours, aussi difficile que l'algèbre ou le risotto parfaitement cuit.

– M'maaaaaan…

Encore une chose que TJ a commencé à faire pour attirer mon attention. Il sait que cela m'agace, c'est pourquoi il continue. C'est Kyle, son père et mon ex, passé maître dans l'art de prononcer le nom de quelqu'un de la manière la plus horripilante qui soit, qui le lui a appris.

Je suis sur le point d'engueuler TJ, lorsque mon téléphone sonne à travers les haut-parleurs de la voiture. Le numéro n'est pas dans mes contacts. Je n'attends aucun appel. Mais ça pourrait être un patient ou quelqu'un de l'hôpital. Je réponds et fais taire TJ, tout en mettant Sabrina Carpenter et ses « Please Please Please » en sourdine.

– Allô ? Docteur Finn à l'appareil.

C'est généralement la seule chose qui fait taire TJ. Il a toujours été mystifié par cette autre personne appelée « Docteur Finn ». Cette dernière ressemble à maman, mais elle a une voix qui lui est propre et qui ne lui répète pas constamment de ne pas toucher les surfaces collantes ou bien de se laver les mains. Dans la tête de TJ, je suis la Pepper Potts d'Iron-Docteur-Finn, une assistante personnelle serviable qui transmet des messages et fait en sorte que les choses soient faites dans les temps.

– Vous êtes bien la docteur Olivia Finn, de l'unité de mémoire de l'hôpital de Charing Cross ?

– Oui. Qui est à l'appareil ?

– J'appelle de l'hôtel Lutetia à Paris.

Cela explique l'accent et l'étrange numéro. Je pense d'abord qu'il s'agit d'une plaisanterie, malgré le ton de mon interlocuteur. L'un de mes plaisirs coupables est de participer à des concours pour des mini-séjours dans les Cotswolds ou pour une croisière de cinq nuits sur la Méditerranée. Mais je n'ai aucun souvenir de Paris ni de l'hôtel Lutetia. Je suis à moitié française de naissance, cependant je n'y ai jamais séjourné. Une chambre au cinquième étage, dans un placard à balais, coûte des milliers de livres la nuit et c'est bien au-dessus de mon budget. J'ai un lien avec le Lutetia, mais il est tout à fait différent. Et il concerne ma famille plus que moi.

Je pense maintenant à mon travail. Serait-ce un de mes anciens patients, peut-être, qui aurait gardé ma carte sur lui ? Ou un collègue ? Mais être psychothérapeute, ce n'est pas comme être ingénieur en informatique dans la Silicon Valley et personne avec qui je travaille n'a assez d'argent pour séjourner dans l'hôtel cinq étoiles le plus célèbre de la rive gauche.

Je consulte l'horloge de la voiture. Paris a une heure d'avance sur Londres. Si j'étais une mère parisienne, mon fils serait certainement en retard à l'école. En revanche, j'aurais une taille comme une branche de céleri et une insouciance charmante à l'égard des horaires scolaires. J'aurais probablement déjà bu deux expressos et serais partie retrouver mon amant, jeune et passionné, qui s'appellerait Gabriel ou Jean-Luc. Au lieu de cela, j'ai rendez-vous à neuf heures et demie avec un patient appelé Alan pour discuter des souvenirs pénibles de ses cours de natation à l'école. Le glamour, ça me connaît.

– Je suis désolée, lui dis-je, en fait je suis à Londres, en train d'accompagner mon fils à l'école. Il vaudrait mieux que je vous rappelle.

L'interlocuteur marque une pause.

– Connaissez-vous une femme qui s'appelle Sophie Leclerc ?

J'ai rencontré beaucoup de gens dans ma vie. Je me souviens des noms des patients tant que je les soigne. Ils deviennent ensuite de vieux dossiers. J'ai lu un jour que le cerveau humain ne peut supporter que cent cinquante relations proches. Au-delà, nous sommes perdus. Certains jours, j'ai l'impression que même cinquante relations me suffisent amplement.

– Non, dis-je. Pas que je me souvienne. Écoutez, je vais vous rappeler…

– Madame Leclerc attend dans le hall du Lutetia, ici à Paris. Elle est très angoissée et insiste sur le fait que vous êtes la seule à pouvoir l'aider.

– Je suis désolée, mais vous devez vous tromper de numéro. Je suis à Londres, pas à Paris. Et je n'ai jamais rencontré de Sophie Leclerc.

Je jette un coup d'œil à TJ. Il s'est désintéressé de l'appelant et de « Docteur Finn » ; il joue avec le porte-clés de l'équipe de Chelsea sur son sac à dos, coinçant une partie de son pouce sous le bout pointu. J'attends la plaie, le sang, les larmes. Cette matinée s'annonce comme un véritable cauchemar. Qui menace d'empirer.

– Je ne sais pas trop comment vous le dire, continue mon interlocuteur. Mais la femme assise dans le hall d'entrée, eh bien, elle…

Je suis sur le point de mettre fin à l'appel et de me concentrer sur le trajet de mon fils jusqu'à l'école.

C'est alors qu'il reprend la parole.

– … elle prétend être votre grand-mère.

2

OLIVIA

Bonne Maman ?

Cela explique le lien avec Paris, au moins. Je n'ai aucun accent français, mais j'ai deux passeports. Ma grand-mère, du côté de ma mère, est une Française pur jus, l'une de ces Parisiennes que j'ai mentionnées, avec son tour de taille impossible et son attitude décontractée vis-à-vis de la ponctualité. Lorsque j'étais adolescente à Londres, je regardais la pluie par la fenêtre et pensais à la version parisienne de moi-même marchant rive gauche. La Olivia française sirotait un café au lait et parlait d'existentialisme tout en tombant amoureuse et en peignant le soir des aquarelles torturées. Les hommes français que j'idéalisais semblaient plus débonnaires que les Kev, Mike et Andy du lycée d'Oaks Park, avec leurs bagues et leur acné. Ce fantasme l'emportait haut la main sur les cours de biologie et les répétitions obligatoires de la chorale.

– Pouvez-vous décrire la femme ?

– Elle est mince, de taille moyenne, a des cheveux gris en queue de cheval et porte un manteau de style japonais. Je peux me tromper sur ce dernier point.

Je soupire. Nous y voilà. C'est enfin arrivé. C'est l'appel que tous les descendants redoutent le plus. Cela fait longtemps que Bonne Maman ne va pas bien, mais j'ai toujours occulté l'ampleur de sa détérioration. Élever un enfant de huit ans atteint du syndrome d'évitement des chaussures est déjà difficile. Jongler avec cela et une personne de quatre-vingt-seize ans qui ne se souvient de rien est une voie rapide vers la crise cardiaque. J'aurais aimé avoir quelqu'un pour m'aider. Mais Kyle est avec sa nouvelle petite amie, et maman est morte quand j'étais adolescente. Tout repose sur moi.

– Cela ressemble à Bonne Maman, sauf qu'elle ne s'appelle pas Sophie Leclerc.

– Pardon ?

– Ma grand-mère ne s'appelle pas Sophie Leclerc. Elle s'appelle Joséphine. Joséphine Benoît.

Je n'ai pas l'habitude de le dire comme ça. C'est mon seul titre de gloire. Et, secrètement, j'adore ça. À l'école, cela ne faisait pas vraiment de différence, puisque Bonne Maman était peintre, et non pas avant-centre de Man United ou demi-finaliste de *X Factor*. Mais être la petite-fille de l'une des meilleures portraitistes au monde a ses avantages. J'entends une autre pause au bout du fil, comme si l'interlocuteur regardait la vieille dame confuse sous un nouvel angle.

– Comme la peintre ? dit-il. La personne qui a peint le tableau dans le hall du Lutetia, celui sous lequel elle est assise ?

Et voilà. Le portrait le plus célèbre de Bonne Maman est la pièce maîtresse du hall du Lutetia depuis les années 1960. Elle en a peint d'autres, tous situés en temps de guerre, mais c'est celui-là qui a pris de l'ampleur. Les visiteurs franchissent les portes tournantes et découvrent l'un des portraits parisiens les plus connus depuis la guerre. Il se trouve sur la gauche avant d'arriver à la réception et les touristes posent à côté de lui. La plupart d'entre eux ne savent probablement pas qui l'a peint ni de qui il s'agit. Mais il a développé une vie propre. Récemment, il a connu un regain d'intérêt sur TikTok. Un jour, j'ai essayé d'expliquer à Bonne Maman ce que signifie devenir « viral ».

– Oui. Eh bien, précisément, pas « comme » la peintre. Elle est la peintre. Et elle s'appelle bien Joséphine et pas Sophie.

– Je vous prie de m'excuser. Elle m'a dit qu'elle s'appelait Sophie. Elle m'a dit que je devais appeler ce numéro et parler à la docteur Olivia Finn.

– Je comprends.

Je comprends vraiment. Même les personnes qui ne connaissent rien à l'art savent une chose à propos de ma grand-mère : c'est une recluse. Elle est célèbre car elle ne veut pas être célèbre. Sa timidité a fini par être son principal argument de vente. Seules maman et moi connaissions la vraie Bonne Maman. Le reste du monde ne pouvait que deviner.

– Pouvez-vous venir chercher votre grand-mère ?

– Comme je vous l'ai dit, je suis à Londres en ce moment. J'emmène mon fils à l'école.

– Elle ne peut pas rester assise ici dans le hall, même si elle est assise sous son propre tableau.

Je suis en mode « Docteur Finn ». L'un des avantages de mon travail de psychothérapeute est de prêter une attention particulière à ce que disent les autres. Je repense aux mots exacts qu'il a prononcés tout à l'heure.

J'appelle de l'hôtel Lutetia à Paris.

Il n'a pas dit qu'il travaillait à l'hôtel ni qu'il appelait de la réception. J'ai supposé que c'était le cas.

– Vous travaillez à l'hôtel Lutetia ?

– Non, répond mon interlocuteur. Je suis le capitaine Vidal. Je travaille à la division de Paris de la DNPJ, la direction nationale de la Police judiciaire.

Cela ne me dit rien qui vaille, et je mesure peu à peu la gravité de la situation. Bonne Maman a clairement confondu son art et sa vie. C'est comme un enfant qui passe sa première soirée pyjama et qui essaie de retrouver le chemin de la maison.

– Pourquoi la police serait-elle impliquée ?

– Nous y reviendrons.

– Ma grand-mère a un appartement à environ dix minutes du Lutetia. Son aide-soignante s'y rend tous les matins à sept heures pour s'occuper d'elle.

– Elle a sûrement des amis à Paris qui pourraient venir la chercher ?

Non, ai-je envie de dire. Les reclus n'ont pas d'amis. Ils n'ont que de la famille, et je suis la dernière vivante. J'ai même parfois pensé déménager à Paris, mais Bonne Maman aime son indépendance. Elle déteste qu'on fasse des histoires pour elle. Toute suggestion de soins vingt-quatre heures sur vingt-quatre me valait un regard féroce.

– Tous ses amis sont vieux ou morts.

– Il ne reste plus que vous.

Je sais, au fond de moi, que je vais finir par aller à Paris aujourd'hui pour régler ce problème. C'est toujours ce qui arrive aux filles ou aux petites-filles avec les parents âgés, n'est-ce pas ? Moi qui pensais que la fin de la trentaine serait faite de gâteaux d'anniversaire maison et de bouteilles de vin hors de prix ouvertes en contemplant mon jardin de ville magnifiquement agencé. Que sur la terrasse immaculée, de vieux amis et de charmants nouveaux voisins se rassembleraient autour de la cheminée extérieure pour profiter de délicieux repas en plein air.

– Laissez-moi m'organiser. L'hôtel pourra-t-il s'occuper d'elle jusqu'à mon arrivée ?

– Je leur demanderai.

– Merci.

Je regarde l'heure et je sais que TJ est déjà en retard pour l'école. Les classes du matin vont bientôt commencer et l'un des maîtres, muni d'un clipboard, se tiendra à la grille. Avant même de faire peur à TJ, ces enseignants me font froid dans le dos. Je pourrais leur dire que ma grand-mère bohème est atteinte de démence et que c'est la vraie raison de mon retard. Mais je ne suis pas sûre qu'ils me croient.

– Qu'est-ce que ma grand-mère faisait à l'hôtel ? Pourquoi était-elle là ?

– C'est là que les choses deviennent encore plus délicates, je le crains, dit-il. Il s'avère qu'elle veut avouer un crime.

3

OLIVIA

Je suis encore abasourdie par sa dernière phrase, mais le capitaine Vidal ne me laisse pas le temps de l'interroger. Je n'aime pas ça du tout. J'ai l'impression que le passé est sur le point d'être déterré.

– Quel âge a votre grand-mère ?

J'ai envie de répondre que l'âge d'une femme est sacré. Sauf que ce n'est pas le moment de plaisanter. Bonne Maman fait partie de cette génération qui jouait encore avec son âge, tantôt en enlevant des années, tantôt en en rajoutant. Elle s'était arrêtée sur quatre-vingt-seize ans.

– Elle a quatre-vingt-dix ans, dis-je avec diplomatie.

– Elle aurait été adulte à la fin de la Seconde Guerre mondiale ?

Je n'ai pas besoin de faire le calcul. Le capitaine Vidal connaît manifestement le nom de Bonne Maman, mais pas son art. Elle est célèbre pour ses tableaux de Paris occupé et de l'enfer que la France a connu pendant la guerre. Elle a peut-être essayé de peindre d'autres sujets, seulement elle n'a pas réussi.

– Plus ou moins.

– D'après le gérant de l'hôtel, votre grand-mère prétend s'appeler Sophie Leclerc et exige d'avoir accès à la chambre 11.

– Elle a des problèmes de mémoire depuis un certain temps. Elle s'est manifestement embrouillée. Carrément embrouillée, si j'en crois ce que vous me dites. Elle mélange la peinture et la vie réelle.

– C'est un diagnostic officiel ?

C'est là que les choses se compliquent.

– Elle déteste les médecins et les tests. Elle a toujours dit qu'elle ne voulait pas savoir ce qu'elle avait. Mais cela fait des années qu'elle ne va pas très bien.

Le mot commence par un *D*, seulement aucun de nous n'ose le prononcer. Il est maudit, comme celui qui commence par un *C*. Il est toujours plus facile de dire « absences » ou « trous de mémoire ». Les troubles de la mémoire sont mon métier, pourtant j'ai moi-même des réticences.

– Vous ne m'avez toujours pas expliqué ce qui s'est passé.

Le capitaine Vidal tousse.

– Il y a une heure environ, votre grand-mère est entrée dans le hall de l'hôtel Lutetia. Elle a dit qu'elle s'appelait Sophie Leclerc. Elle a également fait des aveux.

Je m'arrête enfin devant l'école. C'est juste à côté du lycée d'Oaks Park, celui-là même que j'ai fréquenté. TJ a son sac à dos sur les genoux et je me penche pour le serrer maladroitement dans mes bras en lui chuchotant de courir en classe. Je me sens coupable de le déposer en retard et je me demande si je ne ressemble pas plus à ma mère que je ne le pense. Elle a dit un jour que le fait d'être toujours en retard était sa façon de protester contre le capitalisme et le complexe militaro-industriel. C'est aussi ce qu'elle disait lorsqu'elle me faisait sortir les poubelles.

Je reviens à l'appel. Bonne Maman a avoué un crime ? Elle est mystérieuse, mais elle n'est certainement pas une criminelle. Bien qu'elle soit une artiste, elle a toujours été raisonnable. Toutefois les hauts gradés de la police française n'appellent pas pour de petits vols à l'étalage ou parce que des personnes âgées ont vu de la lumière et sont entrées là où elles ne devaient pas. Je sens que le danger s'accroît.

– Quel crime a-t-elle avoué ?

La voix du capitaine est calme, mais inquiétante. Cela me fait peur.

– Un meurtre, répond-il enfin.

4

MYLES

Il entend le téléphone sonner dans son sommeil.

Myles espère que c'est un rêve. Il l'attrape, glisse le doigt sur l'écran. *S'il vous plaît, pas aujourd'hui.*

– Myles Forsyth.

Non, ce n'est certainement pas un rêve. C'est son patron qui parle comme s'il en était déjà à son deuxième expresso, après avoir fait une séance d'entraînement intense tout en apprenant des rudiments de japonais.

– Myles, j'ai une pépite juteuse pour toi. Excuse-moi d'interrompre ton petit déjeuner, mais je sais que tu voudrais être au courant.

Myles regarde l'heure. Il n'est même pas censé travailler aujourd'hui. Ce n'est ni programmé ni planifié, mais complètement spontané : autant de mots que Myles déteste. Pourtant cela fait partie de son travail depuis qu'il est chargé de l'enquête conjointe franco-britannique sur la mort d'Ingrid Fox. Au moins, contrairement à l'année dernière, il ne s'occupe plus de ses activités annexes. Un seul travail suffit amplement à occuper son temps ces jours-ci.

– Bonjour, patron, je suis tout ouïe.

Aujourd'hui est censé être un jour pour lui. Le programme a été vérifié et revérifié. Myles a tout juste résisté à l'idée de l'imprimer et de le plastifier. Car il aime l'ordre, quand le monde, lui, aime le chaos. Pourquoi les autres ne peuvent-ils pas être aussi organisés que lui ?

– Le capitaine Vidal de la DNPJ vient de me contacter, dit son patron. Il pense qu'il y a du nouveau dans l'affaire Fox. Il m'a dit que c'était juste pour m'informer, mais il t'a envoyé un e-mail avec les détails, au cas où tu voudrais suivre l'affaire puisque tu la supervises. Ça concerne un certain nombre de personnes en lien avec le procès, dont Olivia Finn. Je ne fais que transmettre le message.

Ces deux mots magiques le ramènent en arrière : Olivia Finn. Mais ils le terrorisent également. Si jamais on apprend ce qu'il a fait, Myles perdra tout. Ce n'est qu'après la mort d'Ingrid qu'il a officiellement pris le rôle de détective responsable de l'affaire. Elle est morte chez elle, se vidant de son sang après ce qui ressemblait à une tentative de suicide. L'examen post mortem a ensuite suggéré qu'un tiers était peut-être impliqué, le suicide sans doute mis en scène. Myles jongle avec de nombreuses autres affaires, pourtant celle-ci reste gravée dans sa mémoire, et pas seulement pour des raisons professionnelles. Il veut clore le dossier et trouver la réponse. Mais il ne veut pas trop y penser, tout comme il évite de trop penser aux événements de l'année dernière et jusqu'où sa quête de justice l'a poussé à enfreindre les règles.

Il s'en est sorti indemne à l'époque. Il ne peut pas craquer maintenant.

Aujourd'hui, il est censé jouer l'oncle sympa et rejoindre sa sœur, Laura, et ses deux enfants pour rattraper le temps perdu. Officiellement, elle n'est pas sa sœur biologique, mais c'est le terme qu'ils utilisaient dans leur famille d'accueil et ils sont restés proches depuis. Il est maintenant oncle par procuration.

Il pourra peut-être éviter le parc d'attractions ainsi que le film et les rejoindre pour la pizza et la glace. Même si, techniquement, la glace n'est pas pour lui. Sur un coup de tête, il a pris la bonne résolution au Nouvel An de ne plus consommer de sucre et le regrette depuis.

– D'accord, merci pour les infos. Je vais regarder ça.

L'appel se termine. Myles consulte ses e-mails : il y en a bien un du capitaine Vidal. Myles est le principal responsable de l'affaire, et Vidal est son contact du côté français. Myles découvre les informations sur Joséphine Benoît, la docteur Finn, le Lutetia, la chambre 11 et l'aveu d'un meurtre. Il imagine la tête de Laura s'il lui fait faux bond aujourd'hui pour aller travailler. Par-dessus tout, il déteste les laisser tomber, elle et les enfants. Oui, il est là dans les moments importants – toujours ponctuel pour les cadeaux d'anniversaire et de Noël, prêt pour une partie improvisée de ping-pong ou de Monopoly – mais ce sont les petites choses dont les enfants se souviennent. Il revient sur ce que Vidal mentionne dans son e-mail.

Olivia Finn. Paris. Des souvenirs retrouvés.

En arrière-plan, il y a bien sûr Louis de Villefort, le mentor d'Olivia, qui plane silencieusement. Celui qui les relie tous à Ingrid Fox. Oui, il doit suivre cette piste. Ce n'est peut-être rien, sauf qu'il ne peut pas prendre ce risque. C'est sa première grosse affaire.

Myles hésite. Il a besoin d'un jus de fruits ou d'une boisson protéinée. Il est rentré tard hier soir, a ignoré les restes de salade dans le frigo et s'est contenté d'un décevant plat de pâtes au poulet. Son estomac en est encore englué. La pesée d'aujourd'hui sera un véritable carnage. Il sera comme ces danseurs de ballet qui rêvent d'une demi-pomme ou d'une cuillerée de fromage blanc.

Myles essaie de penser à quelque chose qui pourrait adoucir ce qu'il s'apprête à faire. Mais il ne trouve rien. Il compose le numéro de Laura et imagine son expression familière. *Tu m'as déçue, tu as déçu les filles, tu t'es déçu toi-même.*

– Un appel matinal, dit-elle. Je suppose que ce n'est pas une bonne nouvelle ?

Il le lui confirme, en lui présentant toutes les excuses habituelles.

– J'essaierai de vous rejoindre pour une glace.

– Une glace ?

– J'essaierai de vous rejoindre pour te regarder manger une glace avec les filles, tout en appréciant les nombreux avantages de mes choix de vie plus sains.

– J'aime mieux ça.

Il sourit et met fin à l'appel, puis se dirige vers la douche et, alors qu'il commence à se savonner, son esprit se tourne à nouveau vers l'affaire et le procès : les allégations choquantes d'Ingrid Fox sur son expérience en tant que patiente de Louis de Villefort, quai Voltaire à Paris. Peu de temps après le procès, elle a été retrouvée morte à son domicile.

Ingrid a-t-elle été assassinée ou s'est-elle suicidée ?

Peut-être qu'aujourd'hui, il découvrira enfin la réponse.

5

OLIVIA

Parfois, j'ai du mal à comprendre comment tout a changé en si peu de temps. Il n'y a pas si longtemps, j'étais avec TJ en train de siroter un chocolat chaud au Fisherman's Cottage. Je n'avais pas rencontré Tom, le procès n'avait pas eu lieu, Bonne Maman était à Paris et avait toute sa tête. Il y avait des problèmes, bien sûr, mais pas plus grands qu'un caillou dans la chaussure. Puis tout a basculé.

Le procès a tout changé.

J'appelle l'Unité de Mémoire pour annuler mes rendez-vous de la journée, puis je rentre à la maison et je commence à faire mes valises. Je n'arrive pas à croire que Bonne Maman ait été associée à un meurtre. J'envoie un message à Kyle pour lui raconter ce qui s'est passé, puis je cherche l'itinéraire le plus rapide pour Paris et réserve un billet dans le premier Eurostar au départ de St Pancras. Tout en faisant mes valises, j'aperçois les étagères de ma chambre où s'alignent les différentes éditions de *La Guerre des souvenirs*. J'ai écrit ce livre lorsque Tom et moi sortions ensemble. Il s'asseyait avec ses cheveux en désordre, ses lunettes sur le nez, vapotant comme un adolescent, toujours une tasse de thé English Breakfast à portée de main, et gribouillait des notes dans la marge. Il grignotait des digestifs au chocolat mais ramassait toujours les miettes. Cet homme était un paradoxe ambulant.

Certains jours, tout commence et se termine avec Tom.

Je finis de faire mes valises, je réserve un Uber et quitte la maison en composant le numéro de Louis. Nous avions l'habitude de nous parler presque toutes les semaines dans la période précédant le procès. Maintenant, c'est une fois par mois. Le téléphone sonne dans le vide avant que sa fidèle assistante personnelle, Charlotte Fouquet, ne réponde. C'est elle qui s'occupe de tout quai Voltaire, où se trouve la clinique de psychothérapie de Louis. Sa voix est délicieusement mélodieuse.

– Olivia ?

– Charlotte, bonjour, je suis désolée de vous appeler à l'improviste, mais il y a un problème avec Bonne Maman. Je voulais que Louis et vous soyez les premiers informés. Apparemment, il y a eu un incident ce matin à l'hôtel Lutetia.

Charlotte semble maintenant plus présente. La mention de son patron a toujours cet effet. Le CV de Louis est digne d'un film hollywoodien. Il a été un héros de la Résistance française avant de devenir un psychothérapeute visionnaire. Il s'est formé à la Sorbonne et ses premiers patients ont été les survivants des camps de concentration, installés au Lutetia après leur retour à Paris : le genre de début de carrière non conventionnel qui pouvait exister après-guerre. Plus tard, il a créé une clinique devenue célèbre dans le monde entier, avant que l'âge ne le rattrape et qu'il ne quitte les feux de la rampe.

Il est également très beau et, jeune, ressemblait à un mélange entre George Clooney et le dernier tsar de Russie. Il a aujourd'hui plus de quatre-vingt-dix ans, mais il fait toujours préparer chaque soir ses vêtements pour le lendemain – souvent les costumes sur mesure les plus raffinés – et, lors de ses rares apparitions, il a toujours l'air d'un gentleman. Je le connais depuis que je suis toute petite et j'ai choisi d'étudier la psychologie pour suivre ses traces. Bonne Maman nous emmenait prendre le thé dans son luxueux appartement du quai Voltaire, qui lui sert également de clinique. Son fils Édouard – qu'il a eu à un âge avancé – et moi avions l'habitude de jouer ensemble pendant que Louis et Bonne Maman discutaient.

Ce monde semble bien différent de celui d'une maison mitoyenne de Redbridge et, à bien des égards, il l'était. Lorsque ma mère est morte et que tout a déraillé, Louis m'a prise sous son aile et m'a aidée à redonner un sens à ma vie. J'ai fui Londres pour étudier à la Sorbonne et j'ai suivi des séances quotidiennes dans son cabinet de consultation, afin de pouvoir remettre lentement de l'ordre dans mon esprit. Il m'a aidée à retrouver les souvenirs de la mort de ma mère et à faire face au traumatisme plutôt que de le refouler, et aujourd'hui encore, je lui dois tout.

– Quel genre d'incident ? demande Charlotte.

L'Uber arrive. Je vérifie la plaque d'immatriculation sur l'application, constate que le chauffeur ne représente pas une menace immédiate pour ma vie, puis monte à l'arrière.

– Elle est en train de faire une sorte de crise. Ses pertes de mémoire s'aggravent. Je prends l'Eurostar pour régler tout ça.

Je ne mentionne ni ses aveux ni l'idée que Bonne Maman ait tué quelqu'un. C'est absurde et je ne veux pas l'embarrasser davantage. Elle est peut-être assise sous son tableau et confond la peinture avec sa propre vie, mais elle reste une femme française fière, issue d'une génération où personne n'admettait ses faiblesses.

– Ce salaud d'inspecteur m'a interrogée comme si elle était une criminelle, dis-je. J'aurais dû aller la voir plus souvent. Je crois que je ne voulais pas admettre que cela pouvait arriver. Pourtant tous les signes étaient là. Elle avait besoin d'examens appropriés. Je n'aurais jamais dû laisser les choses aller aussi loin.

Charlotte, à défaut de tout le reste, a une voix rassurante, faite pour le téléphone.

– Ne soyez pas bête, dit-elle. Votre grand-mère a beaucoup de chance de vous avoir. Nous essayons tous d'éviter de voir les pertes de mémoire chez les autres, de peur d'y être un jour confrontés nous-mêmes.

Elle a raison, bien sûr. Je passe ma vie à traiter des patients souffrant de troubles de la mémoire. Mais je ne peux pas ramener toute cette douleur chez moi chaque jour et me lever le lendemain matin comme si de rien n'était. Personne ne peut le faire.

– Je voulais que vous soyez les premiers à savoir, dis-je. Le père de TJ est chargé d'aller le chercher à l'école, donc je pourrai rester quelques nuits, le temps de réinstaller Bonne

Maman dans son appartement et d'étudier les possibilités pour qu'elle reçoive des soins adaptés.

– Et pour couronner le tout, elle a choisi le Lutetia, dit Charlotte. Et ce tableau. Quelle ironie !

J'ai lu quelque part que même les plus grandes stars n'ont qu'un seul succès. C'est aussi le cas pour Bonne Maman, je suppose. Elle a fait un seul portrait dont les gens ont peut-être entendu parler. Il a pour décor le Lutetia, à l'époque où l'hôtel accueillait des milliers de survivants de l'Holocauste juste après la guerre. C'est à ce moment-là que Louis s'est fait un nom, alors qu'il n'était encore qu'un étudiant en médecine chargé de les soigner. Ma grand-mère a beau oublier ce qu'elle a fait hier ou comment mettre la bouilloire en marche, elle se souvient du tableau qui a fait sa carrière, même si elle semble avoir confondu la femme du tableau avec sa propre vie.

Si Louis m'a incitée à suivre une formation de psychothérapeute, le tableau le plus célèbre de Bonne Maman, accroché dans le hall de l'hôtel Lutetia, m'a aidée à choisir mon sujet de prédilection. Comme le dit Charlotte, son nom paraît ironique aujourd'hui.

Le tableau s'intitule *Mémoire*.

6

OLIVIA

La première chose à savoir sur Bonne Maman, c'est que, pour un peintre, elle ne peint pas beaucoup.

Son premier portrait, *Mémoire* (1964), est son œuvre la plus célèbre. Je me souviens encore du jour où je l'ai vu pour la première fois. J'avais neuf ans et j'étais en vacances à Paris avec ma grand-mère. Ma mère m'emmenait souvent voir Bonne Maman. Elle était elle-même artiste et étudiait à Central Saint Martins, où elle a eu une aventure avec un autre étudiant. Mon père, qui ne s'est jamais impliqué dans ma vie, est mort quand j'étais encore enfant. Ma mère est restée définitivement en Angleterre parce qu'elle trouvait qu'elle y était plus libre, pas seulement « la fille d'une grande portraitiste ». D'aussi loin que je me souvienne, il n'y avait que moi, maman et Bonne Maman, et ces fréquents voyages de l'autre côté de la Manche.

La première fois, Bonne Maman m'a emmenée dans le hall de l'hôtel Lutetia pour voir le tableau original. Alors que nous étions en train de le regarder, elle a posé ses mains sur mes épaules et a demandé : « Qu'est-ce que tu vois, ma chérie ? » C'est ce que j'adorais chez elle. Elle ne croyait pas qu'il y avait une seule bonne réponse en matière d'art.

Qu'est-ce que je voyais ? Je voyais une jeune femme assise dans la chambre 11 du Lutetia. C'était une adolescente ou une femme d'une vingtaine d'années. Je me souviens d'avoir demandé à ma grand-mère pourquoi elle était vêtue d'un pyjama à rayures, et elle m'avait répondu que c'était parce qu'elle revenait d'un endroit terrible appelé « camp ». J'associais alors le mot « camp » à des tentes et à des sacs de couchage, mais apparemment il s'agissait d'un camp d'un tout autre genre. Je ne comprenais pas non plus pourquoi la femme sur le portrait avait le crâne rasé. Était-ce la mode à l'époque ?

La pièce que représentait le tableau avait été mise à sac. Les tiroirs étaient sortis, les chaises renversées et les rideaux déchirés. Les tableaux sur les murs avaient été lacérés. Une croix gammée sur un drapeau déchiré apparaissait par la fenêtre de droite, ainsi que des débris laissés par les nazis. Pourtant la femme mystérieuse était assise là, défiante.

Elle avait tout perdu, sauf ses souvenirs. Le monde est peut-être détruit, semblait dire le tableau, mais nos souvenirs vivent en nous. C'est à ce moment-là que j'ai pris conscience de l'importance de la mémoire. Je n'avais pas encore choisi d'être psychothérapeute, mais c'est dans le hall du Lutetia avec Bonne Maman que tout a commencé. C'est ce moment qui a fait de moi l'experte de la mémoire que je suis aujourd'hui.

Le portrait a été exposé pour la première fois dans les années 1960. L'hôtel Lutetia l'a acquis pour sa collection d'art et l'a placé à la vue de tous dans le hall, en hommage à sa propre histoire.

C'était un coup de génie. Plutôt que de dormir dans un musée poussiéreux, le tableau se trouve dans un lieu public et tout le monde peut en profiter. Depuis lors, comme d'autres vont au Ritz pour le goûter, les amateurs d'art et les touristes se rendent au Lutetia en pèlerinage pour voir ce tableau.

C'est pourquoi j'avais une reproduction du portrait sur le mur de ma chambre et je l'ai toujours dans mon cabinet de consultation à l'hôpital. Je le contemple tous les jours depuis l'âge de neuf ans. Autrefois, je me disais que la femme sur le portrait pouvait être moi, ou une partie de moi qui m'appelait depuis le passé. C'est la raison pour laquelle je continue à tenir un journal, à voir un thérapeute chaque mois, et c'est aussi pourquoi j'ai passé ma vie à aider les patients à gérer leurs traumatismes en comprenant leur propre passé.

Ce tableau s'adresse à chacun d'entre nous. Il aborde l'une des questions les plus importantes de la vie.

Sans souvenirs, qui sommes-nous ?

7

OLIVIA

Je ne suis pas une voyageuse-née. St Pancras ressemble à l'intérieur d'un vaisseau spatial, mais la file d'attente devant la sécurité pourrait être celle de l'Arche de Noé. Il est difficile d'imaginer qu'autrefois Bonne Maman se rendait à l'étranger sans toutes ces formalités. Je redoute ce qui m'attend de l'autre côté de la Manche.

J'endure le voyage. Je suis en seconde classe, plutôt qu'en première ou en business, donc pas de repas étoilé au Michelin. Je fais un saut au café Eurostar et en ressors avec un en-cas douteux – un brownie au chocolat aux bords déjà gris – dont j'avale une bouchée, qui n'a rien de légère, avant de me résigner à avoir faim.

Il y a beaucoup de visages endormis autour de moi ce matin. Chaque fois que je prends l'Eurostar, je me transforme progressivement, d'Anglaise à Française. C'est vraiment ridicule. J'aime imaginer que je pourrais être prise pour une Française, mais ce n'est pas le cas. Bonne Maman a cette élégance et ce style, comme maman d'ailleurs. Un des avantages d'avoir passé leur jeunesse à Paris. Grandir avec ma mère à Redbridge n'avait rien à voir. Les Parisiens ont le Louvre et la haute couture. À Redbridge, il y a le club de football et un Burger King à peu près correct.

Lorsque nous sortons du tunnel sous la Manche, je n'ai pas l'impression d'être dans un pays étranger, mais dans une maison dont je me souviens vaguement. J'ai fait ce voyage tellement de fois. J'entends les Françaises à côté de moi se disputer au sujet d'un de leurs maris, tandis que deux membres du personnel de l'Eurostar parlent du match de football d'hier soir. Aucune nouvelle de Bonne Maman. Tout semble pire au téléphone et j'ai hâte de la voir de mes propres yeux.

Nous arrivons à la gare du Nord et je sors pour m'engouffrer dans la chaleur de Paris. Je n'ai pas vérifié la température, mais il fait plusieurs degrés de plus qu'à Londres. Je suis trop couverte, j'aurais aimé avoir plus de temps pour me préparer. J'ai beau à chaque fois jurer de me limiter à une seule épaisseur, j'oublie toujours. Je suis engoncée dans trois couches de vêtements et le regrette déjà.

À la sortie de la gare, je trouve un taxi dont le chauffeur bavard insiste pour me raconter l'histoire de sa vie. Cela fait longtemps que je n'ai pas visité Paris et j'ai presque oublié à quel point cette ville est différente de Londres. Tout semble plus petit, plus ordonné, les immeubles poussiéreux avec leurs balcons et les rues étroites remplies de voitures qui klaxonnent.

Je me souviens de ce week-end à Paris avec Tom, juste avant que tout tourne mal. Je venais d'obtenir une avance pour *La Guerre des souvenirs* et j'avais tout dépensé pour une chambre spectaculaire au Grand, juste à côté du palais Garnier. Je lui avais montré tous mes endroits préférés.

Nous avions mangé des desserts pleins de crème et bu des litres de vin, oubliant totalement la réalité. Bonne Maman n'était pas en forme, du coup, je ne les avais pas présentés, ce qui s'est plus tard révélé être pour le mieux. Est-ce que je savais, à l'époque ? Pendant cette lune de miel, avais-je réalisé à quel point cet homme allait changer ma vie ? J'aime à penser que mon sixième sens le savait. Mais peut-être que Tom m'a vraiment aveuglée. Il était très doué pour ça.

Enfin, nous nous arrêtons devant le Lutetia. J'ai laissé derrière moi la pluie et la grisaille britannique. Tout semble maintenant ensoleillé. C'est pour ça que Paris me manque. J'ai l'impression qu'ici, les lumières sont toujours allumées. Je ne suis pas loin du cliché, j'en ai conscience, mais c'est la ville de l'amour, après tout.

Je n'ai jamais séjourné au Lutetia, toutefois je connais les grandes lignes de son histoire. C'est toujours le seul palace de la rive gauche. Il a ouvert ses portes en 1910 et a fermé en 2014 pour un gigantesque projet de restauration. L'ancien Lutetia était un peu décrépi et plein de souvenirs. Si j'en crois le nouveau site Internet de l'hôtel, l'intérieur ressemble maintenant davantage à Harrods.

J'aperçois une voiture de police garée devant. L'un des portiers de l'hôtel propose de m'aider à porter mon sac. Je m'apprête à expliquer que je ne suis qu'un visiteur, non un client et que je veux voir ma grand-mère. Mais il est trop tard. Le sac disparaît vers la réception avant que j'aie pu prononcer les mots. Je passe les portes tournantes et pénètre dans le hall au sol dallé.

Un jeune policier se tient près de la réception.

– Docteur Finn ? me dit-il.

Je réponds en français.

– Oui. Je cherche le capitaine Vidal.

Le policier hoche la tête.

– Par ici, s'il vous plaît, madame.

J'ai beau être adulte, la police me rend toujours nerveuse. Certains disent que je suis devenue une experte en amnésie traumatique à cause de ce que j'ai vécu. Je suppose qu'ils ont raison. Chaque jour, je me revois rentrer de l'école et trouver maman dans la cuisine, entourée de flacons de pilules vides. Et, bien sûr, je pense au secret que je garde depuis, la chose que personne – à part Louis – ne sait de moi, enfouie dans les tréfonds de mon cerveau.

L'officier me conduit dans le couloir principal de l'hôtel. Nous nous arrêtons devant l'une des salles de réunion et l'agent frappe. On entend des pas à l'intérieur. La porte s'ouvre et un homme baraqué en sort. Il est grand, poilu et ressemble à un lutteur qui s'apprête à monter sur le ring. Sa voix est à l'avenant.

– Docteur Finn ? dit-il. Bienvenue à Paris. Je suis le capitaine Vidal, de la DNPJ.

8

OLIVIA

Le capitaine Vidal arbore un costume froissé, une chemise au col ouvert et une barbe de trois jours.

Sa voix est râpeuse. Ses cheveux, ramenés en arrière, dépassent légèrement la longueur réglementaire. Il est plus âgé que je ne l'imaginais, la cinquantaine, et sent la cigarette bon marché. Malgré ses vêtements négligés, il a quelque chose de vieux jeu et de légèrement élégant. On ne croise plus ce genre de flics parisiens à Londres : clope au bec, verre à la main, pas du genre à s'encombrer de détours. Ce type pourrait arrêter une bagarre, distribuer quelques coups, obtenir des aveux, et considérer que c'est une matinée de travail comme une autre.

– Ma grand-mère est là ?

– Oui, dit Vidal. Mais avant d'entrer, il faut que je vous raconte l'histoire.

J'ai désespérément envie d'entrer dans cette pièce et de serrer Bonne Maman dans mes bras. Égoïstement, je pense à moi dans cinquante ans. Je me demande si l'enfant de TJ viendrait me chercher après un incident embarrassant où j'aurais prétendu être quelqu'un d'autre. Je déteste ce qui arrive à Bonne Maman. La démence est une maladie tellement horrible. Elle ne mérite pas cela. Personne ne le mérite.

– Les aveux de votre grand-mère sont étonnamment détaillés, dit Vidal, allant droit au but. Elle affirme avoir tué une autre femme juste après la libération des camps de concentration à l'été 1945. Elle dit d'ailleurs aussi qu'elle a elle-même passé du temps dans les camps.

Il y a un moment de silence pendant lequel j'assimile la nouvelle. J'ai essayé de me préparer, mais ça reste choquant de l'entendre de la bouche d'un policier.

– Elle précise même que sa victime s'appelait Joséphine Benoît et qu'elle l'a tuée pour lui voler son identité et commencer une nouvelle vie après la guerre.

– Elle doit confondre ce qu'elle a peint avec sa propre vie, dis-je. Son tableau *Mémoire* représente une survivante des camps dans une chambre de cet hôtel. Mais ma grand-mère a passé la guerre à Paris, c'est du moins ce qu'elle a toujours laissé entendre. Elle a simplement confondu les deux.

Vidal n'a pas l'air convaincu.

– Elle a également demandé à entrer dans la chambre 11 de l'hôtel et a déclaré que c'était là que le meurtre avait eu lieu.

– Le tableau dépeint la chambre 11.

Je dois admettre qu'il y a beaucoup de choses que j'ignore sur les débuts de la vie de Bonne Maman. À l'image de sa génération, elle ne s'ouvrait jamais sur son vécu pendant la guerre. Je lui avais souvent conseillé d'écrire avant d'oublier complètement le passé. Mais comme elle ne voulait pas en parler, j'avais cessé de lui poser des questions.

Vidal, lui, persiste.

– Des sources attestent qu'une femme appelée Joséphine Benoît et une autre appelée Sophie Leclerc étaient toutes les deux ici au Lutetia pendant les trois mêmes jours en juin 1945. Joséphine a survécu, mais ce qui est arrivé à Sophie n'est pas clair.

C'est donc pour ça qu'il a appelé. Le sujet semble prendre soudain une tournure beaucoup plus sérieuse. Et si cet incident n'était pas seulement dû à la démence ? Et si c'était bien pire ?

Bonne Maman porte-t-elle un terrible secret depuis la guerre ? Pourrait-il s'agir d'un souvenir refoulé qui a fini par lui revenir maintenant qu'elle perd la tête ? J'ai vu le cas se produire dans d'autres familles, mais j'ai toujours espéré que je n'y serais jamais confrontée personnellement.

Sophie Leclerc et Joséphine Benoît arrivent toutes deux à l'hôtel Lutetia en juin 1945.

Trois jours plus tard, seule l'une d'entre elles repart.

Bonne Maman aurait-elle retrouvé un véritable souvenir de son passé ?

– Si elle est Sophie Leclerc, dit Vidal, qu'est-il arrivé à la vraie Joséphine Benoît ?

9

OLIVIA

Nous entrons dans la salle de réunion et c'est là que je vois enfin ma grand-mère.

Mon premier instinct est de la serrer dans mes bras. Pour moi, c'est toujours elle l'adulte dans la pièce, et il me faut un moment pour réaliser que c'est moi qui suis responsable désormais. C'est vers moi que tout le monde se tourne. Quand j'étais plus jeune, c'est ce que je voulais. Maintenant, je trouve cela épuisant. TJ a besoin de moi, Bonne Maman dépend de moi, Kyle se comporte la plupart du temps comme un adolescent grincheux. Je sais que je dois être forte pour ma grand-mère. Mais parfois, j'aimerais moi aussi pouvoir me reposer sur quelqu'un de fort. Tom est celui qui s'est le plus rapproché de cette définition.

– Je suis là, Bonne Maman. C'est Liv. Nous allons régler ça, d'accord ? Tu as eu une sacrée matinée.

Elle a toujours été chétive, mais maintenant elle flotte littéralement dans ses vêtements. Je me demande depuis combien de temps elle n'a pas eu de vrai câlin. J'embrasse son front, lui frotte les bras pour la réchauffer, et je réalise à quel point elle m'a manqué. Quand mon divorce a été prononcé, j'aurais voulu me blottir en pyjama sur le lit de ma grand-mère, lui raconter tout ce qui avait mal tourné, et l'entendre critiquer Kyle d'un ton acerbe. Personne ne peut mieux qu'elle tailler un costard à un petit ami décevant.

– Tu aurais dû m'appeler, Bonne Maman, dis-je. J'aurais été là en un clin d'œil.

Nous nous asseyons, mon bras toujours autour d'elle. Vidal prend place en face. Je continue à la réchauffer, comme pendant les vacances et les week-ends, quand nous refaisions le monde attablées avec un verre de vin dans la cuisine.

– Je ne sais pas trop comment c'est arrivé, dis-je à Vidal. Je l'appelle sur Zoom presque tous les jours pour m'assurer qu'elle va bien. J'ai essayé d'organiser des soins vingt-quatre heures sur vingt-quatre ou de la placer dans un endroit surveillé, mais elle a toujours refusé.

– Et vous vous êtes parlé hier ?

– Non, elle se sentait trop fatiguée. Mais la veille, elle semblait aller bien. S'il y avait eu des signes évidents, je serais venue. Bonne Maman est une recluse. Quand j'étais enfant, je la surnommais le hérisson parce qu'elle aime hiberner. Essayer de la faire sortir de la maison, c'est comme essayer d'empêcher mon fils de huit ans de regarder YouTube.

Vidal acquiesce.

– J'aime bien son célèbre tableau, celui qui se trouve dans le hall d'entrée.

– *Mémoire*, dis-je. Oui, tout le monde l'aime.

Je regarde ma grand-mère et je me demande si elle comprend ce que l'on dit. Qu'est-ce que cela lui fait d'entendre encore, à quatre-vingt-dix ans, des questions sur une œuvre qu'elle a peinte jeune femme ?

– Ce tableau vaut beaucoup d'argent, n'est-ce pas ? demande Vidal.

– Le Lutetia l'a acheté dans les années 1960 pour une bouchée de pain. Les experts disent qu'il pourrait atteindre le million aujourd'hui. Si Bonne Maman l'avait gardé, elle serait très riche.

– Vous a-t-elle déjà parlé de son passé ? demande-t-il. Connaissez-vous l'enfance de votre grand-mère ou ce qui lui est arrivé pendant la guerre ?

– Non, je n'en sais pas autant que je le souhaiterais, dis-je en me sentant de nouveau honteuse. Je lui ai souvent posé des questions, mais elle n'a jamais voulu en parler. Comme la plupart des membres de sa génération.

Il est sur le point de me poser une autre question, lorsque la voix de ma grand-mère éclate à côté de moi. Elle crie, elle hurle presque. C'est un nouveau choc dans cette journée qui n'en est pas avare. Je l'ai déjà vue désorientée, mais jamais aussi mal. Cela me fait peur.

– Qui êtes-vous ? dit-elle en me serrant la main. *Qui* êtes-vous ?

Sauf qu'elle ne s'adresse pas au capitaine Vidal.

Elle me regarde droit dans les yeux.

10

OLIVIA

J'ai très envie d'un café. J'aime ma routine. Je prends toujours le même Starbucks Nitro Latte après avoir déposé mon fils à l'école et, quand je me sens d'humeur transgressive, un biscuit aux amandes avant de voir mon premier patient de la journée. Au lieu de ça, j'écris à TJ pour lui dire que je ne serai pas à la maison ce soir.

J'ai besoin de me distraire après la crise de Bonne Maman. Elle se calme rapidement, mais je suis encore choquée. C'est la première fois qu'elle ne me reconnaît pas. Cela me brise le cœur. J'espère que Kyle se souviendra qu'il y a répétition de théâtre ce soir pour « l'audacieuse réécriture » de *Cendrillon* par l'école. TJ joue le troisième valet de pied, avec des collants et une collerette en dentelle très élaborée. Soit la professeure de théâtre n'a jamais rencontré un garçon de huit ans, soit elle poursuit une sorte de vengeance élaborée contre mon fils. Je penche pour la seconde hypothèse.

L'agent en uniforme qui m'a fait entrer tout à l'heure est chargé de trouver deux tasses de café noir dans les cuisines de l'hôtel. Il ressemble à un rat de salle de gym avec ses biceps et son ventre plat, et n'aime manifestement pas jouer les serveurs. Je suis presque tentée de demander deux sucres et des sablés pour aller avec, mais je résiste et me contente de sourire poliment. Je ne veux pas offenser la police des biscuits, ni même la vraie police.

Je reste plutôt avec Bonne Maman. Je continue à répéter mon nom, qui je suis, et il n'y a plus de cris. Elle est perdue. Elle n'a probablement rien mangé depuis longtemps. Je m'inquiète toujours des habitudes alimentaires de ma grand-mère. Elle se nourrit de café et de pamplemousse. Elle a été élevée à une époque où manger des glucides était un péché mortel et où le jeûne était bon pour l'âme. J'aurais beau faire passer clandestinement de l'autre côté de la Manche un nombre incalculable de barres protéinées, elle ne changera jamais. Elle pourrait être dans le couloir de la mort, son dernier repas serait toujours une salade accompagnée d'un verre d'eau minérale.

Une fois certaine que ma grand-mère est plus calme et que la crise ne se reproduira pas, je quitte la pièce et rejoins le capitaine Vidal à l'extérieur. L'agent en uniforme revient avec deux cafés. Il en tend un à Vidal, puis me donne le second à contrecœur.

Encore sous le coup de l'émotion, je sirote avec gratitude le café, plus fort que mon Starbucks habituel. Je m'imagine parfois faire mes valises et m'installer ici avec TJ. Il pourrait devenir bilingue et je pourrais enfin tourner la page « Tom » en rencontrant un Français fringant, doué pour les grands gestes romantiques et doté d'une garde-robe à faire pâlir d'envie. Le professeur de français actuel de TJ s'est pour l'instant contenté de l'initier à décrire le contenu de sa trousse. Je ferais partie de ces mères qui habillent leur enfant comme un mannequin Ralph Lauren. Ma mère a toujours refusé de payer plus de dix livres pour une coupe de cheveux, préférant manier elle-même les ciseaux à la table de la cuisine. J'étais peut-être apparentée à la grande Joséphine Benoît, mais j'ai arboré la coupe au bol jusqu'au début de l'adolescence.

– Je suis désolée pour tout ça, dis-je. Je n'ai jamais vu Bonne Maman aussi désorientée. Je savais que ça finirait par arriver, mais j'espérais que nous aurions encore un peu de temps avant que les choses tournent vraiment mal.

– Nous savons comment empêcher les gens de mourir, dit Vidal. En revanche, nous ne savons pas comment les maintenir pleinement en vie. C'est triste à voir. Mon père était pareil. C'était un policier qui travaillait ici, au Lutetia, juste après la guerre. Il avait tant de souvenirs. À la fin, il ne se rappelait même plus mon nom.

Tom m'a fait promettre un jour de l'étouffer avec un oreiller s'il n'avait plus toute sa tête. C'est peut-être un truc d'homme. Ou juste un truc de Tom. Le revoilà. Chaque jour est rempli de ces moments où il est encore à mes côtés, volant mon cœur puis le brisant de la manière la plus cruelle que l'on puisse imaginer. J'ai vraiment pensé qu'il pourrait être le bon. Puis il a levé le camp avant de disparaître sans un mot.

– Qu'est-ce qui se passe maintenant ? dis-je.

Vidal hausse les épaules.

– Votre grand-mère dit qu'elle a tué quelqu'un et volé son identité. Le meurtre est peut-être difficile à prouver, mais pour l'usurpation d'identité ça devrait être plus facile. Si c'est vrai, elle vit dans le mensonge depuis des décennies.

– Elle n'a pas toute sa tête.

– Si je vous en crois, oui.
– Vous l'avez vue de vos propres yeux.
– Peut-être. Ou peut-être ai-je vu ce que vous vouliez que je voie. Peut-être que vous protégez votre grand-mère car vous savez qu'elle a enfin avoué la vérité.
– C'est absurde.
– Je suis un enquêteur, dit-il. Mon travail consiste à suivre les preuves. Jusqu'à quel point connaissons-nous vraiment nos grands-parents ? Vous ne savez que ce qu'elle vous a raconté. Peut-être a-t-elle des secrets que vous n'auriez jamais pu imaginer ?
Vidal termine sa tasse de café.
– Je dois vous demander de rester à Paris jusqu'à la fin de mon enquête. Il se peut que j'aie besoin de vous reparler.
Je me demande ce qu'il sait de mon travail de psychothérapeute. À Londres, je ferais une scène. Mais quelque chose dans le fait d'être en France me met en position de faiblesse. En Angleterre, je travaille dans un hôpital et je vois des patients. En France, je suis la petite-fille d'une des plus grandes artistes parisiennes vivantes. Je ne veux pas lui faire honte ni ternir le nom de la famille. Je suis la seule personne qui puisse encore la protéger.
– Combien de temps durera votre enquête ?
– Aussi longtemps qu'il le faudra.
Vidal commence à s'éloigner.
– Prenez soin de votre grand-mère, docteur Finn. Ne la laissez pas avouer d'autres crimes pendant mon absence.
Je regarde Vidal partir avec son acolyte et je réfléchis à ce qu'il vient de dire. Connaissons-nous vraiment nos parents ou nos grands-parents ?

« Bonne Maman » n'est pas une personne mais une catégorie. Je ne connais ni la jeune fille qui s'est découvert un talent pour le dessin, ni l'adolescente qui a grandi dans le Paris de la guerre, ni la jeune femme qui a ouvert la voie sur une scène artistique dominée par les hommes. Je ne connais que la vieille dame qui me faisait les gros yeux quand je mangeais un croissant sans élégance ou qui soupirait chaque fois que j'ajoutais du lait à mon thé.

Et si Bonne Maman cachait un grand secret ? Et si elle retrouvait des souvenirs enfouis dans son propre passé ?

Et si tout ce que je savais d'elle était un mensonge ?

11

OLIVIA

Je prends le temps d'arpenter le couloir du Lutetia pour rassembler mes idées. La réception de cet hôtel est si clinquante, on dirait le décor d'un film des années 1920. Je pense à l'arrivée de Bonne Maman ici, il y a si longtemps : ce souvenir semble encore hanter l'endroit, malgré la rénovation et les touristes.

Je pense aussi à Louis et je me demande si Charlotte lui a transmis mon message. Je devrais peut-être l'appeler moi-même. Il est non seulement mon mentor, mais aussi le plus vieil ami de ma grand-mère. Lorsque je grandissais sans père, il était mon modèle d'homme. Avec le recul, il s'agissait d'une erreur irrémédiable. Aucun comptable, avocat ou courtier d'assurances que je puisse rencontrer sur Hinge n'est à la hauteur de ces vieilles photos en noir et blanc de Louis de Villefort, vêtu d'une veste de smoking soyeuse.

Dans mon enfance, une rencontre avec Louis était une expérience : ses mocassins en velours, son eau de Cologne caractéristique, et les rumeurs extravagantes selon lesquelles il fréquentait des stars de cinéma ou se baignait deux fois par jour dans du lait de chèvre. C'est pourquoi il a toujours été le thérapeute préféré des Parisiens. Obtenir une audience quai Voltaire avec le maître thérapeute lui-même était un honneur. De nombreuses célébrités se sont installées dans le luxueux canapé de velours du bureau de Louis et lui ont livré leurs secrets les plus sombres. À l'apogée de sa carrière, de la fin de la guerre au tournant du millénaire, on disait de lui qu'il en savait plus sur les liaisons qui se déroulaient au palais de l'Élysée ou dans les chambres à coucher d'Hollywood que n'importe quel chroniqueur de journal à scandale ou avocat spécialisé dans les divorces.

À présent que la police est partie, j'essaie à nouveau de joindre Charlotte Fouquet, mais sans succès. Elle est probablement coincée dans une réunion. J'essaie alors le numéro privé de Louis, celui de l'appartement qui se trouve au-dessus de son cabinet de consultation. Une femme de ménage répond et me dit que Louis est occupé.

– Dites-lui que c'est Olivia qui appelle, et que c'est à propos de Joséphine Benoît.

Elle va vérifier. J'attends nerveusement. Je réfléchis à toutes les options. Bonne Maman est toujours dans la salle de réunion. Il faut que je la ramène à son appartement et décide quoi faire. J'espérais qu'en me voyant, la police passerait à autre chose. Mais le capitaine Vidal semble déterminé à prendre au sérieux les aveux de Bonne Maman. J'ai besoin d'aide avant que tout cela ne devienne incontrôlable. J'ai beau avoir un passeport français, je ne suis personne dans cette ville. Louis de Villefort, lui, est assurément quelqu'un.

– Bonjour.

Le changement est immédiat. Louis a toujours donné une impression d'autorité. Mais depuis le procès en diffamation très public de l'année dernière et la mort d'Ingrid Fox, l'une de ses anciennes patientes, il semble avoir vieilli. C'est une triste fin pour le héros de la Résistance et le pionnier de la thérapie.

– Olivia ?

– Louis, Dieu merci. J'ai besoin de votre aide. Ou, plus exactement, ma grand-mère a besoin de votre aide.

– Il s'est passé quelque chose, ma chère ?

– Oui. Je suis à Paris. Il y a eu un incident à l'hôtel Lutetia impliquant Bonne Maman et la police. Je ne savais pas qui appeler d'autre.

Louis inspire profondément.

– Bien sûr, bien sûr. Le Lutetia, tu dis ?

– Oui.

– Tu en es sûre ?

– Oui. Je suis à l'hôtel avec elle en ce moment. Elle ne va pas bien.

– Le tableau a-t-il été volé ?

Louis, comme il le dit lui-même, est psychothérapeute de métier mais collectionneur d'art par vocation. Son cabinet, avec vue sur la Seine, est rempli d'œuvres d'art contemporain provenant de sa collection personnelle.

– Non, non, le portrait est sauf. C'est Bonne Maman elle-même. Elle est très désorientée. Elle a des problèmes de mémoire depuis longtemps, sauf que là, ça a empiré. Elle est venue à l'hôtel, s'est assise sous son propre tableau et a commencé à faire toutes sortes de déclarations confuses.

– Je vois, je vois. C'est très pénible pour vous deux. Quel genre de déclarations a-t-elle faites ?

Je me sens presque gênée de les répéter. Mais je n'ai pas le choix.

– Elle dit qu'elle a un jour tué quelqu'un…

12

OLIVIA

Lorsque j'ai fini, il y a un long silence à l'autre bout du fil. Louis utilise encore le téléphone fixe et, à ma connaissance, n'a jamais possédé de portable.

Alors que le silence se prolonge et que j'attends sa réponse, je me demande si Louis ne se lasse pas de ce jeune homme qu'il fut, tout comme Bonne Maman de son propre passé. Tels les chanteurs des années 1960 qui se souviennent de Woodstock ou de leur rencontre avec Elvis. Personne ne parle d'eux en train de faire les courses hebdomadaires ou d'emmener les petits-enfants à Disneyland. Ils vieillissent mais sont toujours figés dans le temps.

Finalement, incapable de supporter le silence plus longtemps, je le brise moi-même.

– L'inspecteur présent sur les lieux s'est mis en tête que les affirmations de Bonne Maman devaient faire l'objet d'une enquête. Je lui ai répété qu'il s'agissait de démence. Mais elle n'a pas été officiellement diagnostiquée par un médecin. Alors… vous voyez…

– Oui, oui. Je vois le dilemme, dit enfin Louis d'un ton pensif. Quelle extraordinaire tournure des événements. Et, excuse mes manières, comment se porte le charmant TJ ? As-tu dû quitter Londres précipitamment ?

Ça lui ressemble plus. Louis a toujours été très bien élevé. C'est la seule personne à qui je peux tout dire. Bonne Maman est ma famille, ce qui rend parfois les choses plus difficiles, mais Louis connaît tous mes défauts et mes secrets les plus sombres. Après tant d'heures de thérapie à l'époque où il avait encore sa clinique quai Voltaire, il me connaît mieux que je ne me connais moi-même.

– TJ est avec Kyle ce soir et le reste de la semaine pendant mon absence.

– Un jeune enfant et une grand-mère très âgée. Mon Dieu, je ne sais pas comment tu fais pour jongler avec tout ça.

– Parfois, moi non plus.

– Ta grand-mère a de la chance de t'avoir. J'essaie d'être un bon ami, mais je ne suis plus tout jeune moi non plus. C'est une antiquité qui en aide une autre, j'en ai bien peur.

– Je sais, dis-je, prudente à présent.

Aucun psychothérapeute ne révélera jamais ce qu'il échange avec un patient. C'est le serment que nous prêtons. Bien qu'il n'organise plus de séances en personne, Louis s'entretient toujours par téléphone avec certains de ses patients les plus proches. Bonne Maman est en tête de cette liste. Je ne peux m'empêcher d'être un peu indiscrète.

– Avez-vous remarqué des changements dans vos conversations avec elle récemment ?

Louis semble hésiter.

– Rien d'alarmant, ma chère, non.

– Sa mémoire est-elle moins fiable ces derniers temps ?

– Elle a des bons et des mauvais jours, c'est certain. Je mets cela sur le compte de la vieillesse. C'est au Lutetia, bien sûr, que j'ai commencé à traiter mes premiers patients en tant qu'étudiant en médecine. C'est là que j'ai découvert ce qu'était la psychothérapie. Peut-être que ta grand-mère a été désorientée à cause de cela. Tu la ramènes chez elle ?

– Oui. Je vais la ramener à l'appartement maintenant.

– Bien, bien. Elle est probablement partie sans les clés. Il me semble qu'elle garde un double juste sous le pot de fleurs devant la porte. Elle a commencé à le faire après s'être parfois retrouvée enfermée dehors. Un autre signe, je suppose, qu'elle ne s'en sortait pas. J'aurais dû être plus attentif. Seulement il est parfois difficile de savoir où s'arrête le rôle de thérapeute et où commence celui d'ami. Nous nous appelions, mais c'est tout. J'aurais dû faire plus.

J'ai de la peine pour Louis maintenant. J'ai toujours espéré qu'en vieillissant, tout le monde se débarrassait de ses peurs. Vive les cours de poterie et les siestes devant les rediffusions de *Friends*. Si seulement c'était vrai.

– Vous êtes le dernier lien vivant avec le passé de Bonne Maman, dis-je. Vous étiez au Lutetia après la guerre. C'est là que vous l'avez rencontrée ? Y a-t-il quelque chose qu'elle a gardé secret pendant toutes ces années au sujet de cette époque ? Quoi que ce soit, même si c'est grave, je veux le savoir.

– J'aime vraiment ta grand-mère, tu le sais, ma chère. Pas d'un amour romantique, mais d'un amour sincère tout de même. L'imaginer souffrir ainsi m'est insupportable. Mais je crains de ne pas pouvoir être d'une grande aide.

Ce n'est pas vraiment un démenti. Je me demande si, aujourd'hui encore, Louis n'essaie pas de protéger Bonne Maman, sa grande amie. Pourrait-elle vraiment avoir un secret qu'il soit déterminé à ne jamais divulguer ? Le gardera-t-il pour la protéger, même de moi ? Aurai-je un jour une réponse ?

C'est ça qui me déchire chaque fois que je pense à Tom. L'idée qu'il disparaisse et qu'on ne sache jamais ce qu'il s'est réellement passé. Ce n'est pas pour rien qu'on appelle ça le *ghosting*.

Je sens qu'il se tient à nouveau à mes côtés. C'est exactement le genre de situation qu'il aimerait. Il essaierait de me remonter le moral avec une de ses mauvaises imitations. Sa série préférée était *Columbo* et il me regarderait en fronçant les sourcils, comme un détective privé de la vieille école.

Attache ta ceinture, mon chou.

Puis je pense à la façon dont il s'est volatilisé un jour, à mes appels restés sans réponse, aux textos non lus, à son téléphone hors service. Cela ne lui ressemble pas du tout. Il s'enorgueillissait toujours de ne pas avoir d'e-mails non lus dans sa boîte de réception ni de messages en attente. Il était M. Efficace.

– Nous l'aimons tous les deux, dis-je en imaginant un monde sans Bonne Maman. C'est ce qui rend les choses si difficiles. La vie serait tellement plus facile sans amour.

Louis marque une pause et dit tendrement :

– Oui, mais crois-en un vieil homme, ma chère, sans amour, ce ne serait pas une vie.

13

OLIVIA

C'est amusant de voir à quel point les relations avec Bonne Maman ressemblent à celles que j'ai avec TJ. Il y a des moments où je suis submergée par un amour qui dépasse tout ce que je peux imaginer. Il y en a d'autres où je m'arrache les cheveux, où je hurle à la mort et où j'ai envie de m'enfuir sur une plage d'Ibiza en attendant d'être arrêtée pour maltraitance de personnes âgées ou négligence d'enfant. Souvent, ces deux réactions se produisent à quelques secondes d'intervalle. On ne vous prépare pas à ça quand vous devenez adulte. Le bonheur et la tristesse sont les deux faces d'une même pièce.

Ce n'est pas ainsi que je me souviendrai de ce moment, bien sûr. Je supprimerai le manque de sommeil, retoucherai le stress et mettrai un filtre sur la frustration, jusqu'à obtenir le cliché Insta parfait de TJ en petit coquin aux cheveux d'or et de Bonne Maman en vieil oiseau sage, serein et majestueux. Je dirai que ces jours ont été les meilleurs de ma vie.

Ce sera un mensonge. Ce sont des jours comme les autres, avec des hauts et des bas et tout ce qu'il y a entre les deux. De tous les artifices de la mémoire, la nostalgie est le plus puissant. Les choses n'étaient pas vraiment mieux avant. Nous avons juste oublié les mauvais côtés.

J'essaie de récupérer mon bagage auprès du concierge. Il lui faut apparemment trois voyages dans le stockage derrière la réception et beaucoup de questions pour déterminer si Carl Friedrik est un client de l'hôtel ou un nom de marque. Enfin, je retrouve ma valise.

J'aide Bonne Maman à traverser le hall et à descendre les escaliers de l'entrée principale, convaincue qu'au moindre faux pas, elle tombera et se cassera quelque chose. Je renouvelle mon vœu de la nourrir de protéines par intraveineuse pendant son sommeil. Elle ressemble à un sac d'os. En descendant les escaliers, je m'accroche à elle et réalise qu'elle n'a pas mis son parfum habituel. Elle porte toujours du Chanel *N° 5*. Depuis que je suis petite, cette odeur est liée à ma grand-mère. Sans lui, c'est la fin d'une époque.

Le portier du Lutetia hèle un taxi. Je dis au chauffeur de nous conduire à l'appartement de Bonne Maman à Montparnasse. Je ressens une pointe de tristesse devant son air confus. Sait-elle où elle se trouve ? A-t-elle la moindre idée de ce qui s'est passé ces dernières heures et de la raison pour laquelle elle s'est retrouvée dans le hall de l'hôtel Lutetia ?

Je me penche pour lui mettre sa ceinture de sécurité et lui touche légèrement l'épaule en souriant. Elle me rend mon sourire. Je sais qu'un jour, en un clin d'œil, je serai vieille moi aussi. La gentillesse est ce qui serait le plus important pour moi. Ce n'est pas facile, mais je dois continuer à effectuer les petits gestes d'amour. Toucher son épaule, la regarder dans les yeux, la traiter comme une personne et non comme une tâche à accomplir.

Je me glisse à l'arrière à ses côtés et lui tiens la main pendant le trajet. La circulation est dense et c'est dix minutes plus tard que nous nous arrêtons devant son appartement. Elle a toujours vécu en plein cœur de la ville. Elle a été locataire toute sa vie, jamais propriétaire. C'est son quartier, son territoire. La rive gauche sans Joséphine Benoît, c'est comme Londres sans Big Ben : le premier signe de l'Apocalypse.

Je paie la course et j'aide ma grand-mère à sortir du taxi. C'est d'autant plus difficile qu'il y a beaucoup de monde autour de nous. J'aime à penser que j'ai une vision optimiste de la nature humaine, mais Bonne Maman manque être renversée deux fois par des piétons en train de scroller sur leurs téléphones, des écouteurs dans les oreilles. Elle s'accroche encore plus à ma main et je sens sa peur. Cela me fait presque craquer. Nous nous éloignons de la rue animée, elle reconnaît les environs et ses joues reprennent un peu de leur couleur. Elle est de nouveau chez elle.

Son appartement est situé au troisième étage d'un grand immeuble branlant. Il n'a pas été repeint depuis quelques décennies et je doute que son loyer ait été souvent augmenté. Lorsque nous arrivons enfin devant sa porte, je trouve le double des clés sous le pot de fleurs, comme indiqué par Louis.

J'ouvre et constate que l'endroit est dans un état correct. Au moins, l'aide à domicile fait son travail. Cela nous coûte assez cher. J'aide Bonne Maman à entrer dans le couloir et prends son manteau. L'odeur me rappelle mon enfance. Elle est réconfortante, sécurisante. Pour moi, c'était toujours l'odeur des anciens, même si ma grand-mère n'était pas si âgée que ça à l'époque.

En accrochant son manteau, j'ai du mal à me la remémorer telle qu'elle était. Son sourire diabolique, son esprit vif, son amour féroce. Bonne Maman n'a jamais été une beauté conventionnelle. Les journalistes parlent souvent de ses yeux. Ils voient plus loin que les miens. Ses yeux devraient être assurés, comme les jambes de Taylor Swift ou les cheveux de Harry Styles. En tant que peintre, ma grand-mère s'est toujours plus inquiétée pour sa vue que pour sa mémoire.

Je la conduis dans la cuisine où je fais chauffer la bouilloire. Je prépare une théière de thé Earl Grey en me souvenant de ne pas ajouter de lait pour elle, tout en versant une toute petite goutte dans ma tasse. Le thé noir est trop fort. C'est ça, l'enfance britannique. Je doute que Bonne Maman me le reproche aujourd'hui.

Dans le cadre de mon travail, j'ai vu tant de patients atteints de tous les problèmes de mémoire possibles et imaginables. Mais là, c'est différent. Elle est ma propre chair, mon propre sang. Debout dans son appartement, entourée de tous mes souvenirs d'enfance, j'ai l'impression qu'il y a un grand trou noir au milieu de tout cela. Je me rappelle quand j'ai été enfin assez grande pour atteindre ce placard, ou quand j'ai essayé une cigarette que ma grand-mère avait laissée sur sa table de chevet et que ma mère m'a attrapée. Aujourd'hui, maman est partie depuis longtemps, grand-mère est presque partie, et je suis toujours assez grande pour atteindre ce placard. Parfois, j'aimerais ne pas l'être.

Quand l'Earl Grey a fini d'infuser, j'apporte la théière sur la table. Je pose les tasses sur des dessous-de-verre.

Bonne Maman lève les yeux vers moi et j'y vois la même expression de panique qu'à l'hôtel. Je me prépare à une nouvelle crise et je prie pour être assez forte pour la traverser.

– Que se passe-t-il ? dit-elle. Où suis-je ?

14

OLIVIA

– C'est moi, Bonne Maman. Liv. Tu as eu une drôle d'aventure ce matin et la police m'a appelée. J'ai pris un train tôt de Londres pour venir te chercher. Tu étais à l'hôtel Lutetia, assise sous ton propre tableau.

Ma grand-mère semble plus confuse que jamais. Puis, en un instant, son expression change. Elle me regarde, me reconnaissant enfin.

– Olivia.

– Nous nous sommes vues sur Zoom l'autre jour, Bonne Maman. TJ et moi prenons des nouvelles pour voir comment tu vas. Tu connais TJ. Ton arrière-petit-fils. Il est à l'école aujourd'hui, il a une répétition pour sa pièce de théâtre. Il porte ces collants et ces froufrous qu'il déteste. Il te ressemble beaucoup, tu sais. Huit ans et têtu comme l'enfer. Il est chez son père cette semaine pendant que je suis ici.

Ses forces reviennent. Elle prend la tasse de thé. Elle aime toujours boire chaud.

– Pourquoi es-tu ici, chérie ? Pourquoi n'es-tu pas à Londres avec ton fils ? Il me semble que ça fait une éternité que je ne vous ai pas vus. Quel jour sommes-nous ?

Je ne peux pas l'éviter plus longtemps et j'essaie de ne pas m'énerver.

– Tu as eu une crise, Bonne Maman. La nuit dernière. Une mauvaise crise.

– Non, non. J'étais là hier soir, chérie.

Elle a l'air confuse.

– N'est-ce pas ? Je me suis couchée tôt, j'étais fatiguée, je m'en souviens, je me suis couchée tôt et…

– Tu as quitté cet appartement, Bonne Maman, et tu es allée à l'hôtel Lutetia. On t'a trouvée dans le hall de l'hôtel ce matin et tu as dit que tu devais te rendre à la chambre 11.

Je me demande si je dois tout lui dire ou seulement une version modifiée.

– Tu as dit au manager que ton vrai nom était Sophie Leclerc.

C'est alors que ses yeux reprennent tout à fait vie.

15

RENÉ

René écoute attentivement.

– Vous êtes sûr ? dit-il. Il n'y a pas de confusion possible ?

– Aucune.

– Racontez-moi à nouveau ce qui s'est passé. Depuis le début, n'omettez rien.

Le client reprend les événements qui se sont déroulés il y a quelques heures.

La vieille dame est arrivée à l'hôtel Lutetia. Elle s'est adressée à la réception en affirmant être responsable d'un meurtre commis dans l'enceinte de l'hôtel juste après la guerre. Lorsqu'on lui a demandé de donner son nom, elle a dit qu'elle était Sophie Leclerc et qu'elle avait tué quelqu'un dans la chambre 11 de l'hôtel.

La femme semblait désorientée. Elle avait été emmenée dans une salle privée pendant que le gérant appelait la police. Après un premier interrogatoire, cette dernière avait contacté la petite-fille de la vieille dame, la docteur Olivia Finn, à Londres. La docteur Finn, spécialiste de la mémoire, était arrivée à Paris quelques heures plus tard. Elle s'était entretenue avec la police, puis était repartie avec sa grand-mère vers un appartement de la rive gauche.

René écoute attentivement. Il n'interrompt pas.

Lorsque le client a terminé, il dit :

– Olivia Finn est arrivée seule ? Vous en êtes certain ?

– Oui.

– Et la vieille dame a bien dit que le meurtre avait eu lieu au Lutetia ?

– Oui.

Ils discutent encore quelques minutes pour passer en revue les instructions, puis René met fin à l'appel. Il aimerait s'éclaircir les idées avec un alcool fort. Mais il doit rester sobre maintenant. Il n'a pas le droit à l'erreur. Pas pour quelque chose d'aussi important.

Il s'assied derrière le magnifique bureau en chêne au centre de sa bibliothèque et contemple la pièce semi-circulaire. Il y a une porte qui mène à ses quartiers privés, un brouilleur de signaux pour les appareils externes et une isolation phonique pour que tout reste confidentiel. Il a parfois du mal à croire qu'il vit ici.

Il est le pauvre gosse de banlieue qui a réussi à faire quelque chose de sa vie. Ses dix-huit premières années, il les a passées dans la cité. Puis il s'est retrouvé sur tous les continents, d'abord dans la Légion étrangère, puis dans la sécurité privée, l'un de ces hommes musclés avec des oreillettes et des costumes moulants qui entourent toutes les célébrités qui peuvent se les offrir.

Cette vie de jets privés et de *people* glamour lui manque. Depuis qu'il s'est installé à son compte, l'argent est meilleur, mais les boulots sont plus solitaires. Il y a un coup de fil, un travail à faire, un corps à cacher, puis tout recommence.

Comme aujourd'hui.

René ouvre un tiroir du bureau et déballe un nouveau portable prépayé. Son interlocuteur décroche à la troisième sonnerie.

– Parlez.

Ça commence toujours ainsi.

– J'ai besoin de matériel dans l'heure, dit René. À l'adresse habituelle.

Il énumère ce dont il a besoin, puis la ligne coupe. Cet appel ne le réjouit pas, mais il n'a pas le choix. La femme, l'hôtel, ce nom. Le meurtre de la chambre 11. Le secret a été caché pendant quatre-vingts ans. Aujourd'hui, une femme âgée entre dans un hôtel parisien à l'aube, avoue un meurtre et menace de tout révéler.

Le client ne peut pas laisser faire cela.

Et René veillera à ce que cela n'arrive pas.

C'est comme ce contrat de l'année dernière qui le perturbe encore parfois : la mise en scène du meurtre et la note. Il se lève et se prépare pour le travail de ce soir. Il pense à tous ces anciens soldats qu'il a rencontrés au fil des années. Beaucoup d'entre eux espéraient attirer l'attention de leurs gros clients et devenir eux-mêmes des célébrités, les nouveaux Bear Grylls, présentant des documentaires sur la survie, animant des camps d'entraînement pour entreprises et faisant pleurer comme des petits garçons les cadres surpayés du monde de la tech. Il pourrait déjà avoir une gamme de compléments alimentaires à son nom et, bien sûr, une série de livres pour enfants racontant comment l'intello de la classe se transforme en super-héros.

En attendant le prochain appel, René rêve du chemin qu'il n'a pas pris. Il s'imagine animant une émission de télévision sur la survie ou emmenant la dernière star de cinéma non binaire dans un trek à travers l'Himalaya pour manger du foie, dormir à la belle étoile et ignorer l'équipe de tournage de cinquante personnes qui les suit. Il devrait cependant se faire épiler le torse au laser et probablement se maquiller pour la caméra. Il y aurait des coiffeurs, des régimes appauvris en sel, des heures interminables de musculation et des interviews sur ses problèmes de santé mentale et les angoisses liées à son apparence.

On dit que les hommes pensent à l'Empire romain au moins une fois par jour. René n'est pas très doué devant la caméra, cependant il aurait fait un très bon gladiateur. Il a un temps envisagé une carrière de doublure, mais tuer dans la vraie vie ne nécessite aucune assurance onéreuse et offre un meilleur équilibre entre vie professionnelle et vie privée.

C'est ainsi qu'il en est arrivé là.

Cinq minutes plus tard, il reçoit un deuxième appel et obtient la confirmation du contrat et du prix.

Il cesse de penser à l'Empire romain et se concentre sur la tâche à accomplir. Il se languit à nouveau d'un bon verre, mais la bouteille sera toujours là quand ce sera fini.

La mission est en cours.

Quelqu'un doit mourir ce soir.

16

OLIVIA

Le changement est soudain mais indéniable. C'est comme lorsque j'ai interdit à TJ de manger des céréales industrielles au petit déjeuner et que j'ai lentement vu le monstre sucré du matin redevenir mon fils effronté mais gentil.

Elle me regarde.

– J'ai dit à ce pauvre garçon à la réception que je voulais aller dans la chambre 11, dit-elle. C'est là que ça s'est passé, tu vois, il y a toutes ces années. Il fallait que j'entre dans la chambre pour voir si elle y était encore. Joséphine, je veux dire. C'est elle qui est morte dans la chambre 11. Je me suis endormie, je me suis réveillée et son corps était juste… là.

Ma grand-mère semble si confuse. Certaines parties de sa confession semblent plausibles, d'autres confinent à l'absurde. Se souvient-elle vraiment de quelque chose, ou tout cela s'explique-t-il par ses troubles de la mémoire ?

– Là où quoi s'est passé, Bonne Maman ?

– Le passé, ma chérie. Toutes les choses qui me sont arrivées bien avant ta naissance. Je n'ai pas toujours été ta grand-mère, tu sais. Je n'ai pas toujours été une mère non plus. Cela peut être un choc terrible pour toi, et j'en suis désolée, mais j'ai vécu une vie bien remplie. J'ai vu des choses que tu ne peux même pas imaginer. Je n'ai pas toujours été une vieille femme charmante qui ne se rappelle plus où elle a laissé ses clés.

– Ce ne sont pas des souvenirs, Bonne Maman. Tu t'embrouilles toi-même.

Elle a l'air encore plus farouche que dans mon souvenir. J'ai l'impression d'être redevenue une enfant qui a menti en prétendant n'avoir mangé qu'un biscuit.

– Je ne m'embrouille pas du tout. Et ce n'est pas la peine d'être impertinente, chérie. Je suis peut-être vieille, mais je ne suis pas un cas désespéré. Du moins, pas encore. Je pense que je peux reconnaître un souvenir de ma propre vie quand il me revient.

J'ai tellement pris l'habitude de traiter Bonne Maman comme une malade que j'ai oublié à quel point elle était stricte. Les gens pensent qu'une grand-mère artiste bohème, c'est l'absence de règles et des glaces à n'en plus finir au lieu de faire ses devoirs. En fait elle était plutôt du genre perfectionniste.

– Je ne pense pas que tu sois un cas désespéré.

– Mais tu penses que j'invente ?

– Je ne comprends pas, c'est tout. J'ai l'impression que tu prends des éléments de ton tableau et que tu les transformes en souvenirs personnels. Tu t'appelles Joséphine et non Sophie. Tu n'as tué personne. Pourquoi irais-tu raconter le contraire à des inconnus ? À moins, bien sûr…

– Je ne sais plus où j'en suis, soupire-t-elle. Je sais que ma mémoire n'est plus ce qu'elle était. Je sais que j'ai des absences, pourtant j'ai toujours plus de bons jours que de mauvais. Qui sait combien de temps il me reste à vivre ? J'ai été envahie par la certitude que j'allais bientôt mourir et j'ai su qu'il fallait que j'atteigne ce tableau, que je revoie cette pièce et que je découvre ce qui était arrivé à Sophie et à Joséphine. Elles habitaient là toutes les deux, tu comprends, colocataires après la guerre. Nous étions amies, de si bonnes amies.

– Oh, Bonne Maman, dis-je en la voyant émue.

Je dois au moins faire semblant de prendre cela au sérieux. J'ai connu des patients souffrant de pertes de mémoire qui étaient convaincus que des événements qu'ils avaient regardés à la télévision étaient en fait leurs souvenirs.

Je me sens également coupable. J'encourage mes patients à retrouver leurs souvenirs, alors pourquoi pas ma grand-mère ? Pourquoi la règle est-elle différente pour eux et pour elle ?

– Ces souvenirs sont-ils apparus soudainement ? Les as-tu toujours eus ? Tu ne m'en as jamais parlé auparavant. Tu as toujours dit que le portrait ne venait pas de ta propre vie.

Elle prend ma main.

– Paris était un endroit très différent pendant la guerre, dit-elle. Nous nous sommes réinventés, nous avons fait table rase du passé, nous avons raconté à nos enfants et petits-enfants une autre version de ce qui s'est passé à l'époque et nous nous sommes raconté une autre histoire à nous aussi. J'avais tout refoulé… mais… je vois leurs visages. Sophie et Joséphine. Je nous vois toutes les deux.

Je sors un mouchoir de ma poche et l'aide à s'essuyer les yeux. Je déteste la voir dans cet état. Mais elle a l'air si convaincue. Je n'arrive pas à savoir si elle pense toujours s'appeler Sophie et que Joséphine est morte, ou ce qu'elle imagine qu'il s'est passé dans la chambre 11. Cependant elle a raison, je la connais depuis un tiers de sa vie tout au plus.

– Bonne Maman…

– Olivia, ma chérie, je sais que ce ne sera pas facile pour toi. Toi et ton fils m'êtes les deux personnes les plus précieuses au monde. Il va falloir être patiente, indulgente même. Je sais que ma mémoire n'est pas bonne et que je confonds les choses, mais ce souvenir… non, je sens que c'est réel, chérie. Je dois retourner dans cette chambre. Tu dois découvrir ce qui lui est arrivé.

– À qui, Bonne Maman ?

– À Sophie, à Joséphine… à moi.

Je serre sa main plus fort.

– Avoir l'air réel et être réel, ce n'est pas toujours la même chose. As-tu déjà parlé de tout cela à maman ?

Elle secoue la tête.

– Non, non, ta mère n'aurait jamais compris.

J'inspire profondément.

– Juste pour clarifier, Bonne Maman. Je veux comprendre ce que tu essaies de me dire.

Sa main est toujours posée sur la mienne. Je me souviens qu'il m'arrivait de dormir dans la chambre d'amis et d'être réveillée par des cauchemars. Elle m'apaisait toujours avec un verre de lait et une histoire sur mon arrière-grand-mère, sa mère, qui avait grandi dans une ferme de la campagne française, et son petit cochon appelé Mignolet. J'ai entendu cette histoire tant de fois, pourtant elle n'a jamais pris une ride. Parfois, je faisais semblant de faire un cauchemar pour pouvoir la réentendre.

– Tu me dis qu'avant la naissance de maman, et bien avant la mienne, tu penses que tu ne t'appelais pas Joséphine Benoît mais Sophie Leclerc ? C'est ce dont tu te souviens maintenant ?

– Oui.

– Le capitaine de police a dit que tu avais mentionné avoir été dans les camps de concentration pendant la Seconde Guerre mondiale ?

– Oui, oui… c'est exact.

Ma voix se brise.

– Tu n'avais jamais rien dit à ce sujet auparavant.

– Je ne m'en souvenais pas avant. Mon esprit l'avait refoulé. Du moins, je pense que c'est ce qui a dû se passer. Il y avait trop de… traumatismes.

Bonne Maman ne cille pas.

– Mais cet état de lucidité peut disparaître, chérie. Passons à la question suivante et nous nous occuperons des récriminations plus tard. Qu'est-ce que tu veux me demander d'autre ?

– Pourquoi essayais-tu de te rendre dans la chambre 11 de l'hôtel Lutetia ?

– Parce que c'est là que j'ai séjourné après la libération des camps, là où nous avons séjourné toutes les deux, des amies réunies. Tous les survivants ont été ramenés en train à Paris et placés à l'hôtel Lutetia pendant trois jours pour y être interrogés et soumis à une évaluation psychologique. Après cela, si nous avions passé l'entretien avec la police, nous pouvions reprendre le cours de notre vie.

Je pense à Bonne Maman, il y a quatre-vingts ans, portant les vêtements rayés d'une survivante des camps, descendant du train et regardant le ciel de Paris. J'imagine aussi Louis, adolescent, étudiant en médecine, traitant les survivants. C'est comme si toute l'histoire du passé de notre famille était en train d'être réécrite. En tant que thérapeute, je suis régulièrement confrontée à des souvenirs enfouis, mais celui-ci, j'ai presque envie de le repousser, de le refouler à nouveau.

– Et c'est là que... ?

Bonne Maman acquiesce.

– ... j'ai causé la mort d'un autre être humain ? Oui. Je vois à quel point tu es horrifiée. Je le serais aussi à ta place. Mais je n'ai commis ce meurtre que pour survivre. Tu aurais fait de même. Ce sont les choix auxquels nous étions confrontés à l'époque.

– Alors, si tu es Sophie Leclerc, qu'est-il arrivé à... la vraie Joséphine Benoît ?

Il y a un silence. J'entends les cloches d'une église qui sonnent.

– Joséphine, dit-elle, oui, je pense que Joséphine était la femme que j'ai tuée.

17

OLIVIA

C'est à ce moment-là que la sonnerie de l'interphone retentit.

Je regarde ma grand-mère et je vois que cet instant de lucidité est sur le point de disparaître, comme elle l'avait prédit. Elle ferme les yeux, les rouvre et, à nouveau, je la perds. On a éteint l'interrupteur et son cerveau s'est mis en veille.

– Un instant, Bonne Maman, je dois répondre à la porte.

Je me lève et pose une main sur son épaule pour la rassurer.

– Je reviens tout de suite, d'accord ?

Sa réaction est immédiate. Elle repousse mes doigts, puis me regarde avec colère.

– Bonne Maman, c'est moi. Liv. Ta petite-fille. Je suis là pour m'occuper de toi et tout va bien se passer.

– Qu'est-ce qu'il y a ? Qu'est-ce qui se passe ?

Je déteste ça. La retrouver et la perdre à répétition. Elle a peur, elle réagit comme TJ quand il est effrayé. La sonnerie retentit une deuxième fois. Je quitte la cuisine et trouve l'interphone de l'appartement près de la porte. Je décroche le combiné.

– Allô ?

– Bonjour, dit la voix.

Je la reconnais vaguement pour l'avoir entendue au téléphone tout à l'heure, bien que le son soit différent sur cette ligne.

– C'est Villefort.

Louis a dit qu'il envoyait quelqu'un. Je ne m'attendais pas à ce qu'il vienne en personne voir Bonne Maman. Je n'étais même pas sûre qu'il en soit capable. Aujourd'hui nonagénaire, et après un procès très public, il ne sort plus beaucoup. Il a un chauffeur, bien sûr, mais il est suffisamment important pour que tous ceux qui veulent le voir se rendent dans son luxueux appartement du quai Voltaire.

– Montez, je vous en prie.

Je jette un œil dans le miroir, histoire d'avoir l'air présentable après la conversation intense que j'ai eue avec Bonne Maman. L'appartement est encore un peu poussiéreux et une bombe de désodorisant ne serait pas de trop. Je fais glisser la chaîne et ouvre la porte, m'attendant à voir le personnage de l'appel – le vieux cabotin à l'allure de crooner, costume sur mesure façon Rat Pack et charme de renard argenté.

À la place, l'homme qui se tient dans le couloir a mon âge. Ce n'est pas Louis, mais son fils. Il a l'allure décontractée que j'associe aux Européens fortunés, avec ses manchettes rabattues et ses mocassins immaculés. Ses cheveux foncés ondulent autour d'une raie négligemment dessinée, et son sourire ferait se pâmer un orthodontiste. Il est mince sans être frêle : ses muscles plissent sa chemise Armani hors de prix. Édouard de Villefort est totalement différent de l'adolescent que j'ai connu il y a vingt ans, mais aussi, bizarrement, pareil à lui-même. J'aurais dû m'en douter à la voix.

– Eh oui, c'est un revenant, dit-il.

Il a un sourire ridiculement beau que, malgré moi, je n'ai jamais vraiment oublié.

Tout le monde aime les mauvais garçons, et à l'époque, Édouard était le plus mauvais d'entre eux. Il était riche, beau et… français. Je pensais qu'il serait divorcé, ridé et qu'il arborerait une grosse bedaine. Il aurait été l'un de ces ex-play-boys ennuyeux avec son train miniature dans le garage, troquant les fêtes contre des séances de pilates. Mais sa peau est hydratée, son ventre plat. Il n'a pas l'air d'avoir mené les luttes légendaires de l'heure du coucher ou du rythme scolaire à respecter. Édouard était l'éternel charmeur qui étudiait la psychologie à l'université de New York avant de créer une clinique à Manhattan, tirant parti de la réputation de son père tout en menant la belle vie avec les riches veuves de l'Upper East Side. Je ne savais pas qu'il était de retour à Paris.

– Si vous êtes journaliste, lui dis-je, vous vous êtes trompé d'appartement.

Il continue à me sourire. Il est à la fois plus vieux et plus beau, ce qui semble impossible.

– Liv Finn, dit-il en m'embrassant sur les deux joues. Ou bien est-ce docteur Finn maintenant ? Dame Olivia ? Baronne ?

– Dans mes rêves.

– Tu m'as manqué, dit-il. Cela fait trop longtemps.

L'adolescente que j'étais serait aux anges. Mais cet avion a quitté Paris pour New York il y a vingt ans et a emporté mon cœur avec lui.

– C'est bon de te voir aussi, Édouard, réussis-je à articuler. Je t'en prie, entre.

18

OLIVIA

Je ferme la porte et vérifie que je n'ai rien de coincé entre les dents. Pourquoi n'ai-je pas passé plus de temps à me préparer ce matin ? Édouard était censé être de l'histoire ancienne. Non, de l'histoire antique, reléguée dans le dossier des années 2000 avec les iPod shuffle et « Mr. Brightside ». Je me suis toujours demandé si j'allais le recroiser à Paris. Mais cela ne s'est jamais produit. J'ai classé l'affaire comme un béguin d'adolescente et j'ai continué ma vie. Pourtant cette première attirance fiévreuse ne vous quitte jamais vraiment, et il a toujours été là, l'homme auquel je compare tous les autres.

Nous nous tenons dans le couloir, mal à l'aise, hésitant tous les deux à lancer une conversation maladroite pour rattraper le temps perdu. Il y a tellement de passif entre nous, et nous ne nous sommes pas vus depuis si longtemps. C'est comme si vous tombiez sur votre amoureux de primaire en faisant la queue chez le médecin. Faut-il cacher l'échantillon d'urine ou en faire une blague ? Bienvenue dans les dilemmes de la quarantaine.

– C'était quand, la dernière fois ? 2005 ? dit Édouard. Jennifer Lopez et Ben Affleck venaient de rompre pour la première fois et tu avais trois piercings à l'oreille.

Je souris.

– Eh bien, JLo et Affleck se sont séparés une deuxième fois et le troisième piercing a disparu depuis longtemps.

– Je suis désolé de l'apprendre.

– Tu es peut-être le seul. Tu es toujours à New York ?

Il acquiesce.

– J'ai ma clinique à Manhattan. Je ne reviens pas beaucoup en Europe ces temps-ci.

– C'est donc pour cela que je ne t'ai jamais revu.

– Paris est la ville de mon père. J'avais besoin de trouver ma propre place dans le monde. Je ne suis revenu que pour une visite éclair, d'ailleurs. Je repars bientôt pour New York.

C'est l'autre chose qui m'a séduite quand j'étais adolescente. Oui, Édouard était un mauvais garçon, mais il était aussi paralysé par l'héritage de son père. Il ne serait jamais à la hauteur de ce que Louis avait accompli. Édouard n'avait pas connu la Seconde Guerre mondiale. Il n'avait pas rejoint la Résistance. Il n'avait pas soigné des survivants de l'Holocauste et n'avait pas été le pionnier de nouveaux traitements psychothérapeutiques.

Lorsque je l'ai connu, il buvait, se droguait et mettait autant de distance que possible entre lui et son père. Il était catalogué comme le fils décevant et il tenait à valider cette réputation. La rumeur veut qu'il ait fui Paris parce qu'il était sur le point de se faire arrêter pour trafic de drogue et que Louis ait dû réparer les dégâts qu'il avait causés. Édouard a peut-être un cabinet de consultation à Manhattan avec son nom sur la porte, mais il n'a jamais réussi à être à la hauteur des réalisations de son père. Il est l'enfant népotique par excellence. Si on ne peut pas s'en défaire, il faut l'assumer.

– Tu as l'air différent, dis-je.

Je suis fille unique et Édouard était la seule personne qui se rapprochait d'un grand frère, même si j'aurais bien aimé le voir en caleçon. Je le taquinais. Il me taquinait en retour. Nous flirtions avant de savoir flirter. Mais c'était il y a longtemps. Je ne peux pas me permettre de laisser de vieux sentiments me bercer d'une fausse sensation de confiance.

– À l'époque…

– Je buvais deux bouteilles par jour et je sniffais tout ce que je trouvais, dit-il. Oui, oui, je sais. J'ai continué dans cette voie la majeure partie de ma vingtaine. Puis mon médecin m'a dit que j'étais en train de me tuer et j'ai tout changé. J'ai arrêté l'alcool et les drogues, j'ai commencé à faire de l'exercice, à manger sainement pour, je l'espère, vivre plus longtemps. Personne ne veut d'un thérapeute incapable de prendre sa vie en main.

– Ne me dis pas qu'une femme t'a changé ?

Je m'attends à ce qu'il rie, qu'il me parle de sa compagne de longue date, qu'il me dise qu'ils mènent désormais une vie parfaite avec deux magnifiques chats siamois et une passion commune pour les antiquités. Sauf qu'au lieu de cela, il a l'air triste. J'ai mis le doigt sur quelque chose sans m'en rendre compte. Je suis maintenant folle de curiosité. Désolée, mais pas tant que ça. Est-il divorcé ? A-t-il un enfant ? Que s'est-il passé au cours des deux décennies qui se sont écoulées depuis que je l'ai vu pour la dernière fois ?

– Quelque chose comme ça, dit-il. Aujourd'hui, je cours des marathons et je bois des smoothies au chou kale. Je suis un cliché ambulant. Mais au moins, je suis encore debout. Certaines de mes vieilles connaissances ne peuvent pas en dire autant. Le monde de la nuit à New York n'est vraiment bon ni pour le corps ni pour l'esprit.

– Eh bien, je suis très heureuse que tu sois encore là.

– Merci, dit-il. Et toi ?

– J'ai un fils maintenant, dis-je. Il a huit ans. Il est effronté mais génial. J'ai eu un mari qui était aussi effronté mais pas si génial que ça, c'est donc maintenant mon ex-mari. Nous avons la garde partagée de TJ.

– Je vois.

– Je pensais que divorcer serait la chose la plus difficile que j'aurais à affronter. Puis Bonne Maman a commencé à perdre la mémoire et, bien sûr, d'autres choses se sont mises sur mon chemin. En fin de compte, le divorce n'était qu'un hors-d'œuvre. Il restait encore un plat principal et un dessert dans ce festin de malheurs. Qui sait ce qui accompagnera le thé et le café ?

– Je sais que mon père t'a été très reconnaissant pour toute l'aide que tu lui as apportée lors du procès de l'année dernière, déclare Édouard. Sans ton soutien, je pense qu'il aurait fini par faire une crise cardiaque. C'était une période sombre pour nous tous.

La vie est étrange. Est-ce là que je nous imaginais ? Quand j'étais encore l'adolescente timide au sourire bagué et qu'Édouard – né d'une idylle tardive de Louis et âgé de quelques années de plus que moi – était la coqueluche intouchable. Quand je me passionnais pour la psychologie afin de pouvoir l'écouter me parler de son projet d'étudier à l'université de New York pour devenir thérapeute, aurais-je deviné que nous finirions par nous retrouver à discuter de cancel culture et de chou kale.

Non, vraiment pas.

– Papa m'a appelé après t'avoir eue au téléphone, dit Édouard. Il m'a raconté ce qui s'était passé à l'hôtel. Je ne sais pas si je serai d'une grande aide. Ta grand-mère a toujours été très indépendante.

– Tu es un visage du passé, dis-je. Elle se souvient de toi. Elle a besoin de toutes les personnes familières disponibles en ce moment. C'est gentil à toi de passer. Du thé ?

– Ton genre de thé ou un vrai thé ? demande-t-il.

Édouard avait l'habitude de me taquiner à ce sujet, il y a bien longtemps. Il était le Français sophistiqué qui pouvait citer vingt sortes de thés, tandis que j'étais l'Anglaise qui aimait l'English Breakfast arrosé de lait demi-écrémé.

– Je pensais que New York t'aurait changé.

– C'est vrai. Je carbure au café maintenant. Mais le thé noir est mon dernier lien avec la maison. Il me rappelle que je suis toujours français.

– Bienvenue chez toi, dis-je. Et un thé noir, chaud devant !

19

OLIVIA

Nous arrivons au bout du couloir. J'entends ma grand-mère dans la cuisine. On dirait qu'elle se parle à elle-même. Je me demande comment je vais la trouver : confuse ou lucide ? Je ne m'attendais pas à ce qu'Édouard arrive. Mais j'espère que c'est une bonne chose et que sa visite ne la perturbera pas davantage.

– Bonne Maman, nous avons un invité spécial. Tu te souviens d'Édouard, le fils de Louis ?

Je m'apprête à lui rafraîchir la mémoire, à lui rappeler que j'allais quai Voltaire quand j'étais petite, mais elle reconnaît tout de suite son visage. Elle a toujours aimé les hommes au sourire charmeur. Ses souvenirs plus anciens sont donc toujours là. Elle se souvient encore d'Édouard et moi jouant à pierre-feuille-ciseaux dans le jardin pendant qu'elle et Louis parlaient de sa vie et de son état d'esprit. Ce sont les souvenirs plus récents – ce qu'elle a fait hier, où elle est maintenant – qui vont et viennent.

Je remplis à nouveau la théière. Édouard s'assied à la table de la cuisine et je le rejoins.

– Bonne Maman, dis-je, pourquoi ne racontes-tu pas à Édouard ce qui s'est passé ce matin ?

Je souffle sur mon thé. Je la regarde : elle est déjà plus lucide. Elle lui jette un coup d'œil et je hoche la tête, lui signifiant qu'elle peut lui faire confiance.

– Je me souviens de toi quand tu étais petit et que tu courais dans l'appartement de ton père, dit-elle.

Édouard sourit.

– Cela fait longtemps que nous nous sommes vus. J'ai passé les vingt dernières années à New York. Comment allez-vous ? Liv m'a dit que vous aviez eu une matinée mouvementée.

– Je suis atteinte de démence, mon garçon. Mes problèmes de mémoire font que je ne me souviens pas de ce dont je veux me souvenir, mais je ne peux pas non plus oublier ce que je suis censée oublier. Toutes sortes de choses ont refait surface.

– Bonne Maman pense qu'elle se souvient d'un événement de sa jeunesse, dis-je. Je suppose que, de nos jours, on appellerait cela un recouvrement de mémoire.

Édouard me regarde.

– C'est toi l'experte en la matière, n'est-ce pas ? J'ai même lu ton livre là-dessus.

Donc oui, il suit vraiment l'évolution de ma carrière. J'imagine Édouard dans son cabinet, entre deux rendez-vous, en train de googler mon nom et de lire les critiques de *La Guerre des souvenirs* sur Amazon. Peut-être qu'au fond de lui, il pense encore au passé, à ce qui aurait pu advenir s'il n'était pas parti pour New York et était resté avec moi à Paris.

– C'est pour cela que j'ai peint ce tableau, dit Bonne Maman. Ou du moins je le pense. La fille sur ce portrait, c'est moi avant que je ne devienne quelqu'un d'autre. J'étais innocente à l'époque. Je n'avais encore pris la vie de personne. J'étais Sophie, pas Joséphine.

J'ai envie de poser tellement de questions. Beaucoup de gens ont débattu de l'identité de la jeune fille sur le portrait. Mais le mystère a contribué au succès de l'œuvre. Cette femme est un symbole de ce que des millions de personnes ont vécu pendant la Seconde Guerre mondiale.

Ma grand-mère semble à nouveau désorientée. Le lien avec le passé est en train de s'effilocher, d'abord lentement puis de plus en plus vite, et je le vois disparaître. Les souvenirs s'estompent : il faut la laisser se reposer. Ce n'est plus l'histoire de ma famille. Il s'agit du combat d'une femme contre une terrible maladie. Je veux lui apporter du réconfort et faire en sorte que tout aille bien pour elle.

Pourtant je ne peux pas agir, et elle non plus. Et cette réalité est terrible.

Le dernier éclair de lucidité s'est déjà estompé.

Bonne Maman, ma merveilleuse grand-mère, ne peut tout simplement pas se souvenir.

20

OLIVIA

Édouard propose d'installer ma grand-mère pour une sieste. Elle a l'air d'aimer sa compagnie, alors je les laisse faire. Il peut prendre le relais, s'asseoir un peu avec elle et s'assurer qu'elle va bien.

Il commence à faire sombre dehors. La pluie tambourine sur les vitres. La rive gauche regorge de lumière et de bruit malgré tout, et cela me donne envie d'être jeune à nouveau. Il me semble que c'était hier que j'étais là, revenant d'une séance avec Louis quai Voltaire, sortant mes cours et m'asseyant à côté de Bonne Maman pour partager des chocolats réservés pour les nuits sombres et les occasions spéciales.

Je commence à ranger. Au fur et à mesure que la lumière baisse, l'appartement semble plus sinistre. L'endroit est vieux et en désordre. Il est petit, comme beaucoup d'appartements parisiens, avec la cuisine derrière moi, le couloir où je me trouve, la chambre principale juste devant et sur la droite, une chambre d'amis que Bonne Maman utilise comme studio. J'avais l'habitude d'y dormir lorsque je séjournais chez elle. Ma grand-mère est de cette génération marquée par la guerre, réticente à la dépense. L'économie protège du besoin.

La chambre d'amis, qui sert aussi de débarras, est beaucoup plus désordonnée que le reste de l'appartement. On y trouve une planche à repasser, plusieurs lampes cassées, des piles de livres de poche et un bureau en chêne coincé sous la fenêtre principale. Sur celui-ci, une machine à écrire et ce qui ressemble à un carnet de notes en moleskine. Il y a bien longtemps que ma grand-mère n'a pas peint : je me demande si elle reprendra un jour un pinceau et si cela ne lui ferait pas du bien.

Je m'approche du bureau et passe un doigt sur la tranche du carnet. Chaque année, Bonne Maman achète un carnet de notes comme celui-ci. Elle y inscrit ses rendez-vous, ses idées d'inspiration et le consulte chaque matin pour savoir qui va lui rendre visite. C'est ainsi que les gens vivaient avant les iPhone et les calendriers numériques. Je feuillette les pages et constate qu'il est vide. Il n'y aura plus d'agenda à remplir. Tout repose sur la mémoire.

Je me rappelle que, lorsque j'étais étudiante, je voulais ressembler à ma grand-mère. Pensant que c'étaient là les canons de l'élégance parisienne, j'ai acheté un journal dans une petite boutique près de l'Opéra et je l'ai rempli de mes pensées d'adolescente. Après la mort de ma mère, j'étais en perdition, accablée par le terrible secret que je cachais. Je me suis inscrite à la Sorbonne pour me rapprocher de Bonne Maman, suivre une thérapie avec Louis et me retrouver. Le cahier faisait partie de cette démarche.

J'étais déjà fascinée par son tableau *Mémoire*. Je passais la plupart de mes matinées avec elle à écouter la radio et à parler de mes cours, puis les après-midi dans le cabinet du quai Voltaire avec Louis pour suivre des séances de thérapie quotidiennes. C'est cet été-là que j'ai décidé de devenir psychothérapeute. Louis m'a montré à quel point la thérapie pouvait transformer les personnes brisées.

L'appartement n'a pas beaucoup changé depuis cette époque. Louis taquinait toujours Bonne Maman, lui enjoignant de déménager dans un quartier plus chic. Mais elle aime la simplicité de cet endroit. Elle a tout ce dont elle a besoin. Elle ne s'intéresse pas aux célébrités ni aux dîners avec d'autres artistes sur la rive gauche. Elle a un toit au-dessus de sa tête, des cafés à proximité, l'effervescence de Paris.

Je commence à feuilleter le journal. J'espère toujours trouver une explication innocente à tout cela. Ma grand-mère pourrait-elle vraiment avoir un secret aussi important ? Était-elle Sophie Leclerc avant la guerre, Joséphine Benoît après ? Pourquoi s'est-elle rendue au Lutetia ce matin pour se confesser de cette façon ?

Elle semble avoir pris des faits aléatoires pour les transformer en un souvenir. À moins que le secret ne soit si important, si préjudiciable, que Louis essaierait de m'en protéger, en faisant vœu de silence pendant toutes ces décennies et en refusant de le rompre encore aujourd'hui ?

J'entends des pas dans le couloir. Je repose le journal et retourne à la cuisine.

Je le vois en train remplir le lave-vaisselle. L'ancien Édouard n'aurait jamais fait ça : il n'a appris à se servir d'un fer à repasser qu'à l'âge de dix-huit ans. Il pensait que les machines à laver fonctionnaient sans lessive, les taches se nettoyant toutes seules. Il glisse une autre tasse à l'arrière du lave-vaisselle et lève les yeux lorsque j'entre.

– Elle dort, dit-il. Paisiblement, j'espère. C'est difficile à dire.

J'essaie d'avoir l'air normale.

– Tu t'occupes si bien d'elle. J'apprécie vraiment. Si les New-Yorkais se lassent de la thérapie, tu devrais tenter ta chance dans le social. Tu as clairement un don.

Édouard sourit.

– Ce serait la transformation ultime.

– Alors, qu'en penses-tu ? Pourrait-elle vraiment avoir retrouvé un souvenir oublié ? Bonne Maman serait-elle vraiment une meurtrière du nom de Sophie Leclerc ? Ou bien est-ce sa démence qui parle ?

Je sais qu'elle n'est pas la seule à avoir des secrets enfouis. Nous refoulons tous des choses dont nous ne voulons pas nous souvenir. Après tout, ma vie entière a été définie par ce que j'ai fait un jour, ce terrible secret relégué dans un coin reculé de ma propre mémoire.

– Parfois, les gens bien font de mauvaises choses, dit Édouard en s'essuyant les mains sur un torchon. Les guerres sont comme ça. Si le seul moyen de survivre était de mettre fin à une autre vie, le ferais-tu ?

Je pense à TJ et à tout ce que je ferais pour le protéger. Ma vie a été facile, comparée à celle de ma grand-mère. J'ai traversé une crise financière, une récession et une pandémie. Mais je n'ai pas encore vécu de guerre mondiale.

Est-ce que je prendrais la vie de quelqu'un si c'était le seul moyen de sauver ma famille et de survivre ? Me réinventerais-je si j'étais trop traumatisée pour continuer à vivre ? Franchirais-je une ligne morale pour aider les gens que j'aime ?

– Oui, dis-je enfin, en songeant à ce que ce serait d'être à la place de Bonne Maman. Et toi, tu ne le ferais pas ?

21

RENÉ

Il attend le soir. À vingt heures trente précises, il se met en route. Il n'aime pas manger trop lourd avant un job et passe les heures qui précèdent à mâchonner des noix de macadamia et à méditer, tout en surveillant sa fréquence cardiaque grâce à sa Fitbit. Il écoute « Waterloo » d'ABBA comme un porte-bonheur. Ils ont passé cette chanson, pour rire, avant sa première mission avec la Légion étrangère, et il ne peut pas se défaire de cette habitude. S'il écoute ce morceau, il accomplit sa mission et reste en vie. C'est son côté superstitieux.

René reprend les faits essentiels. L'appartement de Montparnasse est une location. Il sait que le loyer est déposé dans une enveloppe chaque mois en liquide. Joséphine Benoît est secrète. Elle n'a pas Internet et pas d'adresse e-mail. Elle n'a probablement jamais surfé sur le web et pense encore que ce qui est numérique n'est pas réel. Elle vit dans le même appartement depuis la fin de la guerre.

Sous ses airs de charmante vieille dame, elle joue de son statut d'ermite. René l'imagine à l'agence bancaire la plus proche en train de collecter les liasses d'euros qui lui permettent de tenir des semaines. Traquer une recluse, c'est son métier. Et il n'y a pas plus recluse que la peintre la plus timide de Paris. Comparé à elle, Banksy est le Kardashian de l'art.

Il fait sombre dehors : René a l'habitude de travailler avec peu de lumière. La nuit est essentielle pour ce genre de job. Le mieux, c'est l'obscurité totale, comme ces soirs de mission dans un coin reculé du monde, avec seulement la lune et le chant des oiseaux pour le guider. Mais il se contentera d'une nuit de ville.

Il est maintenant dans l'escalier. C'est un peu délabré, pour être honnête, et ce n'est pas le genre d'endroit où l'on imagine les pénates d'une grande artiste. Mais c'est ce qui la rend spéciale. Elle n'a pas de studio somptueux dans un quartier chic de la ville pour recevoir des acquéreurs importants pendant des heures. Ce n'est pas du tout le truc de Joséphine Benoît.

Il a reçu ses instructions du client. Le reste est déjà réglé. Il n'y a pas de caméras de surveillance à proximité. Les autres appartements sont loués l'été et donc vides, pour la plupart. Il enfile les gants qu'il a sortis de sa poche. Il ne faut laisser aucune trace : empreintes digitales, fibres capillaires, taches de sang. Rien qui permettrait à la police de le retrouver.

Il atteint la porte d'entrée et essaie la poignée. Il sort ensuite un petit appareil de sa poche, vérifie les deux extrémités et se met au travail sur la serrure. Il entend un déclic lorsqu'elle cède. Une porte aussi vieille risque de grincer, alors il étouffe le bruit et l'ouvre millimètre par millimètre.

Il se glisse dans l'entrebâillement et pénètre dans le couloir rempli de chaussures et de parapluies.

Il vaut mieux ne pas trop réfléchir. Il l'a appris il y a longtemps. Il lui semble que c'est hier qu'il a posé sa candidature à la Légion étrangère. Il a passé la visite médicale, signé le contrat de service de cinq ans et laissé son passé derrière lui. Il a choisi un nouveau nom de famille et s'est juré de devenir un tueur modèle : efficace et impitoyable. Depuis, il n'a jamais regardé en arrière.

En comparaison, cette mission est un jeu d'enfant. Et pourtant, parfois, il a envie de remonter le temps. Il aimait avoir des camarades. Ils étaient tous des exilés du monde normal. Ils n'avaient pas d'enfants, pas de plan de retraite, pas de voiture dans l'allée ni de planning de repas à la semaine.

Regrette-t-il parfois d'avoir choisi cette vie ? Non, jamais.

René reste immobile et écoute. D'après le plan, il s'agit d'un petit appartement. On entend le son d'une radio dans la cuisine.

Il s'attend à deux cibles. Il sait que la troisième a quitté l'immeuble.

Les instructions de ce soir sont simples.

Il répète le plan une nouvelle fois. La première cible sera facile. Mais la deuxième, c'est autre chose. C'est pour ça que René se fait payer au prix fort. Ces anciens militaires qu'on voit à la télé ont beau avoir l'allure de l'emploi, ils ont perdu la main à force de réunions, de manucures et d'écouter leur styliste leur expliquer quelle nuance de mandarine fera ressortir leurs yeux. Les seules missions qu'ils mènent encore à bien dépendent d'un wi-fi à peu près fiable.

Il fait encore le sale boulot. Il s'approche au plus près de ses victimes.

Si seulement elle n'était pas entrée au Lutetia en mentionnant la chambre 11, un aveu sur les lèvres. Si seulement Olivia Finn n'avait pas traversé la Manche. Si seulement Joséphine Benoît ne s'était pas rappelé.

Tout cela aurait pu ne jamais arriver.

Mais c'est inévitable. Personne ne doit découvrir la vérité sur ce qu'il s'est passé dans la chambre 11 de l'hôtel Lutetia il y a quatre-vingts ans, ni sur Sophie Leclerc et Joséphine Benoît. Les personnes concernées doivent mourir, et emporter le secret dans leur tombe.

C'est sur cela que le client compte.

René pense aux instructions, au client qui attend une confirmation. Il entend les dernières mesures de « Waterloo » dans sa tête et les fredonne pour se porter chance. Il y a un nouveau spectacle avec les avatars d'ABBA à Londres, et il se récompensera avec un billet lorsque ce contrat sera terminé. Mais il faut d'abord bien faire les choses.

Une faveur pour une autre.

Il est temps d'agir.

22

OLIVIA

Pour moi, Paris est toujours une ville du soir.

Les jeunes tourtereaux qui boivent du vin ou flânent le long de la Seine ; les vieux amants assis sur leur balcon qui se prélassent dans leurs souvenirs ; les célibataires nerveux qui pianotent sur Citymapper pour trouver le petit bar dans une rue adjacente, qui voient leur rendez-vous se tourner vers eux, leur sourire, et sentent ce frisson leur traverser le ventre.

Il n'y a pas de wi-fi dans l'appartement et je veux rattraper mon retard avec mes e-mails et mes tâches administratives. Édouard revient un peu avant vingt heures avec des vivres du supermarché local et me dit qu'il y a un café à proximité où je pourrais me connecter gratuitement. Il me promet de remplir le réfrigérateur et de rester avec Bonne Maman pendant mon absence. Je veux prendre l'air et vérifier que tout va bien pour TJ et Kyle. J'aimerais aussi faire des recherches sur Sophie Leclerc.

Je quitte l'appartement et m'engage dans les rues de Montparnasse. La ville est remplie de touristes et de familles. Je trouve le café qu'Édouard m'a recommandé.

C'est un vrai repaire parisien. Je commande un café crème, malgré mon habitude d'arrêter toute caféine à midi – je ne dormirai donc pas cette nuit –, je tape le mot de passe du wi-fi et vérifie que mon ordinateur portable a suffisamment de batterie.

J'ouvre le navigateur et me connecte à ma messagerie. Je rédige un e-mail à l'hôpital pour annuler mes rendez-vous des deux prochains jours. Il y aura un retour de bâton, j'en suis sûre, mais c'est le cadet de mes soucis. Ensuite, j'envoie un message à Kyle pour lui rappeler que TJ a karaté demain et qu'il faut laver son kimono. J'essaie aussi d'appeler TJ en FaceTime, mais il ne décroche pas. Peut-être que la répétition de théâtre a débordé, ou qu'il l'a boycottée à cause des fameux collants.

De manière plus réaliste, il est probablement en train de jouer sur la Xbox de Kyle tout en mangeant des bonbons Haribo et en ingurgitant du Dr Pepper. Suis-je injuste ? Probablement. C'est Kyle qui est responsable de la catastrophe *Fortnite* de l'année dernière, ainsi que de la fois où TJ a trouvé trois canettes de Red Bull dans son frigo et a tout bu. Un gamin de huit ans est déjà bien hyperactif, mais un gamin de huit ans qui carbure à la boisson énergisante est supersonique.

J'essaierai à nouveau TJ tout à l'heure. Il est tard et je commence à être fatiguée après cette longue journée. J'ai hâte de me coucher dans la chambre d'amis de Bonne Maman, même si le lit se réduit à un sac de couchage sur un matelas gonflable. Je cherche plutôt l'hôtel Lutetia sur Google et clique sur un lien vers le site de la BBC. Un podcast intitulé *Témoin de l'Histoire* propose un épisode sur

« L'hôtel parisien qui a accueilli des survivants de l'Holocauste ». Un court article explique comment le Lutetia a accueilli des milliers de survivants des camps de concentration en 1945.

Il y a aussi une photo en noir et blanc qui montre quatre hommes couverts de poussière et de boue. Ils portent les vêtements rayés des camps. Un journal est posé sur la table et des fleurs sont disposées à côté de quatre tasses. La légende dit : « Survivants des camps de concentration dans le restaurant Lutetia en 1945 ».

Je m'assieds et étudie la photo pendant quelques minutes. Je connais vaguement l'histoire de l'hôtel grâce au tableau de ma grand-mère, mais je n'ai jamais cherché à approfondir. Cette photo rend tout cela si réel. Ils étaient jeunes, tout comme nous. Cela semble trop absurde pour être vraiment arrivé. Et pourtant, c'est bien ce qui s'est passé. Des survivants de l'Holocauste assis dans un grand hôtel parisien, tout juste sortis de l'événement le plus notoire de l'histoire de l'humanité. Ils sont là, encore empoussiérés par l'air d'Auschwitz, mangeant du pain et buvant de l'eau, presque exactement à l'endroit où Bonne Maman et moi étions ce matin.

Ce sont les premiers patients que Louis a traités, en tant qu'étudiant en médecine. C'est ici qu'il a perfectionné ses compétences thérapeutiques, en essayant de réparer les esprits endommagés par tant de traumatismes. J'imagine les histoires qu'il a dû entendre à son âge. Puis je pense à TJ quand il atteindra le même. Mon cerveau n'arrive pas à faire le saut. Peut-être que cette génération était vraiment différente, finalement.

Je cherche à en savoir plus sur le Lutetia et la Seconde Guerre mondiale, puis je tape « Sophie Leclerc Paris 1945 » dans Google. Mais c'est sans espoir. Il y a trop de résultats. Évidemment, aucun n'est utile, la plupart renvoient à la série de Netflix *Emily in Paris* et à une discussion sur Lily Collins et son nouveau béret en pied-de-poule.

Je me doutais bien que ce ne serait pas aussi simple.

Je reviens à la photo du Lutetia et je regarde les quatre hommes assis dans la salle à manger. Comment continuer après cela ? Ces gens sur le cliché ont leur propre histoire. Ils ont des parents, des enfants, des frères, des sœurs, des amants, des maris, des femmes. Si j'avais été l'un d'entre eux, aurais-je tué quelqu'un pour rester en vie ? Si j'avais trouvé les personnes qui avaient trahi ma famille et nous avaient conduits aux chambres à gaz, aurais-je hésité à tuer ?

Je suis sûre que non. Aucun d'entre nous ne sait de quoi il est réellement capable dans certaines circonstances. J'ignore toujours si ce que raconte Bonne Maman est vrai, mais je ne peux m'empêcher d'être curieuse de ces souvenirs retrouvés : déformation professionnelle.

Maintenant que j'ai vu cette photo, je pense comprendre pourquoi les souvenirs sont si confus. Le traumatisme était si grand que personne ne pouvait s'en souvenir complètement. Tout le monde a refoulé quelque chose. L'histoire de ma famille peut-elle être totalement différente de ce que je pensais ? Ma grand-mère a-t-elle enfoui ses souvenirs parce qu'il était trop douloureux de se les remémorer ? Louis essaie-t-il, encore aujourd'hui, de la protéger de ce qu'elle a fait ou de qui elle était vraiment à l'époque ?

Je suis toujours en train de contempler la photo lorsque je reçois un nouveau message d'Édouard. Je m'attends à ce qu'il s'agisse d'une question banale, comme l'endroit où Bonne Maman range ses produits d'entretien ou comment faire fonctionner le robinet capricieux de la cuisine. Il est sûrement en train de préparer une ratatouille exceptionnelle ou de remplir le placard à épices.

Mais ce n'est rien de tout cela.

Le message dit simplement : *Olivia aide E.*

23

OLIVIA

Je lis le message, puis le relis.

J'appelle Édouard, sans succès. Je relis le message.

Il y a quelque chose qui cloche.

Je ferme mon ordinateur portable, ferme mon sac à dos et me précipite dans la rue. Elle est encore plus animée maintenant. Il y a tellement de gens entre moi et l'appartement. Prendre un taxi serait trop lent. Je dois trouver le chemin le plus rapide pour retourner à Montparnasse sans me perdre.

Je me mets à courir et, après m'être trompé deux fois de rue, j'arrive enfin devant l'appartement de ma grand-mère. Je connais le quartier, mais je l'ai rarement parcouru de nuit, et Paris est plus animé que dans mes souvenirs. Je ne suis plus la jeune fille revenant d'un cours du soir en écoutant Avril Lavigne et en pensant aux conférences du lendemain. Je suis peut-être trop prudente et mon manque de sommeil met mes sens en alerte.

Je relis encore le message énigmatique d'Édouard. Peut-être que ce n'est rien ? Ou bien est-ce grave ? Quelqu'un l'a-t-il empêché de taper le message complet ?

Bonne Maman est-elle en danger ?

Je veux m'en assurer. Si seulement elle avait le wi-fi dans son appartement ou un signal téléphonique à peu près correct.

Je monte les escaliers et j'arrive à la porte de l'appartement. Elle est fermée, comme dans mon souvenir.

Pas de panique. Ou du moins pas encore.

J'ouvre la porte avec mon double de clé. Il s'agit sûrement d'une fausse alerte. La voix d'Édouard va résonner dans la cuisine. Il m'attend avec sa ratatouille et peut-être un verre de vin rouge, et je pourrai continuer à fantasmer sur les hommes réformés, les mauvais garçons devenus des dieux domestiques.

Mais je reste silencieuse. Dans l'appartement, une voix masculine s'exprime dans un français argotique et précipité. Je ferme doucement la porte. Je ne fais rien d'autre que d'écouter la voix.

Il n'y a rien d'inhabituel, aucun signe, pas d'empreintes de pas.

Olivia aide E.

– Édouard ?

Je répète son nom, plus fort, puis encore une fois. Mais il ne répond pas. L'autre voix continue à parler.

Ce n'est pas une personne, je m'en rends compte, mais la radio.

La TSF, comme disent encore Bonne Maman et Louis. Ma grand-mère l'écoutait toujours pendant qu'elle travaillait, une forme de compagnie pour les longues séances de peinture solitaires. Mes souvenirs d'elle sont pleins de ces odeurs et de ces sons : son parfum, le bourdonnement de la radio, les vieux airs qu'elle se chantait à elle-même en s'habillant.

– Édouard ? C'est Olivia...

Toujours rien. Jusqu'à ce que, finalement, un gémissement se fasse entendre. Plus fort, maintenant. Je suis le bruit jusqu'à la pièce principale, la radio est toujours en marche, le son s'échappant des haut-parleurs, et Édouard est étendu sur le sol.

Je vois le sang avant de le voir.

Son visage est amoché, sa chemise déchirée. Pendant un instant, j'ai l'impression que tout recommence. Je revois le corps sans vie de ma mère, avachi sur la table de la cuisine, le flacon de pilules à côté d'elle, la porte de l'armoire ouverte, et je sais immédiatement qu'elle est morte. Ce traumatisme a façonné la personne que je suis aujourd'hui. Depuis, je porte le secret de ce que j'ai fait ou n'ai pas fait ce jour-là.

Je ne peux pas revivre cela une deuxième fois. Je dois être en train de conjurer le passé dans le présent.

Il me regarde et gémit.

Pas maman, cette fois, mais Édouard.

– Aide, dit-il. Olivia... aide...

24

OLIVIA

Je ne comprends pas tout de suite.

Je laisse tomber mon sac et tente d'arrêter le saignement. Mais il me repousse.

– Aide… *Aide.*

Je me concentre, j'écarte les flash-back de la mort de maman il y a des années, et je vois qu'Édouard pointe du doigt la porte de la cuisine, le couloir et la chambre de Bonne Maman au-delà. Une traînée de sang mène à la porte. Des ombres dansent sur le sol. J'entends un bruit de grattement.

– Édouard… que s'est-il passé ? Qui t'a fait ça ?

– Aide…

J'attends encore une seconde. Puis, à contrecœur, je le quitte et cours jusqu'à la chambre de ma grand-mère. Je tourne la poignée, sauf que la porte est bloquée de l'intérieur.

Je tente de l'enfoncer avec mon épaule, mais elle ne cède pas. J'essaie encore. Finalement, je me rends compte qu'une épaule ne suffira pas. Je recule, me prépare à la douleur et donne des coups de pied de toutes mes forces jusqu'à ce que la vieille serrure cède et que la porte s'ouvre.

La chambre est étroite, un lit simple, une armoire et une petite coiffeuse. Les rideaux sont tirés, et Bonne Maman est allongée là. Non, Bonne Maman. S'il vous plaît, mon Dieu, non.

Ce n'est pas possible. Tout sauf ça.

Je vous en supplie.

Pas encore. Pas comme maman.

– Bonne Maman…

Elle n'a pas l'air de respirer. Je vérifie son pouls, je lui fais un massage cardiaque de base. Je fais tout ce qu'on est censé faire dans ces cas-là.

Non, non, non, non, non. Avant même d'atteindre le corps, de l'aider de quelque manière que ce soit, je sais que cela ne sert à rien. J'ai déjà vu la mort. Elle ne trompe pas. Je continue le massage cardiaque, essayant de la ranimer par la force de ma volonté, en vain.

La fenêtre de la chambre est ouverte. Il y a un oreiller à côté d'elle. Un intrus a-t-il attaqué Édouard, étouffé Bonne Maman, fermé la porte de sa chambre à clé, puis quitté les lieux par la fenêtre ? Est-ce le bruit que j'ai entendu ? Combien de temps s'est-il écoulé avant qu'elle ne cesse de se débattre ? Était-elle à l'agonie ou avait-elle l'impression de faire un cauchemar sans jamais se réveiller ? Comment cela a-t-il pu se produire ?

Dans la chambre, je passe en revue la coiffeuse, l'armoire, la boîte à maquillage.

Je ne me souviens pas du reste. À nouveau dans la cuisine, j'ouvre tous les placards jusqu'à ce que je trouve la trousse à pharmacie. Je m'approche d'Édouard et l'aide à s'asseoir sur une chaise. Il s'y affale.

Je m'accroupis devant lui. Je suis encore sous le choc. Tout s'est passé si vite. Je sors mon téléphone et vais pour appeler les services d'urgence. Il nous faut une ambulance, la police, quelque chose. Dois-je essayer d'autres manœuvres de réanimation sur Bonne Maman, ou est-ce que c'est cruel ? J'ai entendu des histoires horribles de côtes cassées et ma grand-mère est déjà assez fragile comme ça.

– Édouard, dis-je. Qu'est-ce qui s'est passé ? Qui a fait ça ?

Il regarde vers l'évier. Je lui apporte un verre d'eau. Il l'avale et sa voix est tremblante.

– Joséphine, dit-il. Elle est morte ?

Je ne peux me résoudre à le dire. Je refuse que ce soit vrai. Elle était tout pour moi. Sans elle, je suis seule. Je ne peux tout simplement pas imaginer un monde sans elle.

Ce doit être une terrible erreur. Quelque chose dans ce qui s'est passé ce matin l'a déclenchée. Je n'en doute plus. Mais peut-elle vraiment avoir été tuée à cause de son passé en tant que Sophie Leclerc et de ce qui a eu lieu dans la chambre 11 de l'hôtel Lutetia ? S'agit-il d'un véritable souvenir retrouvé et non d'une simple absence liée à la vieillesse ?

Sophie Leclerc ou Joséphine Benoît, à quelle femme suis-je liée ?

Laquelle ai-je appelée Bonne Maman toute ma vie ?

– Qui d'autre est au courant pour le Lutetia ce matin ? dit Édouard.

Mes doigts sont toujours sur le téléphone. J'essaie de réfléchir.

– Personne. Elle, toi, moi…

– Le capitaine de la DNPJ, dit-il. Il a dû parler à quelqu'un de ce que Joséphine a avoué.

– Pourquoi ?

Édouard prend un autre verre.

– Ils savaient ce qu'ils cherchaient. Ils connaissaient l'agencement de l'appartement. Il ne s'agissait pas d'un cambriolage amateur ou d'une intrusion armée.

– Pourquoi un capitaine de la DNPJ s'intéresserait-il à un meurtre vieux de quatre-vingts ans ?

– Il ne s'en soucierait pas, dit Édouard. Mais le meurtre doit être lié à quelque chose d'autre.

Il est sur le point d'en dire plus lorsqu'un nouveau bruit se fait entendre à l'extérieur. La radio grésille toujours en arrière-plan. Je suis sur le point d'appeler les services d'urgence pour leur dire de venir à l'appartement de Montparnasse.

Puis je m'interromps.

Je me demande d'abord si je ne suis pas en train de l'imaginer. Je ne les ai pas encore appelés. Je regarde à travers les voilages et je vois les lumières bleues clignotantes en bas.

Bonne Maman est morte et son meurtrier s'est enfui.

Sans que je sache comment, la police est déjà là.

25

LE LUTETIA

1945

Sophie

Sophie Leclerc essaie de se concentrer. Elle doit écouter attentivement.

– Le gouvernement a ordonné que vous soyez tous logés à l'hôtel Lutetia, dit l'employé de la Croix-Rouge, debout à l'avant du bus. Vous serez retenus pendant trois jours pour être contrôlés et interrogés. Vous n'êtes pas autorisés à quitter l'hôtel avant ce délai. Si vous essayez, vous serez arrêtés. Tout le monde sera interrogé par la police. Celle-ci recherchera les collaborateurs qui se font passer pour des déportés et vous serez examinés par un médecin pour vérifier que vous ne représentez pas une menace à votre libération.

Sophie tente de se remémorer les événements de la journée. Elle se rappelle être arrivée à la gare d'Orsay et avoir suivi les autres survivants jusqu'au bus. Tout cela ressemble à un rêve. Elle va se réveiller bientôt, de nouveau au camp.

– Des questions ?

Le bus est silencieux. Personne n'a l'énergie de penser. Sophie regarde à travers la vitre crasseuse et aperçoit les restes de Paris. Cela n'a rien à voir avec la ville qu'elle a laissée derrière elle. Elle se détourne et ferme les yeux. Le bus branlant atteint finalement Saint-Germain-des-Prés et s'arrête devant le 45 du boulevard Raspail. Sophie rouvre les yeux et lève la tête.

L'hôtel Lutetia. Oui, c'est vraiment comme si elle arrivait chez elle. Elle y a fêté des anniversaires. C'était l'endroit préféré de son père et ils passaient des heures à discuter dans la magnifique salle à manger. Autrefois, elle imaginait le Lutetia comme l'écrin de sa réception de mariage : Louis et elle entamant leur première danse de jeunes mariés dans la grande salle de bal. Elle s'en souvient encore, jusqu'aux détails de la robe qu'elle rêvait de porter. Mais tout cela semble si lointain maintenant. Elle n'est plus cette jeune fille innocente aux grands rêves. Elle est une survivante des camps.

Elle ne dansera jamais avec son mari dans la grande salle de bal entourée de ses amis et de sa famille, pour une raison simple : la plupart d'entre eux sont morts.

Sophie réalise que, contre toute attente, elle a survécu. Elle se demande si Louis aussi. En réalité, c'est la seule chose qui l'a fait tenir. Il est son dernier espoir, venu de l'Ancien Monde. A-t-il survécu ou est-il enterré quelque part sur les champs de bataille d'Europe ? Elle prie plus que tout pour que Louis soit encore en vie. Il rêvait de faire de la médecine, en se concentrant sur l'esprit. Peut-être sera-t-il l'un des étudiants en médecine qui soigneront les survivants à l'hôtel.

Les abords du Lutetia foisonnent de Parisiens. Beaucoup d'entre eux brandissent des pancartes avec des photos et des noms écrits en capitales. Des personnes de tous âges attendent le retour de leurs proches. Lorsque le bus s'arrête, tous les regards se tournent vers eux. Une part d'elle se demande si Louis pourrait être là, à l'attendre, le geste romantique par excellence. Il émergerait de la foule, la prendrait dans ses bras et l'emmènerait loin d'ici.

Mais Louis n'est pas là. Elle cherche son sourire de star de cinéma, ses yeux bleus de rêve, sa silhouette grande et forte, les cheveux noirs ramenés en arrière. Il s'habillait si bien et, sur lui, même les vêtements les plus élégants semblaient décontractés. Les souvenirs ne correspondent probablement plus à la réalité. Ils ont tous changé. C'est encore un adolescent, comme elle. Ils sont tous deux si jeunes, mais ont vu tant de choses. La guerre les a vieillis de plusieurs décennies.

Aucun d'entre eux ne pourra jamais revenir en arrière.

En descendant du bus, Sophie sait qu'elle n'est plus celle qu'elle était autrefois.

La guerre les a tous changés.

26

LE LUTETIA

1945

Sophie

– Vous pouvez entrer maintenant ! Un par un ! Pas de bousculade ! crie l'employé de la Croix-Rouge.

Sophie souffre déjà de flash-back, ces images de Drancy et des trains qui les emmenaient de Paris à Auschwitz. Elle déteste la foule et les souvenirs qu'elle lui rappelle. Elle revoit son père à Auschwitz, placé dans une file différente de la sienne, le dernier regard qu'il lui a jeté avant de se perdre rapidement dans la cohue. Elle n'a même pas pu lui dire au revoir.

Elle ne sait toujours pas ce qui lui est arrivé. Ou plutôt elle le sait, mais elle n'en a aucune preuve. C'est comme s'il avait disparu sans laisser de traces. Les souvenirs, cependant, la consument. Elle a l'impression qu'elle pourrait éclater à tout moment et s'en prendre violemment à ceux qui l'entourent. Elle se sent au-delà de la colère : létale. Elle a vu trop de morts et a perdu le contrôle de ses impulsions. Un regard de travers suffit à lui donner des envies de violence.

Elle a de tels souvenirs. Parfois, ils semblent si réels, elle ne peut faire la différence entre ce dont elle se souvient et ce qui se passe autour d'elle.

Elle se dit que c'est ce qui entraînera sa perte. Elle confondra ses souvenirs avec le présent, réagira pour se protéger et finira par tuer un innocent.

C'est sa pire crainte.

La file avance lentement. Sophie inspire, se calme. Elle regarde les visages pour voir si elle reconnaît quelqu'un. Elle a le crâne rasé. Son corps est sale. Elle a tellement maigri qu'elle a du mal à tenir debout. Surtout, elle a perdu son âme. Son essence.

Elle ne se sent plus Sophie Leclerc. Elle ne reconnaît plus la fille qu'elle était autrefois à Paris, quand elle revenait de l'école avec Joséphine en parlant de mariage, de leur avenir, de la merveilleuse vie d'adulte. Joséphine était fille unique et voulait une famille nombreuse. Sophie était également fille unique et voulait la même chose. C'est à cela que devait ressembler son futur. Elle avait pourtant tout planifié.

Aujourd'hui, son esprit est rempli de scènes terribles. Lorsqu'elle dort, elle ne voit que des corps, les sélections tant redoutées, toutes ces décisions qui l'ont maintenue en vie, prises en une fraction de seconde dans le camp. Les souvenirs sont trop nombreux. Plus que tout, elle veut oublier.

La file avance et Sophie comprend pourquoi cela prend tant de temps. Chaque nouvel arrivant est conduit par une infirmière dans une pièce séparée. Ils reviennent lentement et la personne suivante est admise.

C'est environ dix minutes plus tard qu'elle arrive en tête de file. Un jeune homme de la Croix-Rouge lui demande son nom.

– Leclerc, dit-elle, trouvant la force de parler à nouveau. Sophie Leclerc.

Elle regarde son interlocuteur, sachant qu'il doit avoir son âge ou pas loin.

– Âge ?

Elle s'en souvient à peine. Il n'y a plus de papiers ni de registres officiels. La guerre a tout détruit.

– Seize ans, dit-elle.

– Des infections ou des maladies chroniques ?

– Non.

L'employé de la Croix-Rouge hoche brusquement la tête.

– Passez chez l'infirmière, dit-il. Bienvenue au Lutetia.

27

LE LUTETIA

1945

Sophie

Quand elle osait y penser, Sophie imaginait toujours que le retour des camps serait comme un retour au monde normal.

Elle se retrouverait dans les bras de Louis. Ils se marieraient, comme ils l'avaient prévu, et s'installeraient dans un magnifique château en région parisienne. Bientôt, il y aurait le bruit des petits pieds courant sur le parquet et des étés idylliques avec leur famille agrandie. Elle pouvait goûter aux pique-niques, entendre les rires, sentir la chaleur de la main de Louis sur sa peau.

Mais la ville a perdu son romantisme. Elle discerne dans les yeux des fonctionnaires la même froideur que celle des gardes, au camp. Ici, ils sont toujours prisonniers. Sophie veut plus que tout être touchée. Elle ferait n'importe quoi pour un sourire. Son père était la seule personne qui souriait chaque fois qu'elle entrait dans une pièce. Est-ce trop demander que quelqu'un fasse preuve de gentillesse à son égard ?

– Vous serez d'abord aspergée de DDT, une poudre blanche, dit l'infirmière en adoptant le même ton que les autres, puis épouillée. Ensuite, on vous attribuera un numéro de chambre. Je répète que si vous tentez de partir avant votre audition par la police et votre examen psychiatrique, vous serez placée en détention. Vous comprenez ?

– Oui.

Sophie s'apprête à poser une question, sauf qu'elle n'en a pas le temps. L'infirmière commence et semble s'ennuyer. Ce traitement est humiliant. Sophie voudrait un bain et des vêtements neufs, mais cela ne semble pas possible. Quand a-t-elle cessé d'être humaine aux yeux des autres ? Est-ce quand elle a perdu ses cheveux ou qu'on lui a enlevé ses vêtements ? Est-ce parce qu'elle porte encore la saleté et la puanteur des camps ?

Elle ferme les yeux et fait la même chose qu'à Auschwitz. Elle se détache des événements extérieurs et se replie sur elle-même. Elle résiste en imaginant Louis à ses côtés, l'embrassant dans le cou.

Lorsque la pulvérisation est enfin terminée, on lui ordonne de sortir de la salle d'examen et on lui remet les clés de la chambre 11, au premier étage ; elle partagera cette chambre avec une autre survivante déjà arrivée.

Elle a besoin d'eau, de nourriture et n'a pas l'énergie pour faire grand-chose d'autre. C'est sa prison pour les trois prochains jours. La police interrogera chacun d'entre eux pour savoir qui est sincère et qui est un collaborateur. Paris est encore plein de traîtres, de gens qui ont permis aux nazis son occupation et qui ont trahi leurs voisins. Nombre de ces collaborateurs tentent aujourd'hui de se faire passer pour des victimes afin d'éviter les représailles.

Mais s'il est vivant, Louis viendra sûrement la trouver ici. D'après les rumeurs qui circulaient dans le bus, c'est dans cet hôtel que sont emmenés tous les survivants des camps. Il se peut même qu'il soit à proximité en ce moment, fumant une cigarette et comptant les minutes avant qu'ils ne soient réunis. L'autre explication est trop affreuse pour être envisagée. Sophie refuse de croire que Louis est coincé quelque part dans les décombres, ou enterré dans une tombe anonyme. Elle est vivante, il doit l'être aussi. Elle a perdu son père, elle ne peut pas perdre Louis.

Elle prend sa clé. Il y a des restaurants, des bars, des suites, des centaines de chambres, des milliers de personnes, le Lutetia est si vaste qu'on a l'impression que tout Paris est là. Elle se faufile dans la foule, repère l'escalier et monte jusqu'au premier étage, où elle trouve la chambre 11. Même les couloirs de l'hôtel semblent plus larges que dans ses souvenirs, et derrière chaque porte se cache une histoire aussi tragique que la sienne.

Elle tourne la clé, ouvre la porte et voit l'ombre de quelqu'un d'autre à l'intérieur. Ce sera sa nouvelle colocataire.

Elle pense encore à ses promenades estivales le long de la Seine avec Joséphine, si bien qu'elle ne reconnaît pas la silhouette au premier coup d'œil.

Il y a quelque chose de différent chez cette femme, une lueur du passé. Elle repense à Louis, aux fêtes dans cet hôtel, à toutes ces longues et chaudes soirées d'été après les cours, quand ils étaient tous les trois inséparables.

Sophie ne comprend pas, sa vue est floue sous l'effet du DDT. Elle se frotte les yeux, ce qui ne fait qu'aggraver les choses, puis regarde à nouveau et aperçoit un visage maculé devant elle. C'est une jeune fille aux pommettes hautes.

Non, ce n'est pas possible. Sophie sait qu'elle se fait des idées. C'est la faim, la déshydratation, l'épuisement général. Avant la guerre, elles se ressemblaient tellement que les gens pensaient souvent qu'elles étaient sœurs. Aujourd'hui, le crâne rasé et portant les mêmes haillons souillés, elles sont identiques.

Elle connaît l'autre occupante de la chambre 11. La jeune femme qui a été sa meilleure amie au monde, avant de la trahir.

Elle contemple le visage de… Joséphine.

28

LE LUTETIA

1945

Josephine

Sophie.

Ce n'est pas possible.

Sophie Leclerc est morte. Elle est morte après avoir été déportée à Auschwitz. Il ne peut pas en être autrement. Presque personne n'a survécu, et surtout pas les femmes. Elle n'est plus qu'un souvenir, le fantôme d'une amie qui n'existe plus.

Et pourtant, elle est là. Sophie se tient en face d'elle.

Elles sont réunies, colocataires de la chambre 11 du Lutetia.

Joséphine a préparé son évasion depuis des jours. Être connue comme collaboratrice à Paris signifie vivre avec une condamnation à mort permanente et essayer constamment de semer la foule qui traque les traîtres.

Les gens n'ont aucune idée, bien sûr, des raisons qui l'ont poussée à agir ainsi. Elle a fraternisé avec des officiers nazis et a même couché avec certains d'entre eux dans cet hôtel. Mais ce n'était pas parce qu'elle était une pute, ni pour essayer de rester en vie – même si cela aurait été une raison suffisante. Elle avait fait ce qui était nécessaire pour aider à gagner la guerre. Personne ne la croira plus maintenant. Les chefs de la Résistance qui auraient pu se porter garants d'elle ont été abattus juste avant la Libération. Les autres femmes qui l'ont vue avec des officiers nazis l'ont déjà dénoncée.

Elle est prise au piège. Elle a fait un acte de bravoure, et maintenant le destin la punit. Voilà ce qu'est la guerre : létale, dangereuse et surtout injuste.

Elle n'a pas dormi la nuit dernière afin d'arriver tôt à la gare d'Orsay, se cachant jusqu'à l'arrivée du premier train de retour des camps. Puis, une fois la gare envahie par les survivants, elle s'est glissée parmi eux, se fondant dans la foule et priant pour que personne ne découvre la supercherie.

Puante, épuisée, elle a fait la queue avec les autres, pour le bus qui les emmène à l'hôtel Lutetia. Elle a toujours été une bonne actrice. À l'école, elle était la vedette des pièces de théâtre annuelles et avait même commencé à jouer professionnellement dans les premières années de la guerre. Elle était née pour habiter la vie des autres, pour s'habiller comme eux et faire semblant d'être eux, en copiant leurs manières et leurs voix. Elle a un jour rêvé de s'installer à Hollywood et de devenir une vraie star, de prendre un nom de scène, de vivre à Beverly Hills en sirotant des cocktails.

Aujourd'hui, elle se produit toujours. Mais il n'y aura ni Hollywood ni fin heureuse. Dans cette ville misérable, tout le monde ne pense qu'à soi. Pour survivre, il lui faudra livrer la performance de sa vie.

Elle s'attendait à ce que quelqu'un l'interpelle, découvre qu'elle n'était ni dans les trains ni dans les camps. Mais il y a trop de survivants pour que chacun soit contrôlé individuellement. Ils sont montés dans les véhicules comme des animaux sur l'arche de Noé, deux par deux, jusqu'à ce que le bus parte et que Joséphine soit conduite à travers la ville qu'elle n'avait jamais quittée, chaque instant la rapprochant de l'hôtel et de sa propre réinvention.

Survivre à la guerre, à l'Occupation et aux nazis était un jeu ; maintenant, survivre à la Libération en est un aussi. Tout ce qu'elle doit faire, c'est traverser les trois prochains jours, réussir l'interrogatoire de la police, l'examen psychiatrique et obtenir le sceau officiel d'approbation. Tous ceux qui ont collaboré avec les nazis réécrivent aujourd'hui leur propre histoire. Elle a fait semblant de collaborer pour aider la Résistance, seulement, pour la plupart des gens, cela ne fait aucune différence. Elle a eu l'air et le comportement d'une traîtresse envers son propre peuple, un point c'est tout. Si elle réussit cette supercherie, elle deviendra une survivante des camps de concentration.

C'est son dernier et unique espoir de rester en vie.

Elle l'a déjà échappé belle à plusieurs reprises. Des bandes d'hommes traquent les collaborateurs, en particulier les femmes, c'est pourquoi elle s'est déplacée de maison en maison, dormant sous des porches et dans la rue. Mais la ville n'est pas sûre pour elle. Les hommes français veulent restaurer leur pouvoir et leur honneur en blâmant les femmes et en les humiliant publiquement. Se faire passer pour une rescapée des camps est la dernière solution qui s'offre à elle. En cas d'échec, Joséphine ne sait pas ce qu'elle fera.

Ou plutôt, elle ne le sait que trop. Elle mourra, de sa propre main ou de celle de quelqu'un d'autre.

Elle est arrivée dans le tout premier bus. Le traitement par la Croix-Rouge s'est déroulé sans problème et on lui a remis la clé de la chambre 11. Pourtant, dès qu'elle a pénétré dans le hall de l'hôtel, elle a senti planer l'ombre familière de la mort. À chaque pas, elle sentait le danger. Elle voyait les yeux vitreux des survivants, les expressions vides, ces fantômes aux vêtements rayés qui déambulaient dans les couloirs.

N'importe lequel d'entre eux pourrait l'assassiner sans ciller.

Elle a déjà entendu suffisamment d'histoires pour savoir que l'innocence ne garantissait en rien la survie dans les camps. Pour certains, passer chacune des sélections – à gauche vous étiez envoyé vers la mort, à droite vers les travaux forcés – signifiait accepter de devenir kapo, policier du camp, cuisinier, voire médecin. Ces compagnons d'infortune peuvent être dangereux. Ils avaient déjà dû faire des choix impossibles pour rester en vie et n'hésiteraient sans doute pas à en faire d'autres.

Partout où elle regarde, la mort rôde dans les couloirs. Elle est là, cernée par les terribles gémissements qui s'échappent des chambres, par le bruit des pas incessants des survivants qui n'arrivent pas à se réhabituer aux lits et aux chaises, par la paranoïa muette de ceux qui s'attendent à tout moment à des exécutions aléatoires et qui tressaillent à la vue des autres.

Et maintenant, Sophie.

Joséphine la connaît si bien que le simple fait de la voir de loin lui suffit. Elle est la sœur qu'elle n'a jamais eue. Malgré leur ressemblance, elles ont toujours été très différentes. Joséphine était l'extravertie, la reine du spectacle, la séductrice, impatiente d'en finir avec les études et de passer à la vie active.

Sophie était introvertie comme son père, toujours plongée dans ses livres. C'est pourquoi Louis était tombé amoureux d'elle. Elle était belle et intelligente. Joséphine était jolie et mondaine.

Ses paumes sont moites, sa respiration courte. Elle se demande si Sophie a déjà revu Louis. Joséphine s'est efforcée de paraître convaincante. Ses cheveux sont rasés. Elle n'a pas mangé de repas complet depuis des semaines, ni utilisé d'eau, ni de savon, et l'odeur de son propre corps la dégoûte. Il a été plus difficile de trouver les bons vêtements. Mais elle a déniché des guenilles suffisamment sales pour donner le change.

Le plan se déroulait si bien. Elle a été enregistrée, épouillée, aspergée, on lui a remis la clé de sa chambre. Elle jouait son rôle de survivante. Et maintenant, ça.

Sophie sait que c'est Joséphine qui l'a trahie. Cette dernière a révélé à l'un de ses amants nazis qu'elle savait où Sophie et son père se cachaient. Joséphine était suivie, son travail pour la Résistance aurait pu être dévoilé, et elle a décidé de sacrifier son amie pour se sauver elle-même.

Joséphine n'en est pas fière, mais elle le referait s'il le fallait.

Sophie Leclerc n'aurait jamais dû être ici.

Sophie était censée être morte.

DEUXIÈME JOUR

29

OLIVIA

Aujourd'hui

Il est minuit passé, mon deuxième jour à Paris, lorsque je me retrouve dans le hall de l'hôtel Lutetia. Il n'a pas changé depuis hier. Il est vide, si ce n'est le veilleur de nuit à la réception. Les bars et les restaurants sont fermés ; tous les clients sont allés se coucher. Un agent d'entretien passe la serpillière, des écouteurs aux oreilles, et se déplace au rythme de la musique.

Hier matin, ma grand-mère était encore en vie et je m'inquiétais des horaires de l'école. Lorsque j'arrive à la réception, Bonne Maman est morte et tout ce que je sais d'elle est marqué d'un énorme point d'interrogation. Je suis malade de chagrin, mes yeux me piquent à force de pleurer. J'ai un horrible mal de ventre. Je ne sais même pas si la femme la plus importante de ma vie s'appelait vraiment Sophie ou Joséphine, ni si elle était une meurtrière. Ce que je sais, c'est que quelqu'un l'a tuée.

J'ai envie de rembobiner les dernières vingt-quatre heures et de tout recommencer. Je n'arrive pas à digérer ce qui vient de se passer. C'est comme si quelqu'un avait réduit ma vie en miettes et les avait dispersées au vent. Je suis toujours là, mais Bonne Maman n'est plus.

– Bonsoir, madame, dit le veilleur de nuit.

Je suis fatiguée. Je suis encore sous le choc des dernières heures, depuis que j'ai vu les lumières de la police à l'extérieur. Il y a eu ensuite des pas de policiers qui se sont précipités vers l'appartement et trois coups de poing contre la porte.

– Police ! Ouvrez la porte !

Alors que je me tiens à la réception, je n'arrête pas d'avoir des flash-back de l'appartement de Bonne Maman : le capitaine Vidal se profile dans l'embrasure de la porte, il m'ignore et tend un papier à Édouard. Celui-ci se remet tout juste de l'attaque, il doit son équilibre aux analgésiques et lutte pour rester debout.

– Nous avons un mandat pour fouiller cet appartement.

Édouard prend le document et le lit. Le sang de l'agression est encore frais sur son visage, mais les médicaments l'engourdissent et il peut encore fonctionner. Il lève les yeux et secoue la tête.

– C'est absurde. Je dois parler à mes avocats.

– Monsieur, veuillez vous écarter.

Il obéit à contrecœur. Vidal entre à son tour.

– Qu'est-ce qui se passe ?

Vidal m'ignore encore et se tourne vers les agents en uniforme derrière lui.

– Fouillez la chambre, la cuisine et la chambre d'amis. Ne dérangez rien.

Les autres agents passent, le plus jeune me bouscule délibérément. Ce doit être une revanche pour l'avoir envoyé chercher un café ce matin à l'hôtel. Vidal les supervise tandis qu'Édouard et moi restons dans l'embrasure de la porte.

– Que se passe-t-il ?

Édouard murmure, il semble nerveux.

– Je ne peux pas me permettre d'attirer l'attention de la police, Liv. Comment ont-ils pu arriver si vite ? Qu'est-ce qui se passe ?

Je pense aux secrets que nous portons tous, et à celui que je cache encore. Le secret qui a éloigné Tom. Aucun de nous n'est innocent ici. J'ai autant à perdre que lui.

– Dis-leur ce que tu as vu et ce sera fini.

– Je n'ai rien vu, Liv. J'étais dans la cuisine et je me suis réveillé par terre. Ce salaud a dû m'assommer. Je te l'ai dit. Qui que ce soit, il savait exactement ce qu'il faisait. Ce n'était pas un cambriolage amateur. Cela n'empêchera pas ces connards d'essayer de me mettre toute l'affaire sur le dos. Ils feraient n'importe quoi pour amener la famille de Villefort au pied du mur, comme au cours de ce putain de procès.

Un bruit d'agitation dans la chambre. Je n'ai pas besoin de deviner ce qu'ils viennent de trouver. Le corps de Bonne Maman allongé là, l'oreiller à côté d'elle. Vidal suit le bruit, tout comme ses collègues qui fouillent le reste de l'appartement.

– Sérieusement, dit encore Édouard, je ne peux pas être mêlé à ça, Liv. Je savais que c'était une erreur de revenir. J'aurais dû rester à New York.

Je vois à quel point il est effrayé. Je suis sûre qu'il ne m'a pas tout dit. Quels autres méfaits Édouard de Villefort a-t-il pu commettre au cours des vingt années qui se sont écoulées depuis la dernière fois que je l'ai vu ? Play-boy un jour, play-boy toujours. Il semble que les rumeurs d'une saisie de drogue, il y a tant d'années, soient fondées. Peut-être qu'il dealait ? Je me répète que je ne peux pas lui faire confiance. C'est peut-être un bel homme, mais ce sont généralement les pires. Ce n'est pas parce que, adolescente, j'étais amoureuse de lui que je peux compter sur lui une fois adulte.

– Madame… tout va bien ?

Je lève les yeux et croise le regard inquiet du veilleur de nuit.

Concentre-toi, Liv. Je ne suis plus dans l'appartement de ma grand-mère à Montparnasse. Plusieurs heures se sont écoulées et je suis seule dans le hall de l'hôtel Lutetia. Je cherche un lit pour la nuit, pourtant je reviens aussi à l'endroit où tout a commencé. Quelque part dans ces murs se trouve la vérité sur Sophie, Joséphine, Bonne Maman et le passé de ma famille. Je ne sais pas comment, mais je dois la découvrir.

– J'ai besoin d'une chambre, dis-je. Une chambre simple, juste pour moi. La moins chère que vous ayez.

– Bien sûr, madame, dit le gardien de nuit.

Il affiche quelque chose sur l'écran de son ordinateur.

Je ne peux plus rester chez Bonne Maman. C'est officiellement une scène de crime. Tout est scellé par les rubans de la police. Édouard m'a proposé une chambre dans l'appartement de son père quai Voltaire, là où se trouve son célèbre cabinet, mais cet endroit est rempli de trop de souvenirs et, de toute façon, je veux me sentir indépendante. Je pourrais sûrement trouver un lit dans n'importe quel hôtel parisien, seulement quelque chose m'attire ici, au Lutetia.

C'est le camp de base, le point de départ. Je veux marcher dans les couloirs et sentir l'atmosphère du lieu. Ce n'est qu'en me mettant à sa place et en m'imaginant dans cet hôtel il y a quatre-vingts ans que je pourrai résoudre le mystère de Bonne Maman et savoir si elle était vraiment Sophie ou Joséphine. Je veux me tenir dans le hall d'entrée, contempler le tableau *Mémoire* et comprendre pourquoi ces événements se sont produits et ce que ça signifie.

Le réceptionniste me demande :

– Avez-vous une préférence pour l'étage ?

– Oui. J'aimerais la chambre 11 au premier étage, si elle est disponible.

Il acquiesce et demande à voir mon passeport. Il me présente une carte d'accès, un document à signer, puis me souhaite un « bon séjour au Lutetia ».

Ma grand-mère a dû entendre ces mots lorsqu'elle est arrivée pour la première fois en 1945. Aujourd'hui, alors que je m'apprête à revenir sur ses pas, c'est comme si elle me rejoignait ici, une présence à mes côtés. Je la vois jeune, une femme que je n'ai jamais connue, vêtue de haillons, sans bagages mais portant les cicatrices de tout ce qu'elle vient de traverser.

Liées par notre mémoire génétique sur deux générations, nous traversons ensemble le hall du même hôtel. Elle me suit jusqu'aux ascenseurs, me voit appuyer sur le bouton du premier étage, puis attend avec moi que la cabine glisse vers le haut et émette un bip à notre destination. Je ne saurais dire si j'ai devant moi Sophie ou Joséphine : tout ce que je sais, c'est que c'est ma grand-mère comme je ne l'ai jamais vue.

Le premier étage est sombre, morose, baigné d'un éclairage blafard et parsemé de miroirs et de surfaces brillantes qui le font ressembler à un décor de jeu vidéo. Je marche jusqu'à la porte de la chambre 11, sors ma carte magnétique, l'appuie sur le scanner et attends que la lumière passe au vert.

Bonne Maman fait la même chose, des années en arrière, sans l'éclairage ni les miroirs, sans la carte-clé électronique, mais dans le même couloir, le même espace, avec sa clé en métal qu'elle glisse dans la serrure et qu'elle tourne.

J'ai du mal à croire qu'elle est morte. Elle me semble plus vivante que jamais. Alors que je me prépare à entrer dans la chambre 11, je sens Bonne Maman prendre ma main à travers les décennies, sa paume chaude contre la mienne.

Ses doigts s'entrelacent aux miens, et je sais que nous sommes là, toujours ensemble. Une partie d'elle vit encore en moi, et nous restons unies contre le reste du monde, comme avant.

Je franchis le seuil et voyage vers le passé.

30

OLIVIA

Le Lutetia est beaucoup plus chic que tous les hôtels où j'ai déjà séjourné. Les gens pensent que ma grand-mère étant célèbre, nous roulons tous sur l'or. Si seulement c'était vrai. À ses débuts, Bonne Maman a peint *Mémoire* et le Lutetia l'a acheté pour l'accrocher dans son hall d'entrée. À l'époque, elle en était ravie. Elle pouvait mettre de la nourriture sur la table, s'occuper de ma mère, payer son loyer et acheter du matériel de peinture. Elle n'avait pas de conseiller financier pour lui dire de ne pas le faire. Si le tableau est vendu un jour, c'est l'hôtel qui touchera le jackpot, pas moi.

Je suis une habituée des petites chambres dans des hôtels miteux, avec une bouilloire, des sachets de thé gratuits et un mini-bar hors de prix. Ce soir, je suis en train d'exploser le plafond de ma carte de crédit, mais c'est une exception. Ce n'est pas tous les jours que votre grand-mère recouvre la mémoire, met en doute toute l'histoire de votre famille et se retrouve morte quelques heures plus tard.

La chambre est magnifique, la vue sur la rive gauche encore plus belle. Je m'assieds sur le lit, submergée par tout cela. C'est tellement lisse maintenant, tellement classe, qu'il est difficile d'imaginer que Bonne Maman s'est un jour assise ici, dans cette même pièce. Je marche dans ses pas. Elle n'avait peut-être pas de douche à effet pluie, de marbre de Carrare dans la salle de bains attenante, de parquet en chêne teinté ou d'appliques murales en verre de Murano, mais le reste est identique. La rue à l'extérieur, la forme de l'immeuble, la ville qui l'entoure : dans la longue histoire de Paris, l'écart entre Bonne Maman et moi n'est pas plus long qu'un battement de cils. Nous sommes deux personnes qui se regardent à travers le brouillard du temps.

C'est ce qui fait remonter l'émotion. Je n'essaie pas d'essuyer mes larmes. Je tends la main, touche les murs et je sais que, sous le papier peint, cachée dans l'essence même du bâtiment, l'empreinte de la main de ma grand-mère est là aussi.

Maintenant qu'elle n'est plus, je veux m'accrocher à la moindre trace d'elle. Nous considérons nos proches comme acquis tant qu'ils sont en vie. Ce n'est que lorsqu'ils ne sont plus là, par le vide qu'ils laissent derrière eux, que nous réalisons à quel point nous avons été aimés.

J'ai l'impression que je pourrais pleurer des rivières sans être à court de larmes. Je veux qu'elle revienne. Je vendrais mon âme pour une dernière conversation avec elle. Cela ne fait que quelques heures qu'elle est morte, mais c'est déjà une blessure qui ne se refermera ni ne guérira jamais.

Je me sens fébrile. Comment la police est-elle arrivée si vite à l'appartement ? Bonne Maman a-t-elle vraiment été confrontée à un souvenir refoulé de son propre passé ou s'est-elle simplement embrouillée à cause de ses problèmes de mémoire ? A-t-elle confondu son tableau avec sa propre vie et s'est-elle imaginé qu'elle était la femme du portrait, assise dans la chambre 11 du Lutetia ?

Je déteste ne pas savoir. Et ce n'est pas tout. Si je résous le mystère du passé de ma grand-mère, est-ce que je résoudrai aussi mon propre mystère ? Suis-je la petite-fille de Joséphine Benoît ou de Sophie Leclerc ? Suis-je la descendante d'une meurtrière, survivante des camps de concentration ? Et si tout ce qu'on m'avait raconté sur le passé de ma famille était faux ?

Une autre pensée me fait froid dans le dos. Je sais ce que j'ai fait ce jour-là, il y a des années, avec maman. Je pensais que j'étais intrinsèquement mauvaise. Mais si c'était un héritage ? Si je tenais cela de ma grand-mère ?

Pour l'instant, je n'arrive pas à rester éveillée plus longtemps. Je ne sais pas quand j'ai dormi pour la dernière fois, et ma batterie est à plat. Comme après mes nuits blanches étudiantes, je suis trop fatiguée pour me déshabiller, me laver le visage ou me brosser les dents. J'ai seulement l'énergie de m'effondrer sur le lit.

Le capitaine Vidal m'a dit qu'il nous interrogerait, Édouard et moi, demain, ou plutôt aujourd'hui. Cela devra attendre. Mon corps se met en grève. Il est minuit passé depuis longtemps et je suis debout depuis sept heures. J'ai besoin de dormir comme de respirer.

Je ferme les yeux et, allongée sur le lit, je revois Bonne Maman. Il y a quelqu'un d'autre dans cette chambre avec moi, la même femme qui était dans l'ascenseur, dans le couloir, ma compagne ici.

Mais ce n'est pas la grand-mère que j'ai connue, c'est une jeune fille. Elle est vêtue de rayures et a le crâne rasé. Elle est assise au bout du lit. C'est la femme du tableau accroché au rez-de-chaussée, dans le hall d'entrée, comme un souvenir du passé.

Ici, dans la chambre 11 de l'hôtel Lutetia, elle m'appelle.

31

OLIVIA

Mon iPhone n'a plus de batterie et je n'ai pas mis de réveil. Lorsque j'ouvre les yeux, je crois un instant qu'il est six heures et demie et que je vais préparer des œufs brouillés pour le petit déjeuner de TJ. Puis j'aperçois « Bienvenue à l'hôtel Lutetia » sur l'écran de télévision. L'horloge indique qu'il est déjà neuf heures. Je réalise maintenant où je suis et ce qui s'est passé hier. La femme que j'ai vue assise au pied de mon lit a disparu elle aussi.

Il n'y a plus que moi dans cette chambre.

Je me douche et laisse mes larmes se fondre dans l'effet pluie de la pomme de douche. Je trouve les vêtements de rechange que j'ai emportés hier matin, mets mon téléphone en charge et descends prendre mon petit déjeuner. En dehors de la bouchée de brownie de l'Eurostar, je n'ai pas mangé depuis deux jours et j'ai faim. Bonne Maman me manque, mais Tom aussi. Un jour, nous étions en passe de commencer une relation sérieuse, et le lendemain, il disparaissait sans aucune trace. Cela fait un an que je ne l'ai pas revu. J'ai beau essayer, je ne comprends toujours pas ce qu'il attendait de moi. Je n'arrive pas non plus à le laisser partir. Il n'y a eu ni lettre ni explication. Un patient devenu partenaire, puis juste un étranger. Apparemment, je ne l'ai jamais vraiment connu.

Penser à la nourriture juste après le décès d'un être cher semble déplacé. Mais c'est ce qu'il y a d'étrange avec la mort. Je me souviens du jour où j'ai trouvé maman avec le flacon de pilules, celui qui était habituellement enfermé hors de portée, et du facteur qui arrivait, des nouvelles à la télé, du monde qui continuait à tourner, même d'un policier qui sifflotait : tout avait changé, et pourtant rien n'avait changé.

Aujourd'hui sera pire qu'hier. Le capitaine Vidal va m'interroger comme témoin principal. Je vais devoir revivre le traumatisme de la mort de Bonne Maman. Ce deuxième jour à Paris ne sera qu'un récapitulatif des événements terribles qui se sont passés le premier. Et je ne peux pas faire face à cela l'estomac vide.

Il existe quatre endroits où se restaurer au Lutetia : la Brasserie Lutetia, le Bar Joséphine (nommé d'après une autre Joséphine, oui, mais pas idéal étant donné les circonstances), le Saint-Germain et le Bar Aristide. Le petit déjeuner est servi dans la brasserie située au niveau de la rue, à l'angle du boulevard Raspail et de la rue de Sèvres.

Bonne Maman venait-elle ici avant la guerre ? Sans doute. Je l'imagine là en tant que cliente, puis en tant que survivante de l'Holocauste. Comment peut-on faire face à ce genre de changement ?

Il y a un buffet avec des viennoiseries, du pain, des salades de fruits et des yaourts. La carte propose toutes sortes d'œufs, du saumon fumé, des crêpes françaises, des pancakes et des gaufres belges. À la maison, je saute généralement le petit déjeuner, ne mangeant qu'après midi. L'un de mes collègues de travail m'a offert un livre sur le jeûne intermittent et j'ai dit adieu à mon croissant aux amandes du matin. Depuis, mon humeur n'est plus au beau fixe. Aujourd'hui, cependant, j'ai besoin de tous les glucides possibles et je fais le plein de jus détox à base de concombre, de toasts de pain complet et d'une omelette aux herbes, le tout arrosé d'un café au lait épicé. Ce menu semble bien plus sain qu'il ne l'est en réalité.

Très vite, je retrouve mon énergie. Je consulte mes e-mails et mon téléphone, et je vois un message d'Édouard qui me demande où je séjourne. Je réponds et il m'annonce que le capitaine Vidal arrivera à l'hôtel pour m'interroger à onze heures.

Cela me laisse un peu de temps. Dans tous les cas, il n'est pas question que je rentre à Londres de sitôt. Bonne Maman est morte et je me trouvais dans son appartement au moment de son meurtre. Je resterai ici aussi longtemps que la police aura besoin de moi. Étant donné la lenteur de la justice française, cela pourrait être très long.

J'envoie un texto à Kyle pour savoir comment s'est déroulée la répétition de théâtre de TJ hier et pour vérifier qu'il a tout ce qu'il faut pour le karaté de ce soir. Il doit être en classe à l'heure qu'il est, alors je finis le reste de mon petit déjeuner et remonte dans ma chambre. Je m'arrête à nouveau devant le tableau *Mémoire* et passe quelques minutes à le contempler, avant de me faire houspiller par des touristes qui veulent eux-mêmes le voir.

De retour dans ma chambre, je me connecte au wi-fi du Lutetia et je passe l'heure suivante à vérifier si des nouvelles de la mort de Bonne Maman sont disponibles en ligne. Mais rien n'apparaît. La mort d'un artiste est généralement annoncée par son agent ou son marchand d'art. ma grand-mère n'a jamais aimé payer la commission demandée par les marchands et n'a jamais eu d'agent non plus. Elle ne supportait pas d'être gérée par qui que ce soit. Cela signifie probablement que je dois le faire. Mais je suis une experte en mémoire, pas une spécialiste des relations publiques. Comment annonce-t-on un décès, exactement ?

Ce n'est pas l'urgence du moment. Je vais voir si je peux trouver quelque chose de plus sur Joséphine Benoît et Sophie Leclerc. Il doit y avoir des actes de naissance et d'autres documents. C'est peut-être ainsi que je pourrai reconstituer l'histoire de ma grand-mère. Je clique sur un site de généalogie et je fais défiler les deux noms, mais il y a trop de résultats.

Je réalise à nouveau le peu de choses que je sais sur mon aïeule. Savez-vous dans quelle ville vos grands-parents sont nés ? Pourriez-vous citer le nom de la maternité ? Connaissez-vous leur deuxième prénom, leur groupe sanguin, la date de leur anniversaire ? J'aurais dû lui demander quand j'en avais l'occasion, mais j'étais trop absorbée par mes propres problèmes.

Je suis encore en train de pianoter quand le téléphone sonne. C'est la réception qui m'annonce que le capitaine Vidal m'attend en bas. J'ai perdu la notion du temps. Je sais ce que c'est que d'être soupçonnée. Je me souviens d'avoir témoigné lors du procès de Louis l'année dernière et de m'être questionnée sur mes propres réponses. Vidal va-t-il m'interroger ici ou dans un endroit plus officiel ? Dois-je essayer de trouver un avocat ou cela me fera-t-il paraître coupable ?

Je prends les escaliers plutôt que l'ascenseur. Sophie, ou Bonne Maman, ou quiconque était avec moi hier soir n'est plus là, et je me sens coincée dans le présent, complètement seule.

Vidal est debout près de la réception, l'air encore moins sympathique qu'hier. Il m'aperçoit et me fait un signe de tête.

– Bonjour, docteur Finn, dit-il en indiquant la porte principale. Par ici, s'il vous plaît. La voiture attend à l'extérieur.

Je suis ses instructions, je sors sur la rive gauche, et mon esprit revient un an plus tôt. Je me souviens de la dernière fois où j'ai eu affaire au système judiciaire. À l'époque, Tom était encore dans mon avenir. Bonne Maman se souvenait encore des choses quotidiennes. Paris était encore un refuge.

J'aimerais pouvoir remonter le temps.

32

OLIVIA

Avant

D'habitude, je n'achète pas de journaux. Quand je suis au bureau, je jette un coup d'œil à l'heure du déjeuner sur la colonne latérale du *Daily Mail* pour voir quelle célébrité a été surprise avec son pantalon de créateur sur les chevilles. Mais aujourd'hui, c'est encore les vacances de Noël, alors j'aide TJ à enfiler son épais manteau et nous nous rendons du Fisherman's Cottage à la petite épicerie du coin. Je l'ai soudoyé en lui promettant un Twix pour bonne conduite. Je n'ai pas acheté de journal papier depuis des années, ni de Twix, à bien y penser, et je n'approuve généralement pas. Mais c'est Noël et personne n'a envie de jouer les rabat-joie à cette époque de l'année.

Le village semble immuable. Il y a le pub, l'église, le terrain de boules et plein d'adorables cottages avec des rideaux qui s'agitent et des yeux partout. L'avocat du procès en diffamation à venir dit qu'il est question de moi dans l'un des tabloïds, j'achète donc un exemplaire et un Twix pour TJ. Nous nous arrêtons au café voisin. Mon fils mange son Twix sans se faire prendre par la serveuse et je lis l'article tout en sirotant un latte et en me demandant comment la mousse de lait peut être aussi calorique.

C'est une période creuse entre Noël et le Nouvel An, et le journal a ressorti un article sur le mouvement #MeToo en France et le procès de mon mentor, Louis de Villefort, qui est aussi le plus vieil ami de ma grand-mère. Il a toujours été une personnalité haute en couleur et controversée, et l'un des psychothérapeutes les plus renommés de France. Aujourd'hui, une ancienne patiente du nom d'Ingrid Fox a lancé une bombe. Dans son article pour *Le Monde*, elle affirme qu'il y a vingt ans, Louis a abusé de sa position de thérapeute : il l'a isolée de sa famille, a tenté d'exercer sur elle une emprise psychologique et lui a implanté de faux souvenirs d'abus subis dans son enfance de la part de ses parents. Louis a porté plainte pour diffamation. Il affirme qu'il s'agit d'un cas classique de « transfert », où le patient fait porter ses propres problèmes sur le thérapeute, et que Mme Fox essaie de s'assurer une très grosse compensation en menaçant de ruiner sa réputation avec des allégations datant de deux décennies. Il révèle qu'elle lui a demandé des millions pour régler l'affaire à l'amiable, ce qu'il a refusé, et qu'il est déterminé à laver son honneur.

Lorsque ces propos sont apparus pour la première fois, je me suis posé beaucoup de questions. Mais j'étais l'une des patientes de Louis en même temps qu'Ingrid Fox. Je savais ce que j'avais vécu lors de ces séances quai Voltaire et j'ai cru Louis. En ce qui concerne le procès, l'article indique que je suis une amie de la famille de Louis : il me qualifie de « spécialiste de la mémoire qui a défendu l'usage controversé des "souvenirs retrouvés" et qui est également la petite-fille de l'artiste parisienne Joséphine Benoît ». Difficile d'imaginer qu'un expert homme en mémoire serait décrit par son statut de « petit-fils de » plutôt que par sa fonction, mais je suis en vacances et décide de laisser passer la micro-agression.

Je survole le reste du journal et le laisse au café pour quelqu'un d'autre. Cet article ne finira pas dans le dossier des coupures de presse. Nous retournons à pied au Fisherman's Cottage. C'est là que je viens me détendre, préparer des haricots sur des toasts avec TJ et boire beaucoup de chocolat chaud en regardant des rediffusions d'*Inspecteur Barnaby*. C'est au milieu de nulle part, quelques jours suffisent donc généralement à ce que nous nous lassions tous les deux et retournions vers les lumières de la ville.

– M'maaaaaan…

Je m'accroche à des pensées apaisantes. Ce n'est qu'une phase, comme le dit toujours ma grand-mère. Cela lui passera. Un jour, je regarderai en arrière et je regretterai presque l'époque des prononciations bizarres de TJ. Je me souviendrai de la façon dont il glousse lorsqu'une bouteille de ketchup vide fait un drôle de bruit ou de son obsession pour les faux accents australiens après des années passées à regarder *Bluey*.

– Oui ?

– Pourquoi je ne parle pas français ?

Je ris.

– Parce qu'il faut beaucoup de temps pour apprendre une langue.

– Mais je croyais que j'étais français.

– Je suis à moitié française, donc techniquement, tu es un quart français.

– Alors pourquoi je dois l'apprendre ? Si je suis un quart français, je devrais déjà le savoir, non ?

Je souris. Ses questions sont parfois merveilleusement idiotes.

– Ce n'est pas tout à fait comme ça que ça marche, mon grand.

– Mais toi, tu parles français.

– Oui.

– Tu as appris ?

– Eh bien…

Non, c'est la vérité. Je parle français grâce à toutes les heures passées avec Bonne Maman lorsqu'elle peignait, lorsque nous parlions ensemble ou écoutions la radio. Enfant, je passais toutes mes vacances à Paris quand maman était en train de travailler, ou plus exactement de traîner dans les pubs de Soho. Je ne me souviens pas d'une époque où je ne connaissais pas le français. TJ n'a peut-être pas tort.

– Quand tu vis dans un pays, tu apprends la langue sans t'en rendre compte. Si tu ne vis pas dans ce pays, tu dois faire plus d'efforts. Tu veux vivre en France ?

TJ n'est qu'un petit garçon et, pour lui, la France n'est pas le pays des croissants, des pâtisseries, du Moulin-Rouge ou de la langue de l'amour. La seule chose qu'il sait de la France, c'est que Kylian Mbappé est le capitaine de l'équipe nationale et qu'il marque beaucoup de buts. Mon fils a très envie d'un maillot du PSG pour son prochain anniversaire, avec « TJ 10 » imprimé dans le dos.

– Je suis obligé ? demande-t-il.

– Non.

– D'accord.

Je sens sa main se nicher dans la mienne et je vis l'un de ces moments rares et précieux où j'ai l'impression que mon cœur va éclater. Il y a à peine une seconde, il n'était qu'un petit paquet dans mes bras et maintenant il parle comme un véritable être humain. Je suis toujours étonnée de voir tout ce qu'il sait, mais aussi tout ce qu'il ignore. Il peut avoir l'air si sensé, puis additionner deux et deux et obtenir trois cents. Il affirme les choses avec une telle certitude qu'il est difficile de le contredire.

Nous rentrons à Fisherman's Cottage et je prépare un petit déjeuner tardif. TJ n'aime rien tant que s'asseoir avec moi dans ce chalet isolé, bercé par le bruit des vagues. Il trempe son toast dans son œuf au plat et avale les haricots pendant que je prépare un sandwich œuf-bacon que j'écrase jusqu'à ce que le jaune s'écoule sur les côtés. À Londres, nous retrouverons le yaourt au kéfir, les myrtilles, le kimchi et le kombucha quotidien. TJ subira également un temps d'écran limité, des devoirs et des livres qui développent son esprit. Mais les règles ne s'appliquent pas ici.

Je remplis le lave-vaisselle et prépare deux chocolats chauds en priant pour que le wi-fi douteux nous permette de capter la chaîne qui passe *Inspecteur Barnaby* toute la journée, sept jours sur sept. TJ pense que Midsomer est comme le Fisherman's Cottage et demande constamment pourquoi on ne découvre pas plus de cadavres sur la côte du Norfolk. En regardant l'inspecteur Barnaby élucider des crimes, je ne peux m'empêcher de penser à mes séances avec Louis après la mort de maman : je me revois montant les escaliers jusqu'à son cabinet de consultation quai Voltaire, comme Ingrid Fox a dû le faire, et je constate à quel point la vie réelle est chaotique, comparée à la télévision. À l'époque où Louis dirigeait encore sa clinique, il aidait les patients à retrouver les souvenirs traumatiques de leur passé. C'était un travail difficile et souvent pénible. De nombreux patients ne parvenaient pas à supporter ces découvertes et abandonnaient ou blâmaient le thérapeute. Les gens pensent toujours que la thérapie est douce et facile. Souvent, elle peut être dangereuse. Parfois, ce dont nous nous souvenons ne nous plaît pas.

Malgré tout, l'article paru dans le journal m'agace. Les souvenirs retrouvés ne sont pas tous controversés. Parfois, se souvenir des mauvaises choses du passé est le seul moyen de les améliorer dans le présent.

– M'maaaaaan…

Je regarde TJ, puis la télévision. L'inspecteur Barnaby vient de rentrer chez lui pour retrouver Joyce, sa femme, et c'est généralement là qu'il a une illumination et accède à l'indice manquant qui lui permet de résoudre l'affaire. Je passe ma main dans les cheveux de TJ et je le serre plus fort contre moi. Je sais qu'en grandissant, il ne me laissera pas faire cela très souvent. Je dois cesser de m'inquiéter du procès et profiter de ce que j'ai devant moi. C'est presque parfait : chaotique, frustrant, exaspérant, réel, mais parfait.

– Oui ?

– Je pense que tu es comme l'inspecteur Barnaby, dit TJ. Tu aides les gens.

– C'est ce que tu penses ?

TJ acquiesce et ajoute :

– Sauf que tu n'as pas de Joyce.

Je souris. Je n'en ai pas. J'aimerais en avoir une. Joyce est le point d'ancrage dans la vie de l'inspecteur Barnaby. Elle écoute ses problèmes, n'est pas toujours d'accord avec lui, mais est à ses côtés quoi qu'il arrive. Elle est aussi incroyablement créative en cuisine. Nous avons tous besoin d'une Joyce dans notre vie, d'une présence constante qui nous met une main réconfortante sur l'épaule ou nous fait un clin d'œil pour nous porter chance.

Mon garçon est plus sage qu'il n'y paraît.

33

OLIVIA

Aujourd'hui

Je me force à revenir au présent. Je ne peux pas changer ce qui s'est passé il y a un an.

Je dois rester dans l'instant.

J'espérais que l'entretien aurait lieu au Lutetia, mais apparemment j'ai droit au traitement « officiel ». Cela m'inquiète. Le capitaine Vidal travaille à la brigade criminelle de la division de Paris de la DNPJ. Elle est surnommée « la Crim' » ou « le 36 » parce que son quartier général est situé au 36 rue du Bastion. Une unité surnommée « la Crim' » n'a rien de rassurant.

Je suis assise à l'arrière de la voiture de police, Paris défile derrière les vitres teintées, à travers lesquelles personne ne peut me voir. J'ai l'impression d'être un secret coupable que l'on met à l'abri des regards. C'est peut-être le cas.

Arrivés rue du Bastion, on m'emmène dans une petite salle d'interrogatoire. Techniquement, je ne suis pas en état d'arrestation – je suis ici en tant que témoin et non en tant que suspecte – mais c'est l'impression que j'en ai. Vidal me fait attendre pendant vingt minutes, puis entre et s'assied en face de moi avec une collègue dont le rôle est de prendre des notes. Je sais, grâce aux séries policières, que c'est le moment où je dois demander à voir un avocat. Sauf que le système judiciaire français est très différent du système anglais. J'ignore précisément quels sont mes droits. Je n'avais pas prévu de me retrouver dans cette situation. J'essaie de me rappeler si je connais des avocats parisiens dignes de ce nom.

Ayant été témoin experte au tribunal, je sais que la première règle est de ne pas énerver les flics, à moins d'y être obligée. Je suis contente d'avoir fait le plein de glucides au petit déjeuner ce matin. TJ me manque et je n'ai qu'une envie : être au Fisherman's Cottage, regarder de vieux épisodes de *Grey's Anatomy* et passer une journée sous la couette avec mes bons amis Ben et Jerry.

Mais Bonne Maman est morte, je suis dans une salle d'interrogatoire à « la Crim' », et mon fils est à des centaines de kilomètres de là, à Londres. La côte du Norfolk et le monde d'avant Tom, le procès et la mort d'Ingrid Fox semblent un rêve lointain.

Ce matin, le capitaine Vidal porte un costume correct, une cravate et une chemise fraîchement repassée. Il s'est également rasé, ce qui lui donne moins l'air d'un lutteur de l'UFC et davantage celui d'un professeur de physique qui arrondit ses fins de mois en entraînant l'équipe de boxe de l'école. Je l'ai vu hier, les yeux bouffis de sommeil et les cheveux ébouriffés. Aujourd'hui, il ne rigole pas.

– Merci d'être venue répondre à quelques questions, docteur Finn, commence-t-il. Permettez-moi de vous dire une fois de plus que je suis désolé pour le décès qui vous touche.

– Merci, dis-je. Je ne comprends pas pourquoi nous n'aurions pas pu faire ça au Lutetia. Mais je suis heureuse d'apporter mon aide dans la mesure du possible.

Il ne réagit pas à mon commentaire.

– Suite à notre rencontre d'hier, docteur Finn, et à l'incident pénible de la nuit dernière à Montparnasse, nous avons examiné les déclarations de votre grand-mère. Nous disposons d'une copie papier des archives de l'administration.

Et voilà. La police a accès à des documents qui me sont inaccessibles. Cela va-t-il réécrire l'histoire de ma famille ? Bonne Maman a-t-elle retrouvé hier un souvenir qu'elle avait refoulé pendant des décennies ? Était-elle vraiment Sophie ou Joséphine ?

– Elles n'apportent pas grand-chose de plus, affirme M. Vidal. Nous savions déjà que Sophie et Joséphine avaient été détenues pendant trois jours pour être interrogées par la police et évaluées par des équipes médicales et psychiatriques. Mais nous avons découvert un autre document qui montre que Sophie Leclerc a été arrêtée en 1943 et emmenée à Drancy, puis transférée à Auschwitz.

Ces deux mots me remplissent d'horreur : Drancy, Auschwitz. Si Bonne Maman était Sophie, si elle était ce fantôme sur mon lit la nuit dernière, comment pourrais-je comprendre ce qu'elle a dû endurer ?

Après avoir passé la nuit dans la chambre 11 du Lutetia, je sens que ma grand-mère me parle. Elle veut que je lève le voile sur le mystère de son passé et que je mette au jour la vérité sur sa mémoire retrouvée. Elle a besoin que je découvre qui voulait sa mort et pourquoi. Quel est le secret que Bonne Maman connaissait et pour lequel on l'a tuée des décennies plus tard ? Je ne pourrai tout comprendre que lorsque j'aurai trouvé les réponses à ces questions.

– Et Joséphine Benoît ?

– Nous sommes toujours en train de chercher. Mais nous n'avons aucune trace d'elle à Drancy jusqu'à présent.

Ma grand-mère a-t-elle vécu le mensonge de manière si convaincante qu'elle a fini par y croire ? A-t-elle tué la vraie Joséphine, comme elle le prétend, et volé son identité ? Ou bien a-t-elle subi il y a des années une sorte d'effondrement psychologique au Lutetia, qui lui a fait effacer la vérité de son esprit ?

– Si nous envisageons la possibilité que les aveux de votre grand-mère aient pu être exacts, nous devons également nous demander s'il s'agit ou non du motif de son assassinat. Nous attendons toujours les résultats de l'autopsie pour confirmer la cause du décès, mais le meurtre par asphyxie est à ce stade notre hypothèse de travail.

Ce qui s'est passé hier soir ne me semble réel que maintenant. Le meurtre. Lorsqu'un inspecteur s'assied en face de vous et dit cela, il n'y a pas d'échappatoire. Bonne Maman a été tuée. Dans sa vie antérieure, sous un autre nom, il est possible qu'elle ait aussi tué quelqu'un.

Je me suis réveillée hier matin en m'inquiétant de voir TJ porter des collants dans la pièce de théâtre de l'école et de son addiction potentielle aux boissons énergisantes. Maintenant, on me demande qui aurait pu tuer Bonne Maman dans son sommeil et on me parle d'Auschwitz et de Drancy.

C'est comme quand je suis rentrée de l'école en me demandant si ma mère allait sentir la fumée de cigarette sur mes vêtements et où j'ai découvert que la porte d'entrée n'était pas verrouillée et que notre chien, Elton, aboyait dans la cuisine. Ainsi va la vie. Il y a de longues périodes de calme plat, puis des instants qui changent tout.

– Qui voudrait tuer une vieille femme ? dis-je. Pourquoi ses aveux sur Sophie Leclerc l'auraient-ils obligée à mourir ?

– C'est ce que j'ai l'intention de découvrir, dit Vidal.

34

OLIVIA

Le capitaine Vidal a l'air d'être de mon côté. Mais il travaille aussi pour l'État français. Je me demande comment la police avait pu arriver si vite sur les lieux du crime, et si des personnes haut placées n'étaient pas impliquées dans cette affaire. Je me souviens également que Vidal a mentionné que son propre père était officier de police au Lutetia lorsque les survivants de l'Holocauste sont revenus. Le policier essaie-t-il de découvrir la vérité ou de la balayer sous le tapis pour des raisons à la fois personnelles et professionnelles ? S'est-il passé quelque chose au Lutetia qui doit rester caché, un événement qui implique son propre père ? S'agit-il d'un coup monté, d'un travail interne ?

– Qu'est-ce que Bonne Maman pouvait-elle bien savoir pour provoquer cela ? Dites-le-moi et je vous croirai.

Vidal ne réagit pas.

– Nous vivons tous dans l'ombre de la Seconde Guerre mondiale, dit-il. Les derniers survivants de la guerre sont en train de disparaître. Il y a encore des comptes à régler et des secrets à garder, même après toutes ces années. Lorsque les gens pensent à cette guerre mondiale, ils pensent toujours à Churchill, à Hitler et au jour J. Personne ne parle de l'occupation de Paris ou de ce qui s'est passé lors de la Libération. Ces souvenirs ont été oubliés. Voisins contre voisins, ceux qui ont collaboré et ceux qui ont prétendu avoir résisté, les faux et les vrais résistants, les règlements de comptes en 1945 avant que l'ordre ne soit enfin rétabli. C'est une période que Paris n'a toujours pas abordée. Tous ces Français déportés dans les camps par leurs propres compatriotes. Aujourd'hui encore, après tant d'années, vous trouverez dans les rues de cette ville une centaine de motifs qui renvoient à ces terribles événements, à ces jours sombres. Les souvenirs de l'Occupation sont comme un iceberg. La plupart se trouvent sous la surface, mais ils n'en sont pas moins mortels.

– Qui vous a dit qu'elle était morte ? Comment êtes-vous arrivé si vite à son appartement ?

Vidal m'ignore.

– Cela ne vous concerne pas.

– Il ne vous est jamais venu à l'esprit que la personne qui vous a renseigné était aussi celle qui était responsable de la mort de ma grand-mère ?

– Docteur Finn, c'est moi qui pose les questions.

– Si Bonne Maman a assassiné la vraie Joséphine Benoît au Lutetia, la police se serait sûrement penchée sur la question à l'époque. Un corps aurait été retrouvé à l'hôtel. L'affaire aurait été révélée avant aujourd'hui.

– Le Lutetia a vu des milliers de survivants revenir à Paris, dit-il. La ville était en plein chaos. L'été 1945 a été la dernière possibilité pour que la justice populaire s'exprime avant que le monde ne décide d'oublier le passé et de tourner la page. Dites-moi, que savez-vous de l'épuration sauvage ?

L'épuration sauvage. Oui, je connais cette expression.

J'ai regardé les photos et les vieux films sur YouTube. J'ai vu les femmes au crâne rasé défilant dans les rues de Paris et les dizaines de milliers de collaborateurs présumés exécutés sans procès, bien que certains aient essayé d'affirmer qu'ils travaillaient en fait depuis le début avec la Résistance. J'ai regardé les films sur les hommes parisiens qui chassaient les traîtres et sur le retournement de situation une fois la ville revenue aux mains des Français.

– Environ dix mille personnes ont été tuées pendant l'épuration sauvage, dit Vidal. Le chiffre réel est probablement beaucoup plus élevé. À ce moment précis de l'année 1945, Paris était encombré de cadavres. Malheureusement, peu de gens auraient remarqué qu'un autre corps s'était ajouté à ce nombre. La véritable Joséphine Benoît, si c'est elle que votre grand-mère a assassinée, pourrait bien avoir été classée dans la catégorie des « collaboratrices horizontales ».

Je connais aussi cette expression. C'est ainsi que l'on appelait les femmes qui entretenaient une quelconque relation avec les officiers nazis en poste à Paris. Ces derniers hommes qui ont collaboré et donné l'ordre de déporter plus de soixante-dix mille Français dans les camps de concentration. Et pourtant, ce sont les femmes qui ont été humiliées après la fin de la guerre. La collaboration horizontale n'est qu'un autre terme pour désigner le *slut-shaming*.

– Cela n'explique toujours pas pourquoi quelqu'un a attendu jusqu'à aujourd'hui pour assassiner Bonne Maman, dis-je. Qu'est-ce qui les a effrayés dans sa confession ?

Pourquoi le nom de Sophie Leclerc a-t-il poussé quelqu'un à agir de la sorte ?

– Commençons par vos déplacements d'hier. Que s'est-il passé après que vous avez quitté l'hôtel Lutetia avec votre grand-mère ?

L'interrogatoire change de direction, et cela me fait peur. Je pensais être ici en tant que témoin et non en tant que suspecte.

– Nous avons pris un taxi pour retourner à son appartement, dis-je. Je lui ai préparé une tasse de thé. Édouard de Villefort est arrivé et m'a aidée à prendre soin d'elle. Je suis restée assise avec elle pendant la majeure partie de l'après-midi et de la soirée, puis Édouard est revenu afin que je puisse faire une pause. J'ai quitté l'appartement pour utiliser le wi-fi gratuit d'un café voisin et j'ai reçu un texto d'Édouard me demandant de l'aide. Je me suis dépêchée de rentrer, mais je ne suis pas arrivée à temps. Le café est équipé de caméras de surveillance. Je suis sûre que vous pouvez vérifier mon alibi et, de toute façon… vous avez vu le reste.

– Vous avez donc laissé Édouard de Villefort seul avec votre grand-mère pendant combien de temps ?

Je pense à la panique d'Édouard hier soir et à sa crainte d'avoir affaire à la police. Je suis prudente dans ma réponse.

– Environ une heure. Il est resté avec elle pour s'assurer qu'elle allait bien.

– Votre grand-mère a-t-elle des caméras dans son appartement ?

– Elle n'avait pas le wi-fi, capitaine. Alors des caméras, on n'en parle même pas.

– Édouard de Villefort, dit Vidal, a donc eu plus de temps qu'il n'en faut, lorsqu'il était seul dans l'appartement, pour commettre le meurtre lui-même ?

– Théoriquement, oui, dis-je. Mais je ne vois pas quel mobile il aurait pu avoir. Et cela n'explique pas le fait qu'il ait été blessé.

Vidal hausse les épaules comme si c'était la chose la plus simple du monde.

– Monsieur de Villefort pourrait simuler une blessure pour se soustraire aux soupçons et mettre en scène le drame à votre retour. Il a quitté l'appartement et a dit qu'il reviendrait ? Cela lui donnerait le temps de planifier le meurtre, n'est-ce pas ?

– Cela n'explique toujours pas comment la police est arrivée si vite, dis-je.

– Comme je l'ai dit, madame, c'est mon affaire, pas la vôtre.

Vidal consulte ses notes.

– Je suppose que vous savez pourquoi Édouard de Villefort a fui Paris il y a tant d'années.

– Hier, je le revoyais pour la première fois après des décennies, dis-je. Je n'ai littéralement pas posé les yeux sur cet homme depuis mon adolescence, et je n'ai pas non plus suivi ce qu'il faisait. Donc, non, je ne sais pas pourquoi il a quitté Paris.

– Je vois, dit Vidal.

La vérité, c'est que j'ai été prise de court par son apparition. Mais l'Édouard que je connaissais s'habillait comme un membre de boys band et se comportait tel un figurant dans *American Pie*. Il prétend être devenu abstinent et se nourrir de brocolis et de graines de lin, seulement cela pourrait être un mensonge, tout comme ses sentiments pour moi, il y a des années. Je l'ai cru à l'époque, avant d'apprendre le lendemain qu'il avait pris le vol de nuit pour JFK, sans même un message pour me dire au revoir.

J'ai bien grandi maintenant. Édouard est un charmeur. Et les charmeurs sont généralement trompeurs.

Mais un meurtre ?

Cette pensée me trouble.

Ai-je laissé entrer un tueur dans l'appartement de Bonne Maman ?

35

OLIVIA

Avant

Au revoir Fisherman's Cottage, bonjour Londres. TJ est sous clé à l'école, je suis de retour au travail, et nous sommes cernés par les voitures, les sirènes et tous les pires aspects de la vie en ville. Je sens la pollution dans ma gorge, une boule de glaire géante qu'aucun spray nasal ne peut dissoudre.

Je me réhabitue à ma routine et aux inévitable potins de retour de vacances. Je pensais que le Fisherman's Cottage était une belle destination pittoresque. Mais j'ai été battue à plate couture. Deux des autres thérapeutes de l'Unité de Mémoire ont passé Noël sous le soleil du Qatar, une assistante a rendu visite à sa sœur en Australie et une autre avait décidé de faire un safari au Kenya. Un marathon d'épisodes d'*Inspecteur Barnaby*, c'est bien peu de chose en comparaison. Kyle non plus n'a jamais apprécié le charme de la côte du Norfolk. Aujourd'hui encore, il menace toujours d'emmener TJ faire de la plongée ou du ski. Lors de mes séances de thérapie avec Louis, ce dernier me répétait qu'il était néfaste de se comparer. Mais je suis humaine, et je ne peux m'en empêcher, néfaste ou non.

J'aimerais que ce soit encore Noël. Quand j'étais petite, les vacances avec ma grand-mère me paraissaient très classes. Nous passions des heures assises dans des cafés, où elle fumait des Gauloises tout en me posant des questions sur l'école, mes petits amis, la vie et l'amour. J'étais insolente, intrépide et je me moquais éperdument de l'art de ma grand-mère. C'est ce qu'elle aimait chez moi. Je ne voulais pas son approbation, juste son amour.

Je vérifie le calendrier dans mon iMac. Il y a encore des réunions sur le rôle de l'Unité de Mémoire dans l'« écosystème hospitalier » – qui sait ce que cela signifie –, un briefing financier et une note à propos de la mise à jour des protocoles pour les toilettes non mixtes du quatrième étage.

Je consulte le reste de mes e-mails et je vois la demande d'un nouveau patient. L'homme s'appelle Tom Lomas. Il dit qu'il paiera de sa poche. Je cherche sur Google, mais il y a des millions de personnes qui portent le même nom et je ne trouve rien d'intéressant. C'est un client payant ; j'accepte donc le rendez-vous en espérant qu'il ne cherche pas seulement à grappiller quelques ragots sur le procès.

Ce n'est plus qu'une question de semaines avant ce dernier. Le système judiciaire français est complexe, je ne comprends pas tout, mais mon rôle consiste à être un témoin de moralité pour Louis. Les avocats d'Ingrid Fox vont demander si celui-ci a essayé de me contrôler il y a vingt ans, ou de me manipuler, en profitant d'une adolescente. Ils tenteront de démontrer que les accusations contenues dans les articles d'Ingrid n'étaient pas diffamatoires mais basées sur des comportements récurrents.

M'a-t-il jamais monté contre mes parents ? (Non, maman l'a fait toute seule.)

A-t-il implanté de faux souvenirs de traumatismes dans mon passé ? (Là encore, non, le traumatisme était réel et en grande partie de ma faute.)

En revanche je dois donner tous les détails de mes séances, même si elles ont eu lieu il y a vingt ans, et m'assurer que je ne commets pas d'erreur.

Je commence à taper une réponse à Tom Lomas.

Et me reprends à rêver de Noël, encore une fois.

36

MYLES

Aujourd'hui

L'incident du Lutetia n'était pas suffisant pour justifier un voyage à Paris.

Mais un meurtre, oui.

C'est du moins la façon dont Myles a présenté les choses dans son e-mail à l'équipe financière de la Metropolitan Police. Il leur dit que sa présence a été requise par la police française – encore une légère exagération, mais qui peut être niée – et qu'il attend maintenant leur approbation.

Il termine la lecture d'un article sur les souvenirs retrouvés, puis se rend à la cafétéria pour son deuxième expresso de la journée. Il paie avec sa montre Apple, avale son café d'une traite et se laisse brièvement tenter par un paquet de biscuits à la crème. Sauf que les miettes risqueraient de salir le gilet qu'il a choisi pour aujourd'hui, un classique en tweed à boutonnage simple. Il repose les biscuits et prend une pomme à la place. Son coach personnel l'approuverait sans aucun doute.

Myles retourne à son bureau. Toutes les surfaces de l'open space sont encombrées de tasses à café, de piles de papier et de cartons du repas chinois d'hier soir, l'odeur du poulet chow mein flottant dans l'air. Mais son bureau est toujours impeccable. Il vide sa boîte de réception tous les jours sans faute et ne laisse jamais un papier traîner sur sa table plus de douze heures. Il nettoie son clavier une fois par semaine avec une lingette antibactérienne et entrouvre toujours une fenêtre pour faire circuler l'air. Un bureau bien rangé, c'est un esprit en ordre.

Il est ainsi depuis l'enfance. C'était sa seule défense contre le chaos : toujours un nouvel endroit, de nouveaux visages, le changement constant. Il a appris à contrôler son propre espace. C'est ce qui lui a permis de rester sain d'esprit. Sa sœur Laura est à l'opposé, heureuse d'embrasser la pagaille. Sa maison est toujours pleine de chaussures, de devoirs, de cabas, de sacs de sport et d'assiettes sales. Le foyer de Myles est immaculé. Il se demande comment il fera quand il aura des enfants.

Plus d'une heure après, l'e-mail de l'équipe financière arrive dans sa boîte de réception et il reçoit enfin l'autorisation de se rendre à Paris. Mieux vaut tard que jamais. Il envisage de prendre l'avion, mais l'Eurostar est plus rapide et moins cher. Il achète le billet avec sa carte de crédit de la police et conserve le reçu. Il informe le capitaine Vidal de son heure d'arrivée, puis examine le budget dont il dispose pour les hôtels. La trésorerie de la police est toujours à court d'argent. Bientôt, les inspecteurs devront emporter un sac de couchage et un panier-repas, ou traverser la Manche à la nage pour économiser les frais de transport. Le mieux qu'il puisse espérer, c'est un sandwich « deux pour le prix d'un » à la gare et un lit avec des draps propres.

Myles prend le dossier de l'affaire Ingrid Fox, puis le téléphone portable qu'il emporte toujours avec lui et contenant toutes les nouvelles preuves numériques – certainement pas son téléphone de fonction – et commande un Uber pour qu'il l'emmène à St Pancras. Dans la voiture, il relit le dossier datant du procès de l'année dernière. Il l'a lu tellement de fois qu'il peut presque le répéter mot pour mot. Le témoignage d'Olivia Finn a été crucial, tout comme sa relation avec Louis et la famille de Villefort, ainsi que les séances de thérapie quotidiennes qu'elle a vécues avec ce thérapeute dans les années 2000.

Il imagine Olivia entrant dans le cabinet du quai Voltaire, s'asseyant sur le célèbre canapé où tant de grands noms se sont trouvés avant elle, puis racontant à Louis ses plus sombres secrets et le regardant travailler. Lorsque Myles en a terminé avec le dossier, il écoute les nouvelles preuves sur son téléphone portable. Il y en a des heures et des heures. Si jamais cela arrivait entre les mains du département des normes professionnelles, il serait fichu. Mais il reste prudent. Il le faut.

La salle d'attente de l'Eurostar reliant St Pancras à la gare du Nord est bondée de familles et de touristes. Myles boit une nouvelle gorgée d'eau et regrette de ne pas avoir pris quelque chose de plus fort. Il consulte sa messagerie professionnelle et voit une confirmation du capitaine Vidal concernant leur rendez-vous à Paris plus tard dans la journée.

Myles et Vidal sont entrés en contact lorsque le corps d'Ingrid Fox a été retrouvé. Le suspect le plus évident est Louis de Villefort ou un membre de sa famille. Après tout,

Ingrid avait publiquement accusé le thérapeute d'emprise psychologique et d'abus émotionnel au cours d'une thérapie, et Louis l'avait poursuivie en diffamation devant les tribunaux français.

Mais il était maintenant nonagénaire et disposait d'alibis en béton au moment de la mort d'Ingrid. Édouard de Villefort disposait également d'un alibi, sans compter le fait qu'il se trouvait à New York à l'époque. Si la mort d'Ingrid était un meurtre, qui pouvait bien l'avoir commis ? L'attention se porte sur sa famille adoptive et sur la possibilité que les souvenirs qui ont fait surface pendant les séances de thérapie d'Ingrid soient vrais. Peut-être un membre de la famille l'a-t-il réduite au silence lorsqu'elle a réalisé que ses accusations contre Louis étaient un souvenir-écran pour sa propre famille adoptive.

Depuis, Myles et Vidal mènent l'enquête ensemble en affichant une unité anglo-française totale, qui se résume à des courriels occasionnels et à des mises à jour bourrues sur boîte vocale. Cependant il pourrait s'agir d'un événement important. De nombreux acteurs clés du procès sont impliqués. Myles dépasse les limites de son rôle d'inspecteur principal dans cette affaire, mais il se fera volontiers engueuler au commissariat. Il fait cela pour Ingrid.

Il se joint à la foule qui se dirige vers le train et trouve sa place. Malgré les e-mails et les appels, il n'a jamais rencontré Vidal en personne. Encore quelques heures, pense Myles. La dernière fois qu'il est venu à Paris, c'était pour ces fameuses « activités annexes » et il prie à nouveau de ne pas avoir fait d'erreur ni laissé de traces derrière lui.

Il essaie de dormir un peu alors que le train approche du littoral français. Tout s'embrouille dans sa tête jusqu'à ce qu'il rêve qu'il est assis face à Louis de Villefort alors qu'Ingrid l'accuse d'avoir abusé de sa position de thérapeute.

Il se frotte les yeux et se débarrasse de son rêve. Il tuerait pour un latte au lait d'avoine et un déjeuner. Il sent déjà revenir ses envies d'opéra, de choux à la crème, de mille-feuilles, de macarons et de paris-brest. Il va devoir faire attention, sous peine d'anéantir ses efforts en salle de sport. Il a toujours été un passionné de cuisine, encore une chose qu'il peut contrôler, et il n'aime rien tant qu'enfiler son tablier et essayer une nouvelle recette. C'est peut-être une bonne chose que le budget de la Met ne lui permette pas de s'offrir un menu entrée-plat-dessert.

Il poursuit l'écoute des fichiers sur son téléphone portable. Il pense à toutes les limites qu'il a repoussées l'année dernière et à quel point cela ne lui ressemble pas. Mais il avait une dette envers Ingrid. Il devait faire tout ce qu'il pouvait pour l'aider.

Peut-être qu'ensemble, Vidal et lui pourront enfin résoudre l'affaire. Ils pourront découvrir la vérité sur la mémoire retrouvée de Joséphine Benoît.

Et enfin obtenir une piste sur la mort tragique d'Ingrid Fox.

37

OLIVIA

Il fait de plus en plus chaud dans la salle d'interrogatoire. J'essaie de ne pas paraître mal à l'aise, mais c'est comme tenter de ne pas penser à un éléphant rose.

Vidal a l'air plus calculateur à présent.

– Édouard de Villefort était la seule personne dans l'appartement avec votre grand-mère, et vous avez également appelé Louis de Villefort et Charlotte Fouquet après avoir entendu parler de l'incident de ce matin. Pourquoi êtes-vous si dépendante de la famille de Villefort et de leur personnel ?

– Il ne s'agit pas d'un crime, pour autant que je sache. Quel est le rapport avec la mort de ma grand-mère ?

– Louis de Villefort est votre mentor et votre psychothérapeute de longue date, n'est-ce pas ? Et celui de votre grand-mère aussi, dans le passé ? Cela ressemble à un conflit d'intérêts, non ?

– Je reconnais que c'est inhabituel. Mais ma situation personnelle l'est tout autant. J'ai grandi sans connaître mon père. Ma mère a eu beaucoup de problèmes et a fini par mettre fin à ses jours. J'étais adolescente et j'ai sombré dans la toxicomanie et l'alcoolisme. Après la mort de ma mère, je suis venue à Paris dans les années 2000 pour vivre avec ma grand-mère et, ensemble, elle et Louis m'ont reconstruite. Pour être honnête, je leur dois tout.

– C'est aussi pour cela que vous êtes devenue psychothérapeute ?

– Louis m'a aidée à retrouver des souvenirs de la mort de maman et à y faire face, et c'est ce que je fais maintenant avec mes patients.

– Avez-vous encore des séances de thérapie avec lui ?

– Pas depuis qu'il a pris sa retraite il y a plus de dix ans. Mais le lien entre un patient et son thérapeute peut être très précieux, dis-je. Il vous connaît mieux que quiconque. Louis était l'un des pionniers de la psychothérapie après la guerre. Il m'arrive de l'appeler et de discuter, mais rien de formel.

– Si quelqu'un connaissait le passé de « Sophie Leclerc » de votre grand-mère, c'est bien Louis, non ? En tant qu'ancien thérapeute, il aurait connu ses secrets ? Il était, d'après mes notes, en poste au Lutetia à l'époque où elle prétend y avoir séjourné ?

– Oui. C'est peut-être de là que vient la confusion. Elle a mélangé les choses que Louis lui a racontées avec sa propre vie. C'est ce qu'on appelle un « emprunt de mémoire ».

– C'est vraiment possible d'emprunter la mémoire de quelqu'un d'autre et de penser que c'est la sienne ?

– Nos souvenirs sont des choses complexes, capitaine. La raison pour laquelle ils doivent être récupérés est que nous les oublions en premier lieu. Nous ne pouvons pas faire face au traumatisme et le cerveau élimine le souvenir : un mécanisme d'adaptation, en quelque sorte. Il est possible que Bonne Maman ait effacé le passé de son esprit et que seule sa perte de mémoire à court terme l'ait fait ressurgir. À l'Unité de Mémoire de Londres, j'ai vu des patients comme cela. Dans les cas de démence, ils se souviennent souvent d'événements du passé, mais oublient ceux du présent. C'est peut-être le cas de ma grand-mère.

Je n'ai jamais connu l'histoire complète de la relation entre Bonne Maman et Louis, mais je sais qu'ils se sont connus dans leur jeunesse et sont restés proches ensuite. Si elle était au Lutetia, je me demande ce qui s'est passé entre eux.

Vidal regarde ses notes. J'ai l'impression qu'il s'apprête encore à changer de direction, et ça me fait peur.

– Parlons du procès de l'année dernière, dit-il, et de l'affaire Ingrid Fox.

38

OLIVIA

Je ne sais toujours pas quel est le lien entre tout cela et la mort de ma grand-mère. J'ai plutôt l'impression que ce policier a une dent contre moi. Peut-être qu'il s'agit d'un coup monté. La police française veut s'en prendre à la famille de Villefort et elle se sert de la mort de Bonne Maman et de ma visite ici pour y parvenir. Ou peut-être Vidal a-t-il une raison spécifique liée au passé de son propre père.

– De quel aspect du procès, exactement ?

– Louis vous a-t-il parlé d'Ingrid Fox lorsqu'elle était sa patiente ? Et a-t-il fait pression sur vous pour que vous témoigniez au procès en diffamation ?

– Louis est mon mentor, dis-je. En tant que psychothérapeute, il a été le premier à comprendre le rôle que joue la mémoire dans notre vie. Il n'a jamais discuté avec moi d'informations confidentielles concernant ses patients. Il ne m'a pas non plus poussée à faire quoi que ce soit. Je suis son amie et je voulais que la vérité éclate.

– Et, j'en suis sûr, vous êtes parfaitement au courant des critiques formulées à l'encontre des méthodes de Louis ?

– Oui.

– Êtes-vous d'accord avec ces critiques ?

Depuis qu'il a installé sa clinique quai Voltaire, on lui a reproché beaucoup de choses. Aider les patients à retrouver des souvenirs de leur passé est très controversé. On dit qu'il monte les patients contre leur famille, qu'il aide les femmes à quitter leur mari – souvent violent –, qu'il encourage même les personnes qui ont vécu l'Occupation à se souvenir de vérités gênantes sur le Paris nazi, et qu'il est en général un fléau pour les familles des patients qui viennent le voir. Tout cela l'a rendu profondément impopulaire dans certains milieux.

– Non.

Je pense aux secrets de ma propre vie. Je me souviens d'avoir découvert que Kyle envoyait des textos coquins à sa maîtresse et que ses cours de ju-jitsu brésilien étaient plus physiques qu'il ne me l'avait laissé entendre. Il y a le choc, le déni, la colère, puis la prise de conscience que tout cela a un sens, même s'il est tordu. Parfois, j'aimerais n'avoir jamais vu les textos et pouvoir mettre toute l'affaire sous le tapis. Dans un registre moins trivial, c'est peut-être ce qu'ont ressenti les collaborateurs français. Ils sont vieux, maintenant, ils veulent mourir en paix, prêts à tout pour que ces souvenirs de la guerre ne soient jamais retrouvés.

– Quelle « vérité » vouliez-vous faire éclater ? demande Vidal.

Je soupire.

– Traiter des patients difficiles fait partie du travail d'un psychothérapeute. Mes propres patients m'ont accusée de les avoir volés, manipulés, d'avoir créé de faux souvenirs, d'avoir eu des liaisons avec leur partenaire, d'avoir essayé de leur enlever leurs enfants, et la liste est encore longue. Quatre-vingt-dix-neuf pour cent de nos patients ont une bonne expérience et environ un pour cent réagissent mal au traitement. Malheureusement, ce sont ces derniers qui font les gros titres et causent le plus de problèmes. Ils refusent d'affronter la vérité et préfèrent accuser le thérapeute. C'est ce que nous appelons le transfert. C'est l'un des dangers de la thérapie.

– Avez-vous fait ce dont ces patients vous accusent ?

Une fois de plus, la question semble étrangement personnelle et sans rapport avec Bonne Maman. Que cherche cet homme ?

– Non, bien sûr que non. Ils ont également accusé la réceptionniste de l'Unité de Mémoire d'avoir essayé de les tuer et pensaient que les biscuits de la salle d'attente étaient empoisonnés au cyanure. Il s'agit de personnes qui ont de graves problèmes, capitaine.

– Des patients comme Ingrid Fox ?

– Elle avait des problèmes de longue date liés à son placement, elle souffrait de dépression et d'anxiété, et avait recours à l'alcool et à la drogue pour faire face à la situation. Louis avait un nom et beaucoup d'argent : elle a vu une opportunité. Elle a eu sa chance au tribunal.

– Et ça reste votre point de vue sur les accusations portées contre Louis de Villefort ?

– Je pense que les accusations d'Ingrid Fox étaient très probablement des souvenirs-écrans qui la protégeaient de la vérité. Louis n'a pas fait ces choses, mais son père – ou son père adoptif – les a probablement faites. C'est ce que Louis a essayé de l'aider à affronter. C'est ce qu'elle ne pouvait pas supporter, ou ce que sa famille adoptive ne pouvait pas supporter. Et c'est peut-être pour cela qu'elle s'est suicidée ou qu'elle a été tuée par un tiers.

– C'est ce que vous avez dit au cours du procès, dit Vidal. Et vous le maintenez ?

J'essaie de ne pas m'énerver. Je ne peux pas prétendre que ce qui est arrivé à Ingrid ne m'affecte pas encore.

Je revois ses yeux qui me fixent, comme ils l'ont fait dans la salle d'audience.

Aujourd'hui, de nouveau, elle m'accuse.

– Oui, dis-je. Oui, je le maintiens.

39

OLIVIA

Avant

La première réunion concernant le procès de Louis se fait avec un cabinet d'avocats « as du barreau », à Lincoln's Inn Fields.

J'attends dans le hall d'entrée cossu, puis je rencontre l'associé principal français et son collaborateur, qui sont tous deux à Londres pour la semaine. La salle de réunion est lambrissée, et des carafes d'eau sont à disposition. Le « boss » porte une chevalière et un costume magnifiquement coupé, tandis que son associé sans cravate a l'air de sortir tout droit de la fac de droit.

– Avant le procès en diffamation, dit l'associé principal, nous voulions examiner plus en détail le contexte des plaintes contre Louis de Villefort et le type de questions qui pourraient vous être posées.

Ses cheveux ondulés sont une publicité ambulante pour shampoing et l'odeur de son après-rasage coûteux flotte dans l'air. Comment se fait-il que les avocats français soient tellement plus élégants que les avocats britanniques ?

Je connais quelques détails, surtout ce que j'ai lu sur Internet. Louis ne m'a pas dit grand-chose directement, si ce n'est que les accusations sont fausses et qu'il est triste que sa longue et brillante carrière ait été ternie par des allégations datant d'il y a vingt ans. Il affirme que, grâce à son travail de psychothérapeute, des patients ont pu porter plainte contre des personnalités en vue et que l'establishment français tente à présent de se venger en l'humiliant publiquement.

La solution de facilité serait d'ignorer Ingrid Fox. Il n'y a pas assez de preuves pour un procès pénal et, jusqu'à présent, seul son article pour *Le Monde* fait état de ce dont elle l'accuse. Mais Louis est têtu. Sa réputation est primordiale. S'il ne se disculpe pas, d'autres anciens patients rancuniers pourraient inventer de fausses allégations et tenter d'obtenir un dédommagement. Il veut être entendu par la justice. Il n'a pas combattu dans la Résistance, soigné des survivants de l'Holocauste au Lutetia et construit la clinique thérapeutique la plus célèbre de Paris pour voir sa réputation détruite.

J'écoute attentivement les explications de l'associé principal.

Ingrid Fox, cinquante-deux ans, a la double nationalité britannique et française comme moi et a commencé à voir Louis en tant que patiente dans son cabinet du quai Voltaire en 2004. Elle a grandi dans une famille d'accueil et a toujours souffert de problèmes d'anxiété persistants. Elle a passé de nombreuses années à tenter de devenir sobre. Les tests hospitaliers classiques n'ayant rien donné, elle souhaitait bénéficier d'un traitement psychologique. Au cours d'une longue psychothérapie, Ingrid a commencé à retrouver des souvenirs refoulés d'abus violents commis par ses parents adoptifs pendant son enfance. Après de nombreuses séances, elle a pu décrire les sévices avec force détails. Il y avait un grenier, une ceinture et des chaussures d'un noir brillant sur une échelle grinçante.

Le hic, bien sûr, c'est que son père n'était pas un parent d'accueil ordinaire. C'était un ancien juge français marié à une Anglaise, professeur de droit invité dans plusieurs universités internationales et philanthrope réputé pour son accueil de jeunes gens vulnérables. Lorsque Ingrid a commencé à rejeter sa famille et à l'accuser de maltraitance, son père adoptif a utilisé ses poches bien remplies pour lancer une campagne contre Louis et ses méthodes de psychothérapie. Cela n'a pas fonctionné. À la mort du juge, Ingrid a semblé changer son fusil d'épaule. Elle s'est réconciliée avec d'autres membres de sa famille d'accueil, reconstruisant lentement des relations. Et, après de nombreuses années de guérison, elle a affirmé avoir réalisé que Louis lui avait implanté de faux souvenirs et l'avait poussée à porter ces accusations.

Telles sont les affirmations qu'elle a rendues publiques dans *Le Monde*. Et c'est ce qui, selon Louis, a entaché sa réputation de psychothérapeute.

– Le procès lui-même, explique l'associé, porte sur la question de savoir si Louis a abusé de son rôle de psychothérapeute pendant les années où il a traité Mademoiselle Fox. Cependant, le débat plus large est de savoir s'il est possible de retrouver des souvenirs enfouis.

– C'est là que j'interviens.

– Oui et non. Encore une fois, techniquement, vous êtes appelée comme témoin de moralité pour parler de Louis en tant que thérapeute et de votre expérience avec lui. Mais, étant donné que vous travaillez à l'Unité de Mémoire ici à Londres, votre connaissance des souvenirs retrouvés pourrait également être utile.

– Quelle est votre stratégie pour prouver que les affirmations de l'article sont fausses ?

L'associé principal semble peiné.

– C'est simple. Louis de Villefort a fait son travail en aidant à faire remonter à la surface les souvenirs refoulés d'Ingrid. Sa famille d'accueil connaissait la vérité sur ce que le père adoptif avait fait. Après sa mort, elle a manipulé Ingrid et l'a persuadée que ses souvenirs retrouvés n'avaient jamais existé et que le véritable agresseur était Louis.

Nous restons assis en silence un moment. En pensée, j'ai de nouveau dix-huit ans ; je suis allongée sur le canapé du cabinet, ma vie est en train de s'effondrer. Je me suis toujours sentie en sécurité dans cette pièce avec Louis. Au fil des heures et des centaines de séances quotidiennes, j'ai toujours eu l'impression de parler à un grand-parent bien-aimé.

– Savez-vous ce que vous allez dire en tant que témoin ? demande l'avocat.

– J'ai passé des années en thérapie avec Louis, dis-je, et cela m'a sauvé la vie. Ses techniques novatrices autour de la mémoire ont aidé des milliers de patients au fil des années. Sans lui, je serais en train de me shooter quelque part dans une ruelle, ou en cure de désintoxication pour la cinquième fois. Il m'a aidée à retrouver des souvenirs liés à la mort de ma mère et à les affronter.

L'associé principal et son collaborateur ont l'air soulagés.

– Et vous direz tout cela au procès ? demande l'avocat. Comme ça ?

Mon téléphone vibre dans ma poche. C'est probablement la baby-sitter de TJ qui ne trouve pas le Nutella qu'il réclame, ou Kyle qui me plante alors qu'il doit emmener notre fils à l'école la semaine prochaine. Ma vie semble passer du grave au ridicule en quelques secondes.

Je ne regarde pas le message immédiatement. Il peut attendre. Je pense plutôt à Louis, depuis longtemps à la retraite, dans son magnifique appartement du 7e arrondissement, contemplant la Seine, le Louvre, et voyant l'œuvre de sa vie s'effondrer autour de lui, détruite par un monde qu'il a autrefois aidé à sauver.

Je réponds :

– Oui, je dirai la vérité. Louis m'a toujours dit que la vérité est libératrice.

– Bien, dit l'associé principal, signalant que la réunion est terminée. Espérons qu'il avait raison.

40

OLIVIA

Aujourd'hui

Je ne sais combien de temps s'est écoulé. Vidal quitte la pièce avec son assistante et je reste assise à attendre. Finalement, il revient pour me dire que je suis libre de partir. Il répète également son avertissement de ne pas quitter Paris : la DNPJ va me contacter pour d'autres questions.

Sous escorte, je quitte le 36 rue du Bastion et prends un taxi vers le Lutetia. Le trajet ressemble au dernier jour d'école avec son goût soudain de liberté. J'ai une brève envie de fuir vers la gare du Nord sans regarder en arrière, mais l'avertissement de Vidal résonne encore dans mes oreilles.

De retour à l'hôtel, je m'arrête dans le hall et fixe à nouveau le tableau *Mémoire* de Bonne Maman. Je sonde le regard de la femme assise dans la chambre d'hôtel et je la supplie presque de parler, de me donner la réponse. Qui es-tu ? Sophie ou Joséphine ? Que s'est-il passé dans la chambre 11 de cet hôtel ? Laquelle de vous deux a survécu ?

Il y a d'autres touristes et je dois à nouveau m'écarter. J'ai envie de crier : « C'est le mien, pas le vôtre ! C'est ma grand-mère qui l'a peint, et vous n'avez aucun droit d'être ici ! » Seulement c'est faux, bien sûr. C'est un bien public. L'artiste est peut-être morte, mais le tableau vit.

Dans ma chambre, j'essaie de reprendre mes esprits. Cela me fait bizarre de dire « ma chambre ». Je considérerai toujours la chambre 11 comme celle de ma grand-mère. Elle semble la hanter.

Je repense aux questions de Vidal et à Tom. J'ai tellement souffert depuis sa disparition que je pensais que rien ne pourrait être comparable. Et maintenant, ça. J'ai pensé à lui chaque minute de chaque jour depuis qu'il m'a ghostée. Je me suis même reproché d'avoir enfreint la déontologie en ayant eu une relation avec un patient. Je me demande si c'est cela, vieillir. La vie perd en liberté et en facilité, alourdie par les regrets, les problèmes, et notre tendance à toujours regarder dans le rétroviseur. Quid de l'espoir et des possibilités ?

Non, me blâmer ne sert à rien. Tom m'a déçue, tout comme Édouard et Kyle. Ils étaient différents à bien des égards, mais c'étaient tous des charmeurs ayant plus de style que de substance, qui se sont enfuis à la première difficulté.

Je revois ma mère, qui s'approche de moi en titubant, ivre morte, dans notre maison enfumée par ses cigarettes. « Ce sont des hommes. Les hommes te laissent toujours tomber, Olivia. »

La sonnerie du téléphone m'extrait de mes pensées. Je mets de côté mes regrets amoureux. C'est la réception : on me dit qu'un invité attend dans le hall.

Édouard de Villefort est arrivé.

41

LE LUTETIA

1945

Josephine

– C'est toi, dit Sophie.

C'est une chose si ordinaire à dire. Mais que dire d'autre ? Elles devraient être encore bras dessus bras dessous, à se rendre au Lutetia comme autrefois, à boire des cafés au lait et à parler de la dernière histoire d'amour de Joséphine ou des projets de Sophie d'épouser Louis.

Comment peuvent-elles être ici, dans le même hôtel, en tant qu'ennemies ? Quels péchés ont-elles commis dans une vie antérieure pour mériter cela ?

L'émotion submerge Joséphine. Le choc, la tristesse, le désespoir se mêlent. Sophie était sa meilleure amie. Elles se connaissaient depuis l'enfance. Elles partageaient tout. Elle est la sœur qu'elle n'a jamais eue.

Joséphine a envie de traverser la pièce et de la serrer dans ses bras, de lui dire que tout va bien, que les choses peuvent redevenir comme avant. Mais elle sait aussi que cela n'arrivera jamais. Elle a trahi Sophie. Elle a abandonné sa meilleure amie pour se protéger des soupçons et continuer à travailler pour la Résistance. Elle a sacrifié une personne pour le bien de tous.

Aujourd'hui, elle est submergée par la honte. C'était une situation impossible, mais c'était aussi un acte horrible. Elle a dû faire un choix, comme tant de gens en temps de guerre, et elle a fait le seul qu'elle pouvait faire. N'est-ce pas ?

Elle ressent tout cela – un énorme raz de marée d'émotions – mais sait qu'elle ne peut pas le montrer. Elle doit rester concentrée. Tous les résidents de cet hôtel sont ainsi : traumatisés et incapables de faire face à ce qui s'est passé. Ils marchent le regard vitreux et éteint, tels des squelettes qui réapprennent à vivre.

Joséphine ne se laisse pas souvent aller à de telles réflexions. La pitié est un crime, disait toujours sa tante. Elle aimerait avoir été plus méfiante envers son propre camp. Elle croyait encore à des idéaux tels que la bravoure, le courage et le sacrifice pour son pays. Elle pensait que la foule de Paris célébrerait ce qu'elle avait fait pour la Résistance et la couvrirait d'éloges. Elle n'avait pas réalisé que cela ne concernerait que les hommes. Quoi qu'elle dise, quelles que soient les justifications qu'elle donne, ils la considéraient comme une pute nazie. Ils se moquaient bien de savoir qu'elle avait obtenu des secrets vitaux qui avaient aidé à gagner la guerre. C'était une femme sans honneur ni principes, qui devait être traitée comme les autres collaborateurs.

– Je n'arrive pas à croire que tu sois là, dit Joséphine.

La voix est la bonne, la taille aussi, il ne fait aucun doute que Sophie est vivante et qu'elle se trouve dans cette pièce.

– Ils ont mis tous ceux qui sont arrivés aujourd'hui au premier étage. On a dû se rater d'un cheveu à la gare d'Orsay.

Il n'y a pas de mots pour exprimer ce qui leur arrive. Elles se regardent en silence. Cette période a été si sombre qu'elle les a changées pour toujours. Elles ont vu et fait des choses qui ne pourront jamais être effacées. Joséphine a entendu des histoires sur les camps. Elle essaie d'imaginer ce que Sophie y a vu et la haine qu'elle ressent pour l'amie qui l'y a envoyée.

Sophie ne réagit pas. Ses doux traits d'autrefois se sont durcis.

– Nous allons donc être colocataires ?

– Oui. C'est ton espace autant que le mien.

Joséphine se souvient bien de cet endroit. L'ancien Lutetia, comme elle l'appelle maintenant, était fréquenté par de belles femmes incroyablement élégantes en robes de bal, de fringants messieurs en tenues de soirée, le tout au son du piano qui jouait dans le hall d'entrée. Elle revoit ces fantômes d'une vie antérieure se prélassant sur des banquettes, en sirotant un café. Il est difficile de croire que ce monde a existé.

Ce nouveau Lutetia, cependant, est tout autre. Il est en face du boulevard Raspail, dans l'ombre de la prison du Cherche-Midi d'où des cris s'échappent, audibles jusque dans la rue. C'est là que sont détenus les prisonniers de guerre allemands. Tout le monde se méfie des hôtes des autres chambres. Selon la rumeur, personne n'ose dormir trop profondément, de peur d'être attaqué dans la nuit. Bien que la guerre soit finie, ici on n'en a pas l'impression.

La guerre physique est peut-être terminée. Mais la guerre dans la tête des gens ne fait que commencer. Elle les a tous traumatisés.

Sophie doit savoir que c'est Joséphine qui l'a trahie. Son amie était la seule à connaître l'endroit où son père et elle se cachaient. Seulement Joséphine doit s'en tenir à son histoire et faire croire à la survivante qu'elle aussi est une rescapée des camps. Cela nécessitera une autre performance, la meilleure de toutes, mais elle est sûre que son plan peut encore fonctionner. Après tout, elle est comédienne.

– Je me souviens de la dernière fois que nous sommes venues ici, dit Joséphine en s'asseyant sur son lit, lançant un sourire peiné à Sophie. Ton père avait organisé une surprise : tu aurais dû voir ta tête. Nous étions encore des petites filles et c'était la plus belle des soirées. Qui aurait imaginé que nous nous retrouverions ainsi ?

Sophie baisse la garde. Elle a toujours été sentimentale à l'égard du passé, mais surtout à l'égard de son père. Sa réaction laisse à penser que celui-ci a dû mourir dans les camps. Elle a toujours eu besoin de lui, de sa solidité et de la sécurité qu'il lui offrait.

– Deux amies à Paris avant la guerre, deux survivantes aujourd'hui, dit Joséphine. C'est comme si le destin nous avait réunies à nouveau. Je rêvais que tu sois encore en vie, Sophie, et que nous nous retrouvions après la guerre. J'ai prié pour cela.

Cette dernière commence à s'émouvoir. Ses yeux se remplissent de larmes et elle s'assied sur l'autre lit. Encore un écho du passé, lorsqu'elles se couchaient tard et parlaient jusqu'à ce que le soleil se lève.

– Je suis si fatiguée et perdue, dit-elle, la voix brisée par l'émotion.

La façade tombe légèrement et des rides de tristesse apparaissent sur son visage.

– Avant, nous vivions si bien. Quand j'étais dans les camps, je pensais à l'époque où nous allions à l'école ensemble, quand tu venais à la maison prendre le thé avec mon père. Il me semblait impossible d'avoir vécu cette vie un jour.

Joséphine observe attentivement Sophie. Elle souffre encore de malnutrition sévère. Sa peau est criblée de plaies et de marques. Elle est si vulnérable, mais elle continue à se battre, et Joséphine a l'impression que chacun de ses traits, chaque respiration haletante, est un nouveau rappel de la terrible trahison, de la limite qu'elle a franchie, du moment où elle a cessé d'être une bonne personne et s'est retrouvée – pour toujours – coincée dans cette zone grise morale.

Sophie essuie ses larmes.

– Ils nous ont dit que certains collaborateurs se faisaient passer pour des survivants afin d'échapper au châtiment. Les femmes déshonorées de Paris sont laissées sur le bord des routes pour y mourir comme des putes.

– Et elles le méritent, affirme Joséphine, faisant taire sa propre conscience. Je les raserais moi-même et je leur cracherais dessus si j'en avais l'occasion. Elles ne méritent pas de vivre. Elles nous ont trahis. Comment peux-tu les défendre, Sophie ? Elles méritent d'être punies. Tu dois t'en rendre compte !

La dernière lueur de doute dans les yeux de son amie disparaît. Elle est vraiment trop confiante. Joséphine a toujours profité de sa nature crédule. Depuis qu'elles sont toutes petites, elle a su se jouer d'elle comme elle s'est jouée des officiers nazis.

– Que s'est-il vraiment passé ? dit Sophie. Père et moi nous cachions à Paris, et du jour au lendemain, nous avons été arrêtés et emmenés à Drancy. Tu es la dernière personne à qui j'ai parlé. J'ai toujours pensé que c'était toi qui nous avais trahis. Tu étais la seule à savoir où nous étions.

– Tout le monde ici a été dénoncé par quelqu'un.

Joséphine marque une pause pour l'effet dramatique.

– Je n'ai jamais rien dit. Je le jure sur ma vie. Mais à ta place, je penserais la même chose. Tout ce que je peux te demander, chère Sophie, c'est de me faire confiance en tant qu'amie. Je ne te ferais jamais ça. Je t'aimais à l'époque et je t'aime encore aujourd'hui.

Ce n'est pas que Joséphine aime ces jeux, seulement c'est la même tactique qu'elle a toujours utilisée avec les hommes. Elle entre dans leur tête, les enroule autour de son petit doigt, jusqu'à ce qu'ils ne sachent plus comment ils s'appellent ni où est le nord.

On entend un gémissement dans la chambre d'à côté et quelqu'un qui fait les cent pas dans le couloir. Sophie semble encore plus terrifiée que Joséphine par le Lutetia. Cet hôtel a beau ressembler à un palace, l'ancien Lutetia, lieu de robes de bal et de glamour, c'est maintenant une zone de guerre et elles n'y sont pas en sécurité.

– Tu es de retour à Paris maintenant, dit Joséphine. Si tu réussis l'entretien avec la police et l'examen psychiatrique, tu seras libre. Nous le serons toutes les deux.

Les lèvres de Sophie tremblent.

– Non, je ne serai jamais libre.

– Pourquoi ?

– J'ai ces souvenirs… Je ne me souviens pas de tout, mais de suffisamment de choses. Je me rappelle toutes les choses terribles que j'ai faites pour survivre dans le camp. Tu les as sûrement, toi aussi ?

Joséphine essaie de ne pas réagir. Elle déteste cela, mais elle doit se sauver elle-même. Elle veut savoir ce que cache son amie, ce qu'elle a fait dans les camps. Cela pourrait lui être utile plus tard. Ces secrets pourraient l'aider à survivre.

– Raconte-moi, dit-elle.

Elle caresse l'épaule de la jeune femme, comme elle l'a toujours fait.

– Parle-moi de tes souvenirs, Sophie. Tes secrets sont en sécurité avec moi.

42

OLIVIA

Aujourd'hui

Puis-je faire confiance à Édouard ?

Une partie de moi pense que oui. Mais c'est surtout à cause du passé. Je lui faisais confiance quand nous étions jeunes et il est difficile de se défaire de cette habitude. En réalité, je ne connais pas du tout l'Édouard adulte, tout comme je n'ai aucune idée de qui était Bonne Maman jeune fille.

Cela devient un thème récurrent. Est-il possible de jamais vraiment connaître quelqu'un, même les personnes qui nous sont les plus proches ?

Je prends l'escalier pour descendre dans le hall du Lutetia. Je sens à nouveau Bonne Maman marcher devant moi, comme si je la suivais dans ces couloirs, que le temps se brouillait entre 2025 et 1945, et qu'elle me conduisait lentement vers la solution.

Édouard est assis au Bar Joséphine, bien sûr. Outre son nom, c'est aussi l'endroit le plus à la mode du Lutetia. J'allais dire « branché », mais c'est comme quand maman disait « groovy » en pensant que les Bee Gees et le disco étaient encore à la mode. Bientôt, j'ajouterai « le » aux choses : le YouTube, le TikTok. TJ deviendra progressivement plus savant, et moi, issue de la génération Y, infiniment moins, trop ringarde avec mes socquettes. Pourtant, lorsque je regarde le bar à travers la verrière, Édouard semble éternellement jeune. C'est peut-être parce qu'il n'a pas d'enfants. Nous habiterions tous dans une colonie sur Mars et Édouard de Villefort aurait toujours l'air d'avoir tout juste terminé le lycée.

Le Bar Joséphine est orné de fresques du sol au plafond et des concerts de jazz y sont organisés presque tous les soirs. Je m'étonne qu'il soit ouvert, puis je regarde l'heure et réalise que c'est déjà l'après-midi. J'ai passé plus de temps dans ma chambre que je ne le pensais. Je n'ai rien mangé depuis l'omelette et les toasts du petit déjeuner de ce matin.

Je rejoins Édouard au bar et, pour une raison que j'ignore, mon cœur se remet à palpiter comme lorsque nous étions jeunes. Il a toujours l'air de s'être habillé dans le noir, tout en étant à la mode. Une matinée passée dans un commissariat de police parisien n'a fait qu'accentuer son charme brut, malgré sa blessure au visage. Toute sa vie, Édouard s'en est sorti grâce à son sourire. Il ne me regarde pas tout de suite, et j'ai oublié cette facette de lui. J'ai effacé ses mauvais côtés dans mes souvenirs. En fait il pouvait être grognon, comme un adolescent qui boude. Je me demande comment il est avec ses patients.

Je lis la carte des boissons. Il y a un cocktail à base de rhum Bacardi, d'huile de coco, de pain perdu, de lapsang et de réglisse qui s'appelle « Résistance ». Je le commande et le nom attire son attention.

– Ha ha, très drôle, Liv, dit-il.

Je souris à moitié. Même cela semble déplacé, compte tenu de ce qui s'est passé hier.

– Qu'est-ce que tu bois ?

– Un Belvédère.

Il vide son verre.

– Versez-m'en un autre.

– Et moi qui croyais que tu avais abandonné l'alcool et que tu étais devenu vertueux !

– C'était avant que je revienne dans cette ville avec tous ses fantômes.

– J'aime Paris.

– Tu n'es pas née ici. Tu n'as pas grandi dans l'ombre de son histoire. Tous les touristes pensent que Paris est la ville de l'amour. Mais c'est aussi la ville des ténèbres et des secrets. Tant de secrets…

Il marque une pause, se rendant compte de ce qu'il dit.

– J'ai demandé à Charlotte Fouquet de nous rejoindre ici plus tard. Elle pourra peut-être nous aider au sujet des aveux de ta grand-mère.

Je le regarde et pense à la théorie du capitaine Vidal sur le meurtre. Édouard s'est-il lui-même infligé sa blessure ? Le texto et l'appartement étaient-ils mis en scène à mon intention ? Plus j'y pense, plus je suis nerveuse. Toute cette affaire ressemble à un piège, à une toile dans laquelle je suis prise.

Mon cocktail est servi et, en le sirotant, je réalise que je ne sais pas de quoi Édouard est vraiment capable. Cet homme est revenu à Paris après deux décennies d'absence. Maintenant, Bonne Maman est morte. J'ai été interrogée par la police. Et un souvenir refoulé du passé menace de changer mon présent et mon avenir.

Non, je ne peux pas lui faire confiance. Ni au capitaine Vidal ni à personne d'autre d'ailleurs. Édouard est le lien entre tant de choses qui se sont produites au cours des dernières vingt-quatre heures. Je dois rester sur mes gardes.

J'ai fait confiance à Tom et je ne peux pas refaire la même erreur.

Pour autant que je sache, je pourrais être assise à côté d'un meurtrier.

43

OLIVIA

Avant

Aujourd'hui, je rencontre Tom pour la première fois.

Je suis presque en retard pour la séance à l'hôpital. TJ ne veut pas aller à l'école et je finis par le soudoyer avec des promesses de Haribo Supermix juste pour le faire monter dans la voiture. Les Haribo sont les nouveaux Twix dans notre maison. Son aliment sucré préféré change d'une semaine à l'autre. Cette année, nous avons eu des Kinder Bueno, des Mister Freeze, des M&M's et des Dragibus. Mon fils est une diva. J'ai du mal à le suivre.

Lorsque nous arrivons aux portes de l'école – avec seulement trois minutes de retard –, TJ reste dans la voiture un peu plus longtemps que d'habitude et, pendant un instant, je me souviens de tous ces matins d'école humides où j'avais aussi envie de m'enfuir. Je me rappelle les brutes dans les couloirs et à quel point j'avais hâte que l'école se termine pour que le reste de la vie commence. Il a double cours de sport et il n'aime déjà pas en avoir une seule séance, alors deux… J'ai envie de faire demi-tour et de lui dire que, pour aujourd'hui, l'école est finie.

À la place, je joue à notre jeu habituel.

– Tu préfères… ?

Son visage s'illumine.

– … être mangé par un dinosaure ou faire un câlin à un raton laveur ?

TJ fait une grimace de dégoût, puis rit et dit :

– Être mangé par un dinosaure.

– Décision sujette à controverse.

– Parce que leur ventre est tellement gros que je pourrais sortir de l'autre côté.

– C'est vrai.

TJ n'aime plus que je lui fasse des câlins en public, même dans la voiture. Mais je vérifie rapidement que personne ne regarde et je lui en fais un mini qu'il fait semblant de détester, bien qu'en réalité il apprécie. Puis il sort de la voiture et je le regarde se diriger vers l'entrée.

– Passe une bonne journée, mon grand. Je t'aime.

Il déteste aussi que je l'appelle « mon grand ». Pourtant ça m'échappe parfois et c'est moi qui l'ai mis au monde, alors il ne peut pas y faire grand-chose. Je ressens l'inquiétude habituelle en attendant que d'autres enfants lui parlent. TJ a-t-il beaucoup d'amis ? Il n'en dit jamais rien. Il est devenu plus silencieux ces derniers temps. C'est la faute de Kyle, j'en suis sûre. Celui-ci ne sait parler qu'aux hommes de son âge. Il peut être sarcastique avec TJ, le rabaisser, rire quand il se trompe, cette stupide compétitivité masculine qui transforme chaque week-end en une sorte de concours de virilité à la noix. Kyle dit que son père faisait pareil avec lui et… eh bien, il faut voir ce que ça a donné.

Je quitte rapidement l'école. J'arrive à l'Unité de Mémoire en m'excusant platement, Tom est dans la salle d'attente.

L'unité reçoit toutes sortes de patients. Tom a une quarantaine d'années, il est grand et mince, porte des lunettes et a les cheveux en bataille qu'il ébouriffe dans un tic nerveux. Vêtu d'une chemise bleue soigneusement rentrée dans son pantalon, un chino sombre et des bottines Chelsea patinées, il arbore une de ces besaces à la lanière lâche, ce qui lui donne l'air d'un nouvel élève ringard au lycée. Je l'aime bien avant même qu'il ait ouvert la bouche.

Je le salue, puis le conduis à mon bureau. Je prends ses coordonnées, lui demande s'il a déjà suivi une psychothérapie – il répond par la négative – et l'amène à me dire pourquoi il a pris rendez-vous. Comment puis-je l'aider ?

– Je suis un ancien militaire, me dit-il. J'ai toujours pensé que ce genre de choses n'était pas fait pour moi. C'est toujours le cas. Mais des souvenirs sont revenus récemment. Ce n'est pas un syndrome de stress post-traumatique, du moins d'après Internet. Je suis hanté par des missions du passé. Je ne dors pas bien et je pense que c'est à cause de ces souvenirs. Cela nuit à mon travail, à mes relations, à tout en fait. Et j'ai besoin d'aide. J'ai trouvé le site de l'Unité de Mémoire en cherchant sur Internet.

Je prends des notes.

– Et votre famille ? Êtes-vous marié ? Des enfants ?

– Ma conjointe et moi nous sommes séparés. Nous étions ensemble depuis six ans. Elle a affirmé que j'avais abandonné la relation, ce qui était probablement juste. Nous avons essayé d'avoir des enfants, sans succès. Le problème venait de moi, et je pense qu'elle n'a pas réussi à l'accepter. J'ai souffert longtemps, mais je ne lui en veux pas, ou du moins plus autant qu'avant. C'était triste pour tout le monde.

– Les problèmes de mémoire ont-ils commencé après la séparation ou avant ?

– Après, je pense. C'est difficile à dire. Les souvenirs me rattrapent depuis un certain temps. J'ai bu plus d'alcool, je suis devenu boulimique, j'ai fumé cinquante cigarettes par jour, tout pour me distraire. Mais ça ne marche pas.

– Qu'est-ce qui vous fait dire qu'il ne s'agit pas d'un syndrome de stress post-traumatique ?

– J'ai vérifié sur Internet. Et je connais des amis qui en souffrent. Je n'ai pas de flash-back, ni de cauchemars, ni d'images angoissantes, ni rien de ce genre. J'ai fait des choses dans les Marines dont je me souviens sous un certain angle, et je me demande si ma mémoire ne me joue pas des tours. Je me rappelle la première fois où j'ai tué quelqu'un, et chaque fois que je vois un reportage sur un meurtre, cela me fait réagir, et je ne peux pas passer à autre chose.

– On dirait une crise de la quarantaine.

Tom se gratte la joue.

– Sur Internet, cela n'était pas mentionné dans les maladies correspondant aux symptômes. Je ne sors pas encore avec des femmes qui ont la moitié de mon âge, et je n'ai pas acheté de Harley… mais laissez-moi un peu de temps.

– L'insomnie peut être un symptôme du syndrome de stress post-traumatique. Je ne l'exclurais pas à ce stade. Les deux problèmes de mémoire les plus courants sont le SSPT et la démence. Avez-vous oublié des choses récemment ?

– Non.

– Et ce sont juste ces anciennes missions qui vous amènent à l'Unité de Mémoire ?

– J'ai également lu certains des articles que vous avez écrits, dit Tom. Vous savez de quoi je parle. Tous ces patients que vous avez aidés avec vos techniques de recouvrement de souvenirs et qui ont guéri de leurs dépendances. C'est ce dont j'ai besoin. J'ai pensé que vous comprendriez.

Il y a quelque chose de si authentique, si vulnérable dans la façon dont il le dit. Je n'ai pas l'habitude que les hommes soient aussi ouverts avec moi.

– C'est tout à fait vrai. Avez-vous une idée de ce que pourrait être ce traumatisme dans votre passé ?

– J'ai fait des choses pendant mon service, comme tout le monde. Mon esprit les a enfermées pour me protéger. Sauf qu'elles sont là, et je ne pense pas que je m'en remettrai tant que je ne les aurai pas affrontées. Je croyais que je serais en paix en changeant de vie, c'est ce à quoi nous sommes entraînés, seulement avec l'âge… je n'en suis plus si sûr.

Le sujet est peu réjouissant, mais j'apprécie vraiment cet homme. Nous ne parlons que depuis une vingtaine de minutes, mais c'est comme ce moment où vous rencontrez quelqu'un après avoir échangé sur une application de rencontre : dès le premier coup d'œil, vous savez s'il y a du potentiel ou non. Vous entrez dans le pub, prête à ce que votre vie change, ou à trouver comment simuler cet appel téléphonique si urgent.

– Je pense pouvoir vous aider, dis-je. J'ai cependant une condition avant de commencer la thérapie.

– Laquelle ?

– Vous devez toujours me dire la vérité. C'est la seule façon de progresser. En tant que psychothérapeute, ce que vous me direz ne sortira jamais de cette pièce. C'est une promesse. Mais il faut que ce soit la vérité et rien que la vérité.

– Ce sera le cas, dit-il en me souriant. Croix de bois, croix de fer.

Et à ce moment-là, je le crois.

44

OLIVIA

Aujourd'hui

Je sors de mes souvenirs, Édouard et moi finissons nos verres et quittons le Bar Joséphine pour une table d'angle au Saint-Germain. Le salon est tendance sans pour autant en faire trop : clair et aéré, avec un plafond coloré violet, vert et bleu qui ressemble à un vitrail accroché en sens inverse. Il ne propose pas de cocktails dont les noms embarrasseraient les personnes de plus de soixante ans.

La rénovation de l'hôtel est si clinquante qu'il est difficile de se rappeler à quoi le lieu ressemblait auparavant. Cette cure de jouvence a fait disparaître les taches et les marques du temps, comme on nettoie une maison en profondeur une fois que les enfants ont quitté le foyer. Mais les secrets du passé sont toujours là. Ils persistent et me narguent.

Édouard a faim lui aussi après son entretien : il commande un cheeseburger au bœuf wagyu et à la truffe. J'opte pour une salade de jeunes pousses de laitue. Je crois que j'ai abusé au petit déjeuner. Lorsque le serveur s'en va, Édouard jette un coup d'œil à la ronde et dit :

– Tu as été interrogée seule par Vidal, n'est-ce pas ?

– Oui.

– Qu'est-ce qu'il t'a demandé ?

Je me méfie d'Édouard, mais il faut qu'il me fasse confiance. Je ne peux pas être trop hostile : il doit croire que nous sommes de vieux amis et que nous reprenons là où nous nous sommes arrêtés. Je garde une voix décontractée pour répondre :

– C'était surtout à propos de toi, en fait. Il m'a fait passer en revue la chronologie des événements et a remarqué que tu étais resté seul avec Bonne Maman pendant une heure hier soir.

– Comme je l'avais prédit. La chasse au bouc émissaire commence.

– C'est possible.

Édouard a l'air en colère, et encore plus renfrogné.

– C'est moi qui ai failli y passer, Liv. J'étais à ça de finir victime moi aussi. J'ai juste croisé la route d'un tueur. Tu crois pas que ça mérite un peu de compassion ? C'est moi qui devrais être en train de voir un psy, pas de me justifier. J'espère que tu lui as dit que tout ça, c'étaient des conneries ?

Je ne réponds pas. Je vois une autre facette d'Édouard. Il semble sur la défensive. Il est dans une situation difficile et l'homme gentil, souriant et serviable de l'appartement d'hier n'est plus qu'un rêve lointain. Je ne sais pas ce qu'il a fait pendant vingt ans en tant que fêtard célibataire à Manhattan. Mais je peux deviner.

– Vidal a également mentionné ton départ pour New York il y a vingt ans, dis-je. Que s'est-il vraiment passé, Ed ? Pourquoi la police pense-t-elle que tu pourrais être le suspect dans une enquête pour meurtre ? Hier, tu voulais que je te dise tout. Maintenant, tu me caches des choses.

Tu étais vraiment inquiet dans l'appartement. Quel est le danger que tu redoutes tant ?

– Utilise ton imagination.

– Qu'est-ce que ça veut dire ?

– Beaucoup de Parisiens ne sont pas vraiment fans de la famille de Villefort. Ils n'aiment pas mon père, et ils n'aiment certainement pas les « fils de » comme moi. Pourquoi penses-tu que ces accusations ont été portées contre papa l'année dernière ? C'était une vengeance. Il s'est fait beaucoup d'ennemis en encourageant les patients à se souvenir d'abus dans leur passé. Beaucoup de gens dans cette ville nous détestent tous les deux.

Je lis le sentiment d'injustice dans ses yeux.

– Si ton père voulait éviter la publicité du procès, il n'avait qu'à laisser tomber et ne pas porter plainte pour diffamation.

– Crois-moi, ses ennemis auraient adoré cela.

– Ne pas porter plainte pour diffamation ne signifie pas qu'il est coupable.

– Légalement, non. Mais sur le plan de la réputation, bien sûr que si. Papa ne s'est pas battu dans la Résistance et n'a pas sauvé ce pays des nazis juste pour choisir la facilité. Il refusait de voir le travail de sa vie ruiné par une ancienne patiente ; celle-ci ayant décidé de blâmer son thérapeute plutôt que son père adoptif pour ce qui lui est arrivé. Papa a toujours été un battant. Sans sa réputation, il n'a plus rien.

Sur cela, au moins, je n'ai aucun doute. Louis fait partie de ces gens qui croient que les petites choses ont toujours de l'importance. Il paie sa place, tient sa parole, arrive à l'heure et dit la vérité. Malgré sa réputation flamboyante dans les années 1980 et 1990, il reste, aux yeux de la génération de la guerre, un héros.

Édouard reprend une bouchée de son hamburger.

– Quelqu'un a fait ça, et ce n'est pas moi. Franchement, je l'ai échappé belle moi-même. La vraie question est : qui voudrait tuer ta grand-mère ? Et quel est le mobile au cœur de tout cela ? C'est là-dessus que nous devons nous concentrer.

Il y a des années que nous n'avons pas passé du temps tous les deux ainsi. La dernière fois, c'était juste avant qu'il parte à l'université et je ne l'ai jamais revu. J'ai l'impression qu'une partie de moi sera toujours l'adolescente au sourire bagué, assise dans une pièce du Quai Voltaire, l'écoutant parler de la vie avec grandiloquence. Bonne Maman était peut-être une artiste, mais je restais une fille de Redbridge qui devait se préparer seule pour l'école chaque jour et faire face aux conséquences de la mort de sa mère. Jusqu'à hier, je pensais que je ne reverrais jamais cet homme. Je n'arrive pas à croire que je suis à Paris et que je discute avec Édouard de Villefort pour savoir qui pourrait avoir tué ma grand-mère.

– Tu veux rentrer à Londres et retrouver ton fils, dit Édouard. J'ai le même désir d'en finir pour pouvoir retourner à New York. Nous savons qu'aucun de nous deux n'est impliqué dans la mort de ta grand-mère. Je n'ai jamais été un saint, Liv, mais je n'ai pas pour habitude de tuer les vieilles dames. Il est clair que les souvenirs retrouvés et les aveux de ta grand-mère ont été un déclencheur.

– Et tu es sûr que nous pouvons faire confiance à Charlotte ?

– Elle travaille avec mon père et il lui fait confiance, cela devrait suffire. C'est la seule option que nous ayons.

– Ton père a-t-il déjà parlé de ses séances avec ma grand-mère dans le passé, avant qu'il prenne sa retraite ? Sais-tu s'il a gardé des notes ou des dossiers dans son cabinet ? Peut-être que Bonne Maman a mentionné quelque chose lors d'une séance à l'époque ?

Édouard marque un court silence.

– Tu sais qu'il ne parle pas de ses patients avec moi. C'est contraire à ses principes. Et, quoi que l'on puisse dire, papa a toujours été un homme de principes.

– Parfois, les choses se compliquent avec les patients. Toutes sortes de limites finissent par être franchies.

– Tu parles d'expérience ?

Je me revois entrer dans la salle d'attente de l'Unité de Mémoire, apercevoir Tom pour la première fois et tomber amoureuse de lui à la vitesse de l'éclair. J'ai eu une relation avec un patient et j'ai enfreint toutes les règles. J'étais terrifiée à l'idée que cela puisse être révélé lors de mon témoignage au procès. J'ai essayé de me justifier, mais je n'ai aucune excuse. J'ai été trop loin. C'est si facile. Je n'aurais jamais pensé le faire avant que cela ne se produise.

– Nous avons tous nos secrets, dis-je.

Édouard prend une autre bouchée de son hamburger. Il a l'air las de tout.

– Oui, dit-il. Je suppose que c'est vrai.

45

RENÉ

Ce n'est pas qu'il aime tuer. Ou pas vraiment. C'est une compétence, comme une autre. René se souvient de ces enfants qui, à l'école, étaient doués pour les chiffres ou parlaient couramment cinq langues étrangères. Il a été un raté pendant si longtemps : le jour où il a découvert qu'il avait lui aussi un talent a été très spécial pour lui.

Assassiner la vieille femme, c'était comme l'endormir. Il aurait volontiers tué l'homme, mais c'est la femme qui était le problème : c'est elle qui devait mourir. C'est ce que voulait son client et c'est ce qu'il a obtenu.

Le reste est simple. Il a prévenu la police, puis a évité les caméras, s'est changé et a jeté le matériel, ne laissant aucune preuve médico-légale permettant de remonter jusqu'à lui.

Il est maintenant dans son appartement, les enceintes diffusant du Pink Floyd. C'est toujours ABBA avant le boulot, Pink Floyd après. René se demande combien de temps prendra le reste. L'autopsie sera accélérée. Mais ce n'est pas son problème. La vieille dame est morte. La docteur Finn est coincée à Paris et retranchée au Lutetia. Son travail, pour l'instant du moins, est terminé.

René poursuit sa lecture, jusqu'à ce que l'un des téléphones portables se mette à sonner. Il met Pink Floyd en pause au moment où « Money » commence à retentir. Il voit le numéro et se racle la gorge. C'est la seule personne qui peut lui donner des sueurs froides.

Le client.

– J'ai un autre travail pour vous, dit la voix fortement transformée.

Il pense à la scène de l'appartement et à Édouard de Villefort. C'est peut-être l'ex-militaire qui est en lui, mais René n'a jamais supporté que des « fils de » comme Édouard fassent leur chemin dans la vie à moitié défoncés, et qu'on vienne toujours à leur rescousse. Il les aurait tous menés à la guillotine lui-même.

René écoute les instructions relatives à son nouveau travail et en prend note.

C'est vrai, il n'aime pas tuer, ou pas vraiment. C'est juste ce qu'il sait faire. C'est ainsi qu'il trouve sa place dans le monde. Et l'argent n'est pas pour lui déplaire, malgré ce qu'en pensent les Pink Floyd.

Il répète le nom des deux prochaines cibles.

– Je confirmerai une fois que ce sera fait, dit-il.

La ligne est coupée.

Il reste, au fond, un simple soldat qui obéit aux ordres.

46

MYLES

Le soir tombe déjà lorsque l'Eurostar arrive à la gare du Nord.

Myles déteste les bousculades qui se produisent au moment où tout le monde se précipite pour descendre du train. Il reste assis un peu plus longtemps, laissant les autres passagers se frayer un chemin, avant de prendre son sac et d'intégrer la file des retardataires.

Il repense à Ingrid Fox, à ses accusations contre Louis de Villefort et à la terrible nuit où son corps a été retrouvé. Il s'était rendu à la morgue et avait obtenu des détails auprès de ses collègues policiers. Certains jours, il n'arrive toujours pas à y croire.

Ingrid est morte. Et il aurait pu l'empêcher. Il a enfreint juste assez de règles pour l'aider. Puis, juste avant qu'elle ne témoigne, le pire est arrivé. Il aurait dû en faire plus, d'une manière ou d'une autre.

À un moment donné, Myles avait envisagé de suivre une thérapie, mais il avait toujours craint que sa carrière dans la police soit compromise si un problème de santé mentale apparaissait dans son dossier médical. Il avait donc fait ce que les hommes font habituellement, c'est-à-dire tout refouler, ce qui est dangereux. Du coup, sa thérapie consistait à cirer ses chaussures chaque matin, à brosser ses gilets, à ranger son bureau et à être excessivement consciencieux au travail. Il ne voyait pas de psy mais astiquait la cuisine de fond en comble tous les deux mois.

Il aimerait bien un jour ne pas avoir à tout ranger. Il est fatigué des démons qu'il a dans la tête et des conséquences que son enfance chaotique a eues sur sa vie privée. La plupart des flics de son âge sont mariés et ont des enfants. Myles est toujours seul. Il a grandi sans jamais connaître de relation parentale saine et fonctionnelle, et une part de lui doute encore que de telles choses puissent exister.

Lire le dossier d'Ingrid et écouter les fichiers sur son téléphone est éprouvant. Retrouver des souvenirs est un travail difficile. C'est comme être un détective dans sa propre tête. Ingrid n'a plus jamais été la même après les séances de thérapie qu'elle a suivies à Paris il y a des années. C'est comme si son esprit avait été brisé en petits morceaux qu'elle n'arrivait pas à recoller.

Il descend de l'Eurostar et se dirige vers la sortie. La 5G fonctionne à nouveau et il vérifie ses e-mails. Il ne veut pas se retrouver avec des messages non lus dans sa boîte de réception et enfreindre ainsi sa règle quotidienne. Ce soir, il se réservera un peu de temps pour une séance de suppression massive. Cela permettra de tenir les démons à distance, au moins pendant vingt-quatre heures. Après quoi, il devra tout recommencer. Sa quête d'ordre et de contrôle est sans fin.

Le capitaine Vidal a envoyé une voiture pour le conduire de la gare du Nord au 36 rue du Bastion. Alors que les rues de Paris défilent et jusqu'à ce que le véhicule atteigne le siège de la DNPJ, Myles regarde la Seine qui serpente comme un ruban à travers cette ville magique. Quels que soient les secrets qu'elle recèle, il les découvrira.

Il a laissé tomber Ingrid une fois.

Il ne la laissera plus tomber.

47

OLIVIA

Avant

Je suis dans mon bureau et fais semblant de travailler.

En réalité, je parcours des informations sur Tom. Je le traque, mais d'une manière non perverse. Oui, il est séduisant. Il est vrai qu'il me plaît. Il a un beau visage. Nous sommes tous les deux humains et il n'y a rien de mal à faire un peu de lèche-vitrine, n'est-ce pas ?

Je ne l'ai pas dragué et lui non plus. Cela ne veut pas dire que je n'y ai pas pensé. J'ai imaginé ce sourire avec un verre de vin à la main dans un restaurant de luxe ou se réveillant sur l'oreiller à côté du mien. Je vois nos mains se rapprocher sur la table jusqu'à ce que le bout de mon doigt effleure le sien et que cette attraction mutuelle soit reconnue, avec un sentiment non pas de surprise, mais simplement d'évidence.

Sauf que je rêvasse. C'est une mauvaise habitude pour une psychothérapeute. Je cherche à trouver quelque chose qui ne va pas chez lui. Il est trop beau pour être vrai. Même son nom est trop parfait. « Tom » est sympathique et accessible, tandis que « Lomas » sent le mystère. J'ai entendu parler de ces groupes Facebook privés appelés « Sortons-nous avec le même mec ? » Cela a commencé à New York, apparemment, et il y a maintenant cent cinquante groupes comptant plus de trois millions de membres. Vous envoyez la photo d'un homme que vous voulez faire vérifier, vous demandez s'il traîne des casseroles et vous attendez de voir si une armée d'autres femmes vous répond avec des histoires à faire peur.

J'ai fait ça avec Tom et rien n'est sorti. Il a obtenu un certificat de bonne conduite délivré par la communauté SNALMM. C'est déjà ça.

Je termine ma session de cyberespionnage et me remets à préparer ma comparution au procès. L'équipe juridique de Louis m'a envoyé des informations sur la façon dont l'accusation va essayer de m'attaquer. Il y a l'article original du *Monde*, et tous les autres sur le procès et sur la « guerre des souvenirs » des années 1980 et 1990, lorsque des patients en thérapie ont commencé à « recouvrer » des souvenirs perdus concernant de terribles abus commis dans leur passé. Cette idée de recouvrance des souvenirs refoulés s'est répandue dans le monde entier et a fait de la thérapie de la mémoire retrouvée un sujet d'actualité.

Je sais que le procès sera également un moment important. Je vais devoir me défendre. J'ai aidé des gens à sortir de mariages difficiles, à échapper à des partenaires violents, à se débarrasser de leur dépendance à la drogue, à arrêter de boire, à changer de vie et à envisager un avenir meilleur. Cela implique en partie de retrouver des souvenirs traumatisants du passé et je suis fière de mon travail. Mais la question se posera toujours de la même façon : les souvenirs retrouvés sont-ils vrais ? Les gens peuvent-ils vraiment refouler complètement des événements traumatisants ?

Je sais que c'est possible, mais je ne peux pas dire pourquoi. Après tout, c'est ce que Louis a fait dans ma propre vie. J'étais au plus bas, j'abandonnais l'école, je vivais des relations dysfonctionnelles avec de mauvais garçons et je m'enfonçais dans une toxicomanie qui risquait de m'envoyer en prison. La plus grande partie de cette période est floue, mais Louis m'a dit que je n'étais qu'à quelques semaines de partir comme ma mère l'avait fait. Je ne pouvais pas supporter le traumatisme d'avoir trouvé maman à côté de ce flacon de pilules et le secret sur ce que j'avais vraiment fait – ou plutôt n'avais pas fait – ce jour-là.

Bonne Maman m'a accueillie et Louis m'a soignée. Lentement, il m'a aidée à accepter mes propres émotions. Il m'a donné les outils pour reconstruire ma vie et mettre un pied devant l'autre. Il m'a dit que mes problèmes de dépendance étaient dus au fait que j'avais refoulé la vérité sur ce jour-là, que je ne pourrais aller mieux qu'en retrouvant le vrai souvenir et en l'affrontant de face.

Je consacre encore quelques heures à la préparation du procès. Puis j'envoie un e-mail à Tom pour notre prochain rendez-vous. Il me répond immédiatement en confirmant notre prochaine séance.

Suis-je en train de commettre une erreur ? Ou est-il sincère ?

Je suppose qu'il n'y a qu'une seule façon de le savoir.

48

OLIVIA

Aujourd'hui

Bien que j'aie parlé à Charlotte Fouquet de nombreuses fois au fil des années, je ne l'ai pas vue en personne depuis mon adolescence. J'ai l'impression de la connaître, mais je ne pourrais pas la reconnaître dans une foule. Cependant, sa voix et son nom de famille me donnent une bonne idée de ce qui m'attend. Et lorsqu'elle arrive au Lutetia et nous rejoint dans le salon Saint-Germain, je ne suis pas déçue.

Charlotte, vêtue d'un tailleur Chanel, s'assied avec la prestance d'une star de cinéma en noir et blanc. Elle a une cinquantaine d'années, bien qu'elle fasse dix ans de moins. Je l'imagine autrefois, s'occupant des patients célèbres de Louis avec le plus grand aplomb et en toute discrétion, s'assurant que personne ne les surprend à passer par l'entrée privée VIP et les conduisant jusqu'au cabinet du quai Voltaire.

Il est plus de sept heures et demie et c'est le service du soir. Des gens riches et parfumés se rendent au Bar Joséphine pour l'apéritif, puis à la Brasserie Lutetia pour le repas. Charlotte Fouquet est peut-être l'assistante principale de la famille de Villefort, mais elle est le genre d'arrangeuse et de collaboratrice qui n'aime pas être sous les feux de la rampe. Elle préfère se servir du téléphone comme d'une arme dans les coulisses. Elle me rappelle ces élégantes Françaises que j'ai toujours admirées avec leur mélange de cigarettes, de haute couture et de rébellion.

Tom a toujours dit qu'il trouvait la mode française trop habillée et j'ai l'horrible impression que c'est pour cela qu'il m'a choisie. Je suis une Anglaise qui se languit du style français. C'est ce qu'il a vu la première fois qu'il est entré dans l'Unité de Mémoire. C'est peut-être ce dont TJ héritera, malgré tous mes efforts pour l'habiller comme le prince George.

– C'est enfin arrivé, dit Charlotte en s'asseyant. Cela fait si longtemps que je prédis ce jour. Les fantômes du passé sont revenus nous hanter. Les fantômes de cet hôtel aussi.

Je dois rester proche d'elle et d'Édouard. Mais je me méfie de tout ce qu'ils disent.

– Qu'aviez-vous prédit exactement ?

Elle attend qu'on lui verse de l'eau. Elle boit une gorgée et se redresse.

– Le meurtre, bien sûr. Quoi d'autre ?

La désinvolture avec laquelle elle le dit me choque.

– Vous pensiez que Bonne Maman serait assassinée ?

– Soit elle, soit Louis lui-même.

Charlotte observe Édouard et je sens qu'il confirme que j'ai le droit d'être mise dans la confidence.

– Joséphine et Louis ont émergé des jours les plus sombres de l'histoire de France, dit-elle. Le souvenir de ce traumatisme et de ces secrets est comme une ombre qui plane sur tout ce qui se passe ici à Paris. Toute sa vie, Louis s'est employé à retrouver ces souvenirs dans son cabinet. Il s'agit d'un sujet sombre et dangereux, que de nombreux acteurs de l'État français ne souhaitent pas aborder. C'est un mobile plus que suffisant pour un meurtre.

– Mais la Seconde Guerre mondiale est finie depuis plus de quatre-vingts ans. Il ne doit pas rester beaucoup de secrets à révéler.

– Elle est encore dans la mémoire des gens. Les seuls secrets qui restent sont les plus importants. Les mystères qui n'ont jamais disparu. Votre grand-mère le savait, tout comme Louis. Comme beaucoup de patients qui se sont allongés sur son canapé. C'est pourquoi j'ai craint pour elle, et je crains toujours pour lui. Et voilà la preuve que j'avais raison.

Il y a quelque chose de typiquement français dans sa façon de parler évasive. Mais j'ai tellement de questions à poser. Je ne sais pas par où commencer. Je vois tous mes souvenirs d'enfance avec ma grand-mère sous un nouveau jour.

Lorsque j'étais en train de tomber amoureuse d'Édouard quai Voltaire, de quoi Bonne Maman et Louis parlaient-ils ? Faisaient-ils vraiment des messes basses à propos d'événements survenus dans cet hôtel ? Est-ce la raison pour laquelle elle vivait recluse et évitait toute publicité ? Je les revois se promener tous les deux dans le jardin non loin de l'appartement, en pleine conversation, même en pleine dispute, et je discerne la peur sur leurs visages, comme s'ils parlaient d'un secret interdit.

– Alors, quelle est votre théorie ? Pourquoi tout cela est-il arrivé ?

– Je ne sais pas, dit Charlotte. Mais beaucoup de questions me traversent l'esprit depuis vingt-quatre heures. Comme vous le savez, la liste des patients de Louis au fil des années comprend de nombreuses personnes parmi les plus puissantes et les mieux connectées. Y a-t-il un lien possible avec l'une d'entre elles ? Peut-être, peut-être pas. Maints secrets ont été révélés dans le cabinet de Louis.

Je m'efforce de ne pas laisser transparaître l'irritation dans ma voix. Charlotte me traite avec condescendance, comme l'a fait Vidal tout à l'heure. Je l'aimais bien au téléphone, mais je ne l'apprécie pas vraiment en personne. Elle est un peu trop théâtrale pour moi.

– Si vous savez quelque chose de plus, dis-je, je vous en prie, dites-le-moi. Ma grand-mère est morte. J'ai le droit de savoir.

Charlotte reste hautaine.

– Très bien, Olivia, dit-elle. Mais je dois vous avertir.

– De quoi ?

– Des dangers qu'il y a à découvrir la vérité.

– Je suis psychothérapeute, dis-je. Ma vie est consacrée à la recherche de la vérité.

Elle marque une pause et me regarde fixement.

– Pas comme ça, dit-elle. Non, ma chère… ce genre de vérité peut vous faire tuer.

Le café arrive. Le serveur le verse avec une lenteur insupportable puis part vers une autre table.

Charlotte attend un moment avant de continuer.

– Olivia, est-ce que votre grand-mère vous a déjà dit qu'elle avait retrouvé des souvenirs de son propre passé pendant la guerre ?

Je jette un coup d'œil vers le hall de l'hôtel. Il s'est passé tellement de choses depuis que ma grand-mère est entrée dans ce bâtiment et a tout déclenché. Savait-elle ce qui se produirait alors ?

Aujourd'hui encore, il est impossible de savoir si elle a dit la vérité en affirmant être Sophie Leclerc ou si ses problèmes de mémoire l'ont troublée. Était-elle vraiment Sophie ou bien Joséphine ? À laquelle des deux suis-je liée ? Laquelle d'entre elles est liée à TJ ? Sommes-nous les descendants d'une survivante de l'Holocauste et d'une meurtrière, ou d'une vieille femme dont le passé s'est déformé de toutes les façons possibles ?

– Non, dis-je. Elle n'a jamais rien dit. La première fois que je l'ai entendue en parler, c'est quand j'ai reçu l'appel de l'inspecteur.

– Le capitaine Vidal, oui. Il a aussi une sacrée réputation. Que pensez-vous de lui ?

– Je ne sais pas trop. Il a mentionné que son père était officier de police ici au Lutetia lorsque les survivants sont revenus. Je me suis demandé s'il n'avait pas un intérêt personnel dans tout cela. Pourquoi ?

– Oui, mais celui dont je suis au courant n'implique pas son père. Il y a de nombreuses années, il a été mis en cause dans une fusillade ici à Paris. Il en a beaucoup souffert. Son chef de police l'a envoyé se faire soigner par Louis. À la clinique, nous avons toujours son dossier. Il a fait l'objet d'une enquête après la fusillade, et une rumeur a circulé sur une éventuelle corruption au sein de son unité. Il a été suspendu pendant une longue période avant d'être blanchi et autorisé à réintégrer les forces de l'ordre. Il a traversé une phase très difficile dont Louis l'a aidé à sortir. Comme de nombreux patients, il lui doit beaucoup. L'une des raisons pour lesquelles il prend le travail de recouvrement de souvenirs au sérieux est qu'il en a bénéficié lui-même. En retrouvant le vrai souvenir de la fusillade, il a pu guérir.

J'essaie de comprendre. Le capitaine Vidal a suivi une thérapie avec Louis. Il a fait l'objet d'une enquête pour corruption et a été suspendu. Voilà qui brouille encore un peu plus les pistes. Il ne s'agit donc pas d'un officier de police judiciaire irréprochable. C'est aussi un personnage plus complexe que je ne le pensais. Pas étonnant que ses questions lors de mon interrogatoire aient été si précises. Il sait ce que c'est que de retrouver des souvenirs traumatiques. Mais pourrait-il réellement travailler avec ceux qui voulaient la mort de Bonne Maman ?

Aucun de nous ne parle. Je ne touche pas à mon café. Je veux savoir si Charlotte a de nouvelles preuves ou si elle se contente de m'appâter avec des rumeurs.

– Êtes-vous sûre que les symptômes de démence de votre grand-mère sont à l'origine des aveux, ou aurait-elle pu avoir les idées claires ? demande-t-elle. Était-elle vraiment Sophie ou bien Joséphine ?

Il semble que nous appelions désormais l'épisode d'hier « les aveux », comme s'il s'agissait d'un terme officiel. Les aveux par-ci, les aveux par-là. On dirait un nouveau jeu télévisé. Bonne Maman avait-elle toute sa tête lorsqu'elle m'a raconté tout cela dans son appartement ?

Je n'en sais rien. Le mystère continue à me ronger.

Sophie ou Joséphine.

Qui était-elle ?

49

MYLES

Il est tard lorsqu'il arrive. Myles déteste par-dessus tout être en retard. Il est de ceux qui planifient leurs déplacements dans l'ouest de Londres comme s'il s'agissait d'un sentier de grande randonnée. Si vous supposez que la ligne District sera rapide en pleine heure de pointe, ou que la M25 sera libre et fluide un vendredi férié, alors tout s'écroule. C'est ainsi qu'il a compartimenté sa vie l'année dernière, avec toutes ses activités non sanctionnées. Être préparé n'a jamais fait de mal à personne.

Myles passe par la grande entrée du 36 rue du Bastion. La police française est réputée pour être rude, de la vieille école. Myles défait son bouton de col en regrettant de s'être rasé ce matin. Il a l'air d'un flic britannique classique, chaussures cirées et cravate nouée, tandis que l'équipe française discute de prouesses au lit et d'art de l'adultère.

Il s'approche de la réception et montre son insigne.

– Inspecteur-détective Myles Forsyth. Police métropolitaine, Londres. Je viens voir le capitaine Vidal. Il m'attend.

Il y a beaucoup de hochements de tête, quelques haussements d'épaules aussi. Myles n'aime pas trop partir à l'étranger. Certes, Paris n'est qu'à un saut de puce de l'autre côté de la Manche, pourtant la capitale française reste une terre étrangère. Il adore explorer d'autres pays, mais déteste le manque de contrôle que cela implique. Il ne connaît pas le chemin le plus rapide pour aller au supermarché, ni la signification des panneaux, ni les lignes de métro à éviter aux heures de pointe.

Ici, à Paris, il est à nouveau vulnérable et il ne le supporte pas. Tous ses vieux sentiments d'enfance reviennent : être impuissant, ordinaire, à la merci des autres. Il tremble et tente de se ressaisir. Seulement c'est profondément ancré, dans ses os. C'est la raison pour laquelle il a commencé à travailler dans la police. Ça fait un peu psychopathe, mais c'est ainsi.

Myles est soumis aux protocoles de sécurité. Il est scanné, fouillé, puis escorté dans le sanctuaire intérieur. Ils montent plusieurs étages et débouchent sur un couloir recouvert de moquette, avec des sections vitrées et des bureaux individuels.

– Inspecteur Forsyth.

La voix grave est bourrue. Vidal est plus grand que ne l'imaginait Myles. Il arbore une barbe poivre et sel naissante et, sous sa chemise blanche, ce qui ressemble à un patch antitabac. Ils travaillent ensemble sur l'affaire Ingrid Fox depuis la découverte de son corps l'année dernière et se sont parlé à plusieurs reprises au téléphone. Mais c'est la première fois que Myles peut mettre un visage sur le nom. De visu, Vidal semblerait plus à sa place sur un ring de boxe que dans une salle d'interrogatoire.

– Capitaine Vidal, dit-il en lui serrant la main. C'est un plaisir de vous rencontrer enfin en personne. Merci d'être resté tard et de m'avoir reçu si rapidement.

– Je vous en prie, après vous.

Ils entrent dans son bureau et s'asseyent.

– Au regard de votre travail sur ce dossier, j'ai pensé que vous seriez intéressé par l'évolution de la situation ici à Paris, dit Vidal. Surtout après les événements de la nuit dernière et le meurtre de la femme que nous connaissons sous le nom de Joséphine Benoît.

– Oui, dit Myles. Très intéressé. Pensez-vous qu'il pourrait s'agir du même mode opératoire que pour l'assassinat de Fox ?

– Nous attendons l'autopsie. Je sais que votre médecin légiste a conclu qu'il y avait une chance sur deux pour que le décès d'Ingrid Fox soit un suicide. Êtes-vous toujours personnellement convaincu que Mme Fox ait été assassinée ?

Myles acquiesce.

– Tant que rien ne prouve le contraire, oui. Mon problème, c'est juste de savoir comment le démontrer.

50

OLIVIA

Avant

C'est la deuxième séance avec Tom aujourd'hui.

Je ne devrais pas vraiment l'appeler Tom. Ça fait trop intime. Je devrais m'en tenir à « M. Lomas ». Mais cela semble malhonnête. Pour moi, il est Tom.

– Lors de notre première séance, vous avez dit que des souvenirs vous hantaient, dis-je. Vous avez parlé de certains qui étaient liés à votre service dans les Marines. Seulement je veux remonter plus loin et voir si vous pouvez vous souvenir davantage de l'influence de votre père. Vous avez dit qu'il était ancien combattant ?

Tom a l'air un peu nerveux.

– Mon père ?

– Oui.

– Écoutez, je pense que ces souvenirs sont réels. Mais peut-être qu'ils ne le sont pas. Comment peut-on savoir si un souvenir est vraiment retrouvé ou bien faux ?

– Commençons par une question simple, dis-je. Quel est votre premier souvenir ?

Il est plus détendu maintenant.

– C'est facile. J'avais presque deux ans. Je me souviens de la naissance de mon petit frère et d'être allé les voir, lui et ma mère, à l'hôpital.

– Avant deux ans ?

– Oui.

– Vous en êtes certain ?

– Absolument, c'est clair comme de l'eau de roche. Je me souviens même du bruit qu'il faisait et de ma mère dans le lit d'hôpital. C'est le souvenir le plus ancien que j'aie.

– Je vois.

– Vous n'avez pas l'air convaincue ?

Revoilà ce sourire. Kyle n'aurait jamais dit ça. Son attitude plus simple, plus offensive était rafraîchissante jusqu'à ce qu'elle ne le soit plus. Il avait mis fin à notre mariage parce qu'il ne voyait plus « l'intérêt » de continuer, avait un jour qualifié l'amour de « produit d'appel » un soir de Saint-Valentin et décidé de payer les cours de karaté de TJ parce qu'il considérait son propre fils comme un « actif dans lequel investir ». Il n'y a qu'un nombre limité de fois où vous pouvez regarder votre moitié faire des curls biceps en rentrant les sacs de courses avant que la magie ne s'évapore.

J'aime voir Tom en deux dimensions. Il n'a pas encore d'arêtes tranchantes. Il est soigné et propre sur lui. C'est le genre d'homme qui s'assure que la couette est bien bordée aux quatre coins lorsqu'il fait le lit. Essayer de rester professionnelle était un plan génial, jusqu'à ce que son sourire parfait et sa beauté désarmante le réduisent en miettes. Je ne veux pas encore voir cette troisième dimension. Ou peut-être jamais, quand le souci du rangement vire à la maniaquerie et que la quête d'ordre en vient à classer ses vinyles par couleur. Je ne veux pas que Tom passe en 3D pour l'instant, je l'aime bien en 2D.

– Il n'y a pas de bonnes ou de mauvaises réponses.

– Dans ce cas, qu'est-ce qui ne va pas avec mon premier souvenir ?

– Rien, sauf qu'il s'agit de ce qu'on appelle un « souvenir impossible ».

Il a l'air perdu.

– Je suppose que ce n'est pas une bonne chose…

– Les études montrent que les êtres humains ne peuvent former des souvenirs qui durent jusqu'à l'âge adulte qu'à partir de trois ans et demi. Votre cerveau n'était pas assez développé pour se rappeler la naissance de votre frère à l'âge de deux ans. Vous pensez peut-être que c'est votre premier souvenir, pourtant ce n'est pas le cas.

Tom est agacé maintenant.

– Vous ne pouvez pas me dire ce dont je peux ou non me souvenir.

– Mais je peux faire la différence entre ce que vous pensez vous rappeler et ce que votre cerveau est capable de se rappeler.

– Si ce souvenir est impossible, d'où vient-il ?

– D'un emprunt de mémoire, très probablement. Vous avez volé la mémoire de quelqu'un d'autre.

– J'ai volé la mémoire de quelqu'un d'autre quand j'avais deux ans ?

– Non. Ce n'est pas vous qui l'avez volé à l'âge de deux ans. C'était probablement quand vous étiez adolescent. Un membre de la famille vous a raconté la naissance de votre petit frère et vous avez fini par croire qu'il s'agissait de votre propre souvenir.

Tom a l'air effondré.

– Mais celui-ci est différent. Je sais que ça s'est vraiment passé. Si ma mémoire me ment sur ce point, sur quoi d'autre est-elle en train de me mentir ?

– Nos souvenirs ne sont pas comme des caméras qui enregistrent les événements. Nous modifions nos souvenirs chaque fois que nous y accédons.

– Je pensais que vous croyiez aux souvenirs retrouvés ?

Et nous y voilà. Il a vraiment lu des choses sur moi en ligne. Je suppose que cela signifie qu'il est intéressé, même s'il se trompe de cible. C'est l'occasion de le corriger. C'est aussi une mini-répétition pour le procès.

– Mon travail consiste à aider mes patients à découvrir ce que leur propre esprit a refoulé afin qu'ils puissent surmonter leurs traumatismes. En faisant remonter le souvenir refoulé à la surface, ils peuvent l'affronter et, finalement, apprendre à y faire face et mettre fin aux comportements destructeurs répétitifs utilisés pour masquer la douleur.

Tom change de position.

– Et dans mon cas ?

Je marque une pause.

– Cela dépend de la profondeur à laquelle vous êtes prêt à aller. Vous êtes un bon candidat pour la thérapie par recouvrement de souvenirs. Mais je dois vous avertir que certains patients se souviennent de choses qu'ils préféreraient oublier à nouveau. Êtes-vous prêt pour cela ?

Tom déglutit difficilement. Il soupire et fait craquer ses articulations. Mes derniers mots résonnent dans la pièce, et j'entends Louis me dire la même chose, il y a des années.

Je sais ce que c'est que d'être hanté par quelque chose que l'on a fait. J'ai été à la place de Tom. Je comprends son hésitation. Le patient est si vulnérable et le thérapeute si puissant. Je ne fais rien d'autre qu'écouter, alors que le patient, lui, doit me raconter ses plus grandes peurs et les souvenirs qui l'empêchent de dormir. Le déséquilibre des pouvoirs est énorme.

– Oui, dit-il enfin. Oui, je pense que je suis prêt.

51

MYLES

Aujourd'hui

Myles écoute attentivement le capitaine Vidal revenir sur les événements des deux derniers jours. Il prend des notes tout au long du récit : le Lutetia, Sophie Leclerc, la chambre 11, le meurtre, les troubles de la mémoire, Édouard de Villefort, puis l'incident dans l'appartement de Montparnasse.

En terminant, le capitaine dit :

– Dans le cadre de notre opération commune sur l'affaire Ingrid Fox, vous avez promis de partager les preuves supplémentaires dont vous disposiez.

Myles repère un pli sur son gilet et le lisse. C'est là que ça se corse. Il ne peut pas se permettre de laisser Vidal faire naître des soupçons chez ses supérieurs. Il pense à tout ce qu'il a fait l'année dernière et aux ennuis qu'il aurait si ses patrons étaient au courant des enregistrements audio sur son téléphone portable. Il doit mettre Vidal dans le secret, tout en dissimulant le fait que les preuves ont été obtenues d'une manière peu orthodoxe.

Il déclare :

– Une partie de l'enquête sur la mort d'Ingrid Fox impliquait d'approfondir les questions relatives aux techniques de récupération de la mémoire et à la manipulation de patients vulnérables. Il est possible qu'Ingrid Fox ait levé le voile sur ces questions. Si je partage ces nouvelles preuves, vous devez me promettre que vous ne me demanderez pas comment elles ont été obtenues.

Vidal semble sceptique.

– Je croyais que nous étions partenaires ? Un accord anglo-français pour une fois…

– Ce qui est le cas. Mais j'ai aussi besoin d'une certaine discrétion.

– Sur quoi exactement ?

– Des preuves qui jettent une lumière entièrement nouvelle sur la question des souvenirs retrouvés. Des témoignages in extenso des principaux acteurs eux-mêmes. La première preuve concrète qui puisse valider ou invalider la fiabilité de la thérapie par recouvrement de souvenirs. Cela fait partie d'une autre opération menée par la Metropolitan Police et, comme vous pouvez l'imaginer, c'est une affaire… délicate.

Vidal ne peut plus cacher son intérêt.

– Comment avez-vous découvert cette nouvelle preuve ?

– J'ai bien peur de ne pas pouvoir le révéler.

Vidal se redresse dans son fauteuil et se caresse le menton. Ses mains s'agitent, à la recherche d'une cigarette fantôme.

– Quelle est la fiabilité de ces preuves ?

– Elles sont plus que fiables, répond Myles. Traitées correctement, ces nouvelles preuves pourraient permettre de rendre justice à Ingrid Fox et de juger différemment à l'avenir les cas de souvenirs retrouvés.

Vidal se penche en avant.

– Très bien. Je suis tout ouïe, inspecteur Forsyth.

52

LE LUTETIA

1945

Sophie

Sophie a du mal à supporter l'émotion de revoir Joséphine. Cela lui brouille l'esprit. Elle a pensé à ce moment tant de fois et à toutes les choses qu'elle ferait à la femme qui les a trahis, elle et son père.

Cependant le fait de voir cette personne vivante dans la même pièce qu'elle est bouleversant. Elle ressent tellement de choses différentes, de la haine pure au désespoir total, ainsi que des bribes de l'amour et de l'amitié qu'elles partageaient autrefois.

Mais surtout, elle ressent de la tristesse. Elles étaient toutes les deux si jolies et si libres, deux jeunes femmes avec le monde à leurs pieds. Aujourd'hui, c'est le crâne rasé, privées de leurs propres vêtements et vêtues de haillons crasseux qu'elles se retrouvent. La vie n'était pas censée les traiter comme cela. Elle pense à son père et à la dernière fois qu'elle l'a vu. Elle a pleuré toutes ses larmes, ou presque, pourtant elle ne se remettra jamais de son expression lorsqu'ils ont été séparés à Auschwitz pour la dernière fois.

Il y avait sur son visage une telle noblesse, mais aussi une telle terreur. Il ne pouvait plus protéger sa fille. Il était envoyé à la mort par des gens de son propre pays occupé par un autre, tout cela pour le crime d'avoir eu des origines juives dans un passé lointain. Pourquoi les humains se font-ils mutuellement ces choses horribles ?

Son père était si gentil, si attentionné, bien qu'il ait été immense, du moins aux yeux de l'enfant qu'elle était, avec sa grande taille et sa voix grave et puissante. Le voir se faire emmener par des hommes assez jeunes pour être ses fils est une image qui ne la quittera jamais. Ce sera la dernière chose à laquelle elle pensera avant de mourir, quand son heure viendra. Cela lui a montré le vrai visage des êtres humains, et une fois qu'on l'a vu, on ne peut plus l'oublier. Personne ne peut revenir à la normale.

Les sombres pensées lui reviennent en tête. Elle se voit en train d'étouffer Joséphine avec un oreiller. Elle pourrait le faire ce soir, mettre fin à la vie de celle qui l'a trahie.

Non, elle ne doit pas penser ainsi. Mais c'est difficile de ne pas le faire. Elle a vu tant de morts dans les camps. Elle sait combien il est facile de tuer quelqu'un. Alors elle se concentre sur d'autres choses. Elle essaie de trouver la seule lueur d'espoir qui existe encore dans le monde.

Louis.

Elle ne peut pas encore parler des camps, surtout pas avec Joséphine. Elle quitte donc la chambre 11 et redescend dans le hall d'entrée. Elle se souvient de l'époque où il était rempli des noms les plus célèbres de Paris. Maintenant, il y a des photos de survivants sur les tableaux d'affichage et des familles qui essaient désespérément de savoir si leurs proches sont revenus.

Sophie trouve un fauteuil dans le hall. Si Louis est vivant, il viendra la chercher, elle en est sûre. Les employés de la Croix-Rouge la regardent de travers, mais elle ne bouge pas. Elle n'est là que pour trois jours. Si son amoureux l'a attendue, alors elle l'attendra aussi et, d'une manière ou d'une autre, le destin les réunira à nouveau. C'est sa seule raison de vivre à présent. Son père est mort, elle n'a jamais connu sa mère, elle est fille unique et sa meilleure amie l'a trahie. Louis est la seule personne sur qui elle puisse compter.

Les heures passent et Sophie reste dans le hall à scruter tous les visages masculins qui franchissent le seuil de l'hôtel, guettant désespérément le sien.

Lorsqu'il arrive enfin, elle manque ne pas le reconnaître. Louis a toujours été mince et athlétique, mais il est désormais trop maigre. Ses pommettes ressortent, rendant son visage anguleux. Elle se souvient de ces promenades au clair de lune le long de la Seine, de la chaleur de sa main sur la sienne et de la manière dont il lui récitait des poèmes alors qu'ils rêvaient d'un avenir commun, deux adolescents coincés dans cette ville en pleine guerre. Il s'habillait magnifiquement : les plus belles chemises taillées sur mesure, les costumes les plus élégants, des chaussures faites à la main. Sans effort, il était sophistiqué, même au lycée, où il s'intéressait déjà aux choses de l'esprit et à la psychiatrie.

Aujourd'hui, son manteau gris miteux, ses chaussures usées, ses cheveux gras et ébouriffés n'ont plus rien à voir avec son allure d'antan. Mais la lueur dans ses yeux n'a pas changé. Il peut encore illuminer une pièce de son sourire. Sa carrure, sa démarche nonchalante et son autorité naturelle ont quelque chose d'imposant. Oui, c'est bien Louis. Son Louis. L'homme qu'elle espérait appeler son mari. Elle a traversé l'enfer, elle est revenue sans savoir comment, et son amour est venu la chercher ici, comme elle avait toujours cru qu'il le ferait.

Soudain, la faim et la faiblesse l'assaillent, et elle se demande s'il la reconnaîtra. Il est tombé amoureux d'une autre Sophie. Celle-là était réservée, studieuse, mais pleine d'esprit et de courage. Et s'il passait à côté d'elle sans la voir ? Ce serait la dernière humiliation. Elle a attendu tout ce temps pour le retrouver, et maintenant elle est à peine assez forte pour crier son nom.

Mais heureusement, elle n'a pas à le faire. Louis scrute le hall d'entrée, puis, enfin, se fige lorsqu'il la voit. Leurs regards se croisent dans le vacarme et le chaos du hall de l'hôtel. Malgré tout, il existe des liens que ni le temps ni la mauvaise fortune ne peuvent briser.

Sophie n'a pas pleuré depuis si longtemps qu'elle se demande si elle en est encore capable. Les yeux de Louis brillent tandis qu'il titube vers elle, étourdi par son retour, et se fraye un chemin dans la foule. Elle reste debout, trop choquée pour parler, pour ressentir quoi que ce soit, sachant simplement que cela valait la peine de survivre pour cet instant.

Il n'y a pas de mots lorsque Louis lui tend doucement la main et la prend dans ses bras. Oublieux de tous ceux qui les entourent dans ce grand palace, ils pressent leurs fronts l'un contre l'autre.

– Bonjour, belle inconnue, dit-il, comme à son habitude, en prenant une mèche de cheveux imaginaire et en faisant mine de la coincer derrière son oreille.

– Bonjour, bel inconnu, répond-elle.

C'était leur code, un code qui faisait tellement partie d'eux qu'elle ne se rappelait plus quand il avait commencé.

– Je savais que tu serais là. D'une certaine manière, je l'ai toujours su.

– Et je savais que tu me trouverais.

Une cacophonie emplit le hall. Des gens sanglotent ou crient en reconnaissant un être cher ; d'autres reçoivent des instructions de l'équipe de la Croix-Rouge ; d'autres encore pleurent en regardant le tableau et en réalisant, lentement, que la personne qu'ils recherchent ne reviendra jamais.

C'est le chaos, mais Sophie ne l'entend plus. Elle repense à ces pensées sombres et à toutes les choses terribles qui l'appellent. Elle veut faire souffrir Joséphine comme elle-même a souffert. Elle posera l'oreiller sur son visage et ne s'arrêtera pas tant que son père n'aura pas été vengé.

Cependant elle ne doit plus penser ainsi.

Louis est là et elle peut à nouveau espérer.

Comme son cher et tendre père le lui rappelait toujours : on ne guérit pas le mal par le mal.

53

LE LUTETIA

1945

Sophie

Ils sont assis en silence dans la salle à manger avec les autres survivants, les employés de la Croix-Rouge, les soldats. Une table à deux places près de la fenêtre dans ce vaste espace, une petite histoire parmi des centaines. Mais le monde entier est contenu dans les yeux de l'autre. Ils retrouvent peu à peu les mots.

– Je pensais que tu ne me reconnaîtrais pas, dit Sophie. Sans mes cheveux ni mes vêtements, je ressemble à une sorte d'épouvantail.

– Le destin peut emporter les choses matérielles, dit Louis, en revanche, il ne peut pas changer la beauté d'une personne. Je traverse ce hall tous les jours depuis la libération des camps et le début des navettes de la gare d'Orsay. J'attendais ton arrivée.

– Comment as-tu su que j'étais encore en vie ?

– Je ne le savais pas. Je n'avais que l'espoir. Je serais venu ici tous les jours jusqu'à ma mort, juste pour te voir encore une fois, Sophie.

Avant, elle aurait ri d'un tel discours – si dramatique, si sérieux, si adulte –, mais maintenant, elle le savoure. Elle se sent presque défaite par les mots de Louis. Les seules voix masculines qu'elle a entendues depuis sa déportation sont des cris et des ordres. Entendre quelqu'un parler doucement comme ça – avec amour, vraiment –, c'est trop. Cela lui rappelle tout ce qu'elle a perdu.

– Et toi ? dit-elle. Je craignais que tu ne sois pris dans les rafles de la Résistance. Que tu aies été arrêté pendant les derniers jours de la guerre.

– Moi aussi, dit Louis. Il s'en est fallu de peu. Certains membres de mon unité ont été capturés par les nazis juste avant la Libération. J'ai dû prendre le maquis pour survivre. Les seuls résistants qui ont survécu sont ceux qui ont fait la même chose, qui ont coupé les contacts, qui ont fait en sorte de ne pas être compromis, qui sont entrés dans la clandestinité.

– Le destin nous a tous les deux maintenus en vie, alors, dit-elle.

Il sourit et boit une nouvelle gorgée de café.

– Je n'avais jamais cru au destin auparavant. Si cette guerre m'a appris une chose, c'est à quel point nous avons peu de contrôle sur notre propre vie.

Sophie pense à toutes les sélections du camp. Elle revoit le regard des gardiens qui décidaient qui devait être envoyé dans les chambres à gaz et qui devait être maintenu en vie. Certains semblaient prendre plaisir à faire ce choix. Les prisonniers finissaient par croire au destin. C'était la seule façon de donner du sens à tout cela. À gauche, la mort ; à droite, les travaux forcés.

– Et ton père ? demande-t-il.

Sophie baisse la tête. Son père avait toujours aimé Louis, le fils qu'il n'avait jamais eu.

– Mon père est mort dans les camps, dit-elle. Ou du moins je le crois. Il était trop malade pour travailler. Il a été envoyé à gauche lors de la toute première sélection à notre arrivée à Auschwitz. Je n'ai jamais su ce qui s'était passé exactement.

– Je suis vraiment désolé, Sophie. C'était un grand homme.

Louis lui tend la main et Sophie y glisse la sienne droite, sentant la caresse légère de son pouce sur sa peau noueuse. C'est son premier contact humain chaleureux depuis son départ de Drancy. Son cerveau ne fait plus la connexion. Il lui faudra des mois, voire des années, pour que le toucher lui soit à nouveau agréable.

– Où habites-tu maintenant ? demande Sophie.

– Je suis de retour chez mes parents, au moins pour les prochains mois. J'ai commencé mes études à la Sorbonne.

Elle hoche la tête.

– Je dois rester ici encore deux jours pour être examinée par les médecins et la police.

– Et après ?

– Je ne sais même pas si la maison de mon père est encore debout, dit-elle. Elle pourrait être en ruine à l'heure qu'il est.

– Alors, il faut que tu viennes chez moi, dit Louis.

– Ce ne serait pas très correct. Quand tu m'as posé la question, je t'ai dit que je ne franchirais ta porte que si j'avais la bague au doigt.

– Dieu ne nous a pas sauvés de la guerre, Sophie. Pourquoi devrions-nous suivre ses commandements maintenant ?

Avant la guerre encore, elle pouvait faire preuve d'une ironie sceptique, se moquer de ses discours sur Dieu ou sur le destin. La vie était un parc d'attractions conçu pour l'amuser. Mais aujourd'hui, tout a changé. Sophie garde le silence. Elle est gênée de lui poser la question, mais elle n'a pas d'autre solution. Elle a l'impression de devenir folle. Les souvenirs sont si envahissants.

– Tu envisages toujours de te spécialiser en psychiatrie ?

– Oui. En fait, on a demandé à certains d'entre nous, étudiants en médecine, de pallier la pénurie en évaluant les rapatriés ici.

– Je ne peux donc pas me débarrasser de toi, même si je le voulais ?

– Non, mademoiselle Leclerc, vous ne pouvez pas.

Elle sourit. La sensation est tellement étrange qu'elle redevient sérieuse. Et elle lui en fait part, tout en craignant que Louis ne la juge.

Elle décrit les choses qu'elle a vues dans les camps et les souvenirs qu'elle en a gardés. Elle lui parle de son envie de tuer ceux qui lui ont fait du mal et de son inquiétude quant à ce qu'elle pourrait faire, maintenant qu'elle a recouvré sa liberté. Elle a perdu le contrôle de son esprit. Surtout, elle lui parle de Joséphine. Dans cette chambre avec elle, Sophie a ressenti l'envie de lui plaquer un oreiller sur la tête et de ne jamais le retirer. Ce qui lui reste, ce n'est pas l'amertume, mais la fureur.

– Joséphine ? dit Louis, soudain. Qu'est-ce qu'elle fait ici ?

Sophie a été tellement absorbée par les retrouvailles qu'elle se rend compte qu'elle ne lui a rien dit.

– Elle est dans la chambre 11 avec moi. Elle dit qu'elle a été envoyée dans les camps.

– Je vois.

– Je suis inquiète, Louis, dit-elle. Je ne sais plus comment revenir à la normale. Je ne suis même pas sûre de savoir ce qu'est la normalité. J'ai peur de ce que je pourrais faire à Joséphine. C'est mal, mais je ne peux pas empêcher les pensées qui me viennent à l'esprit.

Il resserre son étreinte sur sa main, caresse sa peau ; sa voix est aussi grave et rassurante que celle de son père.

– Je suis là maintenant, dit-il. Nous sommes à nouveau une équipe, Sophie. Tes problèmes sont mes problèmes. Tu n'as plus à les affronter seule.

Ce sont les mots qu'elle a toujours voulu entendre. La terreur qui l'habite – terreur de ce qu'elle est, de ce qu'elle est devenue – s'apaise un peu. Elle veut rester assise là, à le regarder dans les yeux et à sentir le contact de sa main pour toujours. Mais à contrecœur, elle se souvient de ce qui l'attend à l'étage.

Elle lui demande :

– Est-ce que je redeviendrai normale un jour ? La vie sera-t-elle à nouveau la même ?

Il lui tient la main.

– Bien sûr que oui, dit-il. J'y veillerai.

54

LE LUTETIA

1945

Sophie

On a besoin de Louis à l'hôpital. Ils conviennent de se retrouver le lendemain dans le hall du Lutetia. Il se fait tard et Sophie est fatiguée.

Lorsqu'elle retourne dans la chambre 11, Joséphine est endormie, ou semble l'être, et les yeux de Sophie se ferment tout seuls. Elle a toujours eu un sommeil délicat, perturbé par le moindre bruit. Puis, dans les camps, elle s'est aperçue qu'elle pouvait dormir n'importe quand. Aujourd'hui, seuls les souvenirs l'en empêchent. Elle essaie de penser à Louis, mais c'est encore pire. Elle sait ce qu'elle a fait et ne peut défaire.

Ce qu'elle craint vraiment, c'est ce qu'elle pourrait faire maintenant.

Elle doit se réhabituer à un vrai lit. Elle est allongée dans la chambre 11 et les bruits de l'hôtel résonnent autour d'elle. Les cris continuent, et les pas à l'extérieur s'intensifient. Les nouveaux « clients » n'ont pas dormi sur des matelas depuis des années. Ils sont habitués aux sols froids, privés de tout confort, et il leur faudra du temps pour se réadapter aux chambres d'hôtel. Pour l'instant, ils font les cent pas, pleurent dans leur demi-sommeil et égrènent les noms des êtres chers qu'ils ont perdus à tout jamais.

Un de ses souvenirs lui revient. Elle est dans la baraque et l'une des prisonnières la supplie de l'aider à mettre fin à sa vie, tout plutôt qu'endurer un jour de plus dans le camp. S'il vous plaît, dit la femme, aidez-moi. Sophie se voit debout au-dessus d'elle et sait qu'une fois qu'elle aura fait cela, elle ne sera plus jamais la même personne. Elle se penche, appuie de plus en plus fort, mettant fin aux souffrances de la prisonnière.

Sophie se réveille en sursaut. Il fait encore nuit. Elle dort depuis quelques minutes. Elle regarde l'autre lit. Joséphine respire encore, ce qui veut dire qu'il ne s'est rien passé. Les souvenirs ne sont pas redevenus réels. Toutes deux sont encore en vie.

Elle pourrait le faire maintenant. Sophie pourrait se lever, marcher jusqu'à l'autre lit et étouffer ou étrangler la jeune femme pour se venger de ce qu'elle leur a fait, à elle et à son père.

Et pourtant, elle reste allongée là. Le visage de son père lui apparaît, sa voix douce et profonde, il lui souffle que le pardon est le plus beau des cadeaux. Elle sent qu'il veille sur elle dans cette pièce et que tuer Joséphine le décevrait. Mais elle sait aussi que la bonté et la gentillesse de son père l'ont parfois conduit à être naïf. D'autres ont quitté Paris plus tôt. Ils n'avaient pas tant confiance en leurs voisins, ni en la bonté des gens. Ils se sont sauvés eux-mêmes. Et si son père se trompait sur toute la ligne ? Et si on pouvait vraiment guérir le mal par le mal ?

Sophie a toujours su que Joséphine n'avait pas eu le même environnement familial aimant qu'elle. La mère de Sophie était morte en couches, mais elle avait toujours eu son père. Les parents de Joséphine étaient morts dans un accident de voiture et elle avait été élevée par une tante sévère. Elle n'avait jamais connu le véritable amour et avait plutôt appris à manipuler les gens. Elle avait toujours été une très bonne actrice, même à l'école. Elle rêvait d'aller au West End de Londres, ou à Broadway à New York, et de devenir la dernière actrice parisienne en vogue. Puis la guerre est arrivée. Elle a détruit tous leurs rêves. Mais elle n'a pas dénué Joséphine de sa capacité à habiter un rôle.

Sophie a surtout envie de croire à nouveau en la bonté d'un autre être humain. Elle est trop « la fille de son père » pour cela. Est-il possible de recoller les morceaux de cette ancienne vie, de son rêve, et de repartir de zéro ?

Elle l'espère.

Mais d'abord, elle doit aller mieux, traiter les visions et la colère. Ces terribles souvenirs doivent cesser et ce qui a eu lieu dans le passé doit pouvoir y rester. Surtout, elle devra réapprendre ce que signifie vraiment aimer.

Elle pense à Louis qui lui caresse la main et à la sensation de sa peau sur la sienne.

Cela prendra du temps, mais elle peut y arriver.

Les camps lui ont volé tant de choses.

Tout ce qui lui reste, c'est son cœur.

55

LE LUTETIA

1945

Josephine

C'est le deuxième jour à l'hôtel et les sons restent les mêmes. Des cris, des pleurs, des sanglots.

La seule différence, c'est le bruit de bottes dans le couloir à l'extérieur de la chambre 11, suivi du bruissement d'une feuille que l'on glisse sous la porte.

Joséphine sort du lit et s'accroupit pour voir ce que dit la missive. Elle est pliée en deux. Elle s'approche de la porte, la déplie et lit le message : BENOÎT, JOSEPHINE : SE PRÉSENTER POUR UN ENTRETIEN AVEC LA POLICE À 15 HEURES.

Elle frémit en le lisant une deuxième fois et pense à l'obstacle qui l'attend. L'entretien d'aujourd'hui va tout changer. Si elle le réussit, elle sera libre. Dans le cas contraire, elle sera arrêtée, humiliée et probablement tuée, laissée sur le bord de la route quelque part, comme exemple pour les autres. L'idée est trop horrible pour y penser.

La porte s'ouvre et Sophie entre. Elle était descendue prendre son petit déjeuner. Elle voit Joséphine et la feuille dans sa main.

– Qu'est-ce que c'est ? demande-t-elle.

– J'ai été convoquée pour mon entretien avec la police, dit Joséphine, décidée à ne pas mentir davantage pour éviter d'être démasquée. C'est prévu pour trois heures cet après-midi. Tu n'as pas reçu ta convocation ?

– Non. Mais je crois qu'ils les classent par ordre alphabétique, c'est du moins ce que certains disent en bas. Le L est un peu plus loin que le B dans l'alphabet.

– Oui, je suppose que c'est le cas. Comment s'est passé le petit déjeuner ?

– Je ne supporte toujours pas de me nourrir normalement. J'ai l'impression que mon estomac ne redeviendra jamais ce qu'il était.

– Je sais. La faim devient un mode de vie, n'est-ce pas ? Nous vivrons toutes les deux au pain sec et à l'eau jusqu'à la fin de nos jours.

Sophie prend place sur son lit. Elles ont passé la plus grande partie des dernières vingt-quatre heures à dormir. Elles sont si maigres qu'elles n'ont plus d'énergie. Dormir est la seule activité possible. Sophie bâille, bien que ce soit encore le matin.

– J'ai beaucoup réfléchi à tes paroles d'hier, dit-elle. Quand tu m'as dit que ce n'était pas toi qui m'avais trahie.

Joséphine ne s'assied pas sur son lit. Elle reste debout, le mot à la main.

– Mon problème, c'est que je ne comprends pas. Je ne comprends pas comment tu as pu trahir ta meilleure amie. Mais je ne comprends pas non plus comment l'ennemi a pu savoir où père et moi nous cachions. Je n'arrête pas de retourner le problème dans ma tête mais je ne trouve aucune réponse. L'une n'a pas de sens émotionnel, l'autre n'a pas de sens logique. J'ai vu Louis hier et je lui ai dit la même chose.

– Louis était ici ?

– Oui. Il est maintenant étudiant à la Sorbonne. Certains d'entre eux ont été envoyés au Lutetia pour soigner les survivants.

Joséphine flanche et va s'asseoir sur son lit. Elle pose le billet derrière elle.

– Je sais que je ne parviendrai jamais à te convaincre, dit-elle en choisissant soigneusement ses mots. Tout ce que je peux faire, c'est te montrer que je suis la même amie qu'avant. Et que j'ai vécu ce que tu as vécu. Je t'aime aujourd'hui, Sophie, comme je t'ai aimée autrefois. Ton amitié a toujours été la chose la plus importante dans ma vie. Je ne peux pas supporter que nous partagions cette chambre, que nous soyons enfermées ensemble toute la journée et que nous soyons ennemies. Et toi ?

Sophie la regarde. Elle voit un tel tourment dans ses yeux.

– Mon père est mort. Il mérite justice.

Ça va peut-être finir comme ça, pense Joséphine. Soit Sophie la tue, soit elle doit tuer Sophie. Le destin les a placées ensemble dans la chambre 11, mais une seule d'entre elles en sortira vivante. Joséphine sait qu'elle mérite de mourir. Ce ne serait que justice. Mais à quel moment cette guerre a-t-elle été juste ? Elle s'en est sortie par le passé, elle peut le faire à nouveau. Elle a travaillé pour la Résistance afin de sauver des milliers de vies ; Sophie lui reproche son malheur et la perte de la vie de son père. Il n'y a pas de justice dans tout cela. Sophie a traversé tellement d'horreurs, il serait peut-être plus charitable de lui ôter la vie et de soulager ses souffrances.

– Dors un peu, dit Joséphine. Je vais descendre boire quelque chose. Je passerai te voir plus tard, avant mon entretien.

Sophie acquiesce, se détourne et fait semblant de dormir. Joséphine quitte la chambre 11, descend l'escalier qui mène dans le hall et entre dans le restaurant. Il ne faut pas qu'elle croise Louis s'il est là ce matin. Elle mange seule puis fait les cent pas dans l'hôtel tout en réfléchissant. Rester coincée dans la chambre 11 toute la journée la rend claustrophobe.

Elle y retourne finalement et s'assied pour regarder Sophie dormir. Elle pourrait le faire maintenant, bien sûr. Les oreillers de son lit l'appellent. Elle pourrait en prendre un, le placer sur la bouche de son amie et le maintenir en place jusqu'à ce qu'elle meure. Elle est si faible qu'elle ne pourra pas se débattre. Il ne fait aucun doute que l'autre jeune femme a eu les mêmes pensées. Ces deux amies, devenues ennemies, sont maintenant colocataires dans un hôtel de luxe de la rive gauche et se demandent comment s'entre-tuer.

Joséphine aimerait dire à Sophie qu'elle n'a rien voulu de tout cela. Elle se souvient encore de la nuit de la trahison. Elle était avec l'un des officiers et retournait dans ce même hôtel. Une partie de la délégation nazie à Paris y séjournait, et c'est là qu'elle venait pour leurs ébats. C'est ensuite, alors qu'ils fumaient au lit, que l'officier à moitié saoul a commencé à la provoquer :

– Je t'ai fait suivre la nuit dernière. Je t'ai vue retrouver quelqu'un. Tu ne m'as jamais parlé d'elle. Mes hommes ont essayé de la filer, mais elle leur a échappé et elle est retournée dans sa cachette. Je suppose que tu ne lui as parlé que pour me transmettre l'information ? Selon la Gestapo, nous sommes infiltrés par des résistantes. Elles couchent avec nous et volent nos secrets. Nous avons reçu l'ordre d'être très vigilants et toute personne ayant des liens avec la Résistance sera arrêtée, torturée et envoyée dans les camps.

Joséphine voit encore le regard froid, meurtrier, de l'officier. Il avait tous les pouvoirs ; elle n'en avait aucun. Il la dénoncerait et la regarderait mourir aussi facilement qu'il envoyait d'autres Français dans les camps. Oui, Joséphine avait retrouvé Sophie la veille. C'était imprudent et stupide. Son amie était retournée à l'endroit où elle et son père se cachaient. L'idée que l'officier ait fait surveiller Joséphine la terrifiait. Cela signifiait qu'elle était soupçonnée. Si elle ne jouait pas le jeu, elle risquait d'être arrêtée et de disparaître sans laisser de traces.

– Bien sûr, avait-elle menti. Bien sûr que j'allais vous le dire.

– Où se cache ton amie ? Tu dois le savoir. Pourquoi avoir attendu jusqu'à maintenant pour me le révéler ?

Une fraction de seconde s'était écoulée avant que Joséphine ne passe à l'acte. Elle y pense maintenant comme au dernier moment de l'ancienne version d'elle-même, de son innocence, avant qu'elle ne franchisse la ligne qui avait changé sa vie tout entière. Elle avait répété l'adresse que Sophie lui avait donnée. Il ne s'était rien passé d'affreux immédiatement. L'officier avait continué à fumer. Joséphine s'était habillée puis elle était sortie du Lutetia, comme d'habitude. Elle était rentrée chez elle, avait fermé la porte de sa chambre et s'était blottie dans un coin, se maudissant pour ce qu'elle avait fait. Elle avait espéré que l'officier ne donnerait pas suite à l'information. Mais elle craignait aussi pour elle-même. Si les nazis soupçonnaient la Résistance d'utiliser des espionnes dans leurs chambres à coucher, sa vie était désormais en danger permanent. Elle était surveillée. Elle ne pouvait faire confiance à personne. Et elle venait de trahir sa meilleure amie pour tenter de sauver sa peau.

Le lendemain, elle avait appris que Sophie et son père avaient été arrêtés pendant la nuit et emmenés à Drancy, un camp temporaire avant le départ pour Auschwitz. C'était la dernière fois qu'elle avait entendu parler d'eux.

Depuis, Joséphine tente de se justifier. Les Parisiens étaient frénétiques à l'époque, tout le monde s'échangeant des faveurs pour survivre. C'était une course désespérée pour éviter d'être arrêté et déporté. Les gens étaient pris au hasard, ou presque, la moindre trace d'ascendance juive étant une condamnation à mort. Joséphine était du bon côté. Elle travaillait pour la Résistance. Oui, c'était mal de trahir son amie de la sorte, mais elle était dans une ville qui s'effondrait, essayant de survivre dans un monde anarchique, d'assurer la défaite des nazis et la libération de Paris. Sophie comprendrait-elle cela ? N'y avait-il pas un monde dans lequel elles pourraient être à nouveau amies ?

Lorsque l'horloge sonne presque trois heures, Joséphine se lève et quitte la chambre 11, laissant derrière elle l'idée d'étouffer la jeune femme. Elle se concentre sur ce qui l'attend. Arrivée à l'heure dans le hall d'entrée, elle est introduite dans l'un des anciens quartiers des domestiques. Le policier français a l'air de s'ennuyer, comme s'il avait déjà mené des centaines d'entretiens de ce genre aujourd'hui, et désigne avec nonchalance la chaise qui se trouve en face de lui. Il porte une paire de grosses lunettes qu'il nettoie sur sa veste.

Joséphine lui donne son nom et sa date de naissance. Le policier soulève la paperasse, à la recherche d'un nouveau dossier.

– Vous dites être revenue d'Auschwitz à Paris hier, c'est exact ?

– Oui, c'est exact.

– Et avant cela ?

– J'étais ici, à Paris.

L'officier ne prend aucune note. Cela la perturbe. Elle sent qu'elle est en danger.

– Qu'est-ce que vous y faisiez ?

Joséphine se prépare à dire la première vérité depuis longtemps, mais la seule vérité qui compte pour elle.

– Je travaillais en infiltration pour la Résistance, dit-elle. Je me battais pour libérer Paris.

56

LE LUTETIA

1945

Josephine

Il y a un silence, brisé par le bruit des autres occupants à l'extérieur.

Joséphine ne cligne pas des yeux, ne déglutit pas.

– Et pourtant, votre dossier ne contient aucune validation de la part d'autres résistants. À quel titre avez-vous été employée par la Résistance ?

– Pour ce qui est du dossier, je ne le nie pas. Mais je n'aurais pas été très utile à la Résistance si j'avais déchiré des drapeaux et dit à tout le monde que je travaillais pour la fin du régime nazi. J'étais jolie, jeune et j'avais des accès que les autres résistants n'avaient pas. J'avais une couverture à maintenir. C'était mon sacrifice. J'ai fait ce que j'ai pu pour aider à la Libération.

Elle joue un jeu dangereux. C'est ce qu'elle a toujours fait. C'est ainsi qu'elle traverse la vie : il y a immanquablement un homme qu'elle doit utiliser, et s'il y a bien quelque chose qu'elle sait faire, c'est manipuler les hommes. Cet officier n'y échappera pas. C'est probablement un de ces types qui respecte strictement l'ordre et la loi et qui n'a jamais eu de femme. Si elle est au pied du mur, elle peut le plier à ses désirs. Il y a des avantages à être la maîtresse et non l'épouse.

L'injustice de cette situation la ronge. Elle a couché avec ces officiers et trahi ses amis pour une cause supérieure. Pourquoi n'a-t-elle aucun mérite ? Pourquoi des hommes qui n'ont rien fait ont-ils droit aux honneurs, tandis que des femmes comme elle ne sont ni crues ni respectées, mais humiliées pour leur sacrifice ?

– Quelqu'un d'autre peut-il confirmer votre appartenance à la Résistance ?

– Nous agissions seuls et sous des noms de code, la plupart du temps. C'étaient mes ordres. De nombreux intermédiaires avec lesquels je travaillais ont été arrêtés et fusillés juste avant la Libération. Je n'ai réussi à m'échapper que de justesse. Nous n'avons jamais partagé notre véritable identité pour ne pas la révéler sous la torture. C'était un travail solitaire, mais je voulais faire ma part. Je savais que je pourrais être accusée de collaboration une fois la guerre terminée, pourtant j'étais prête à prendre ce risque. Tout ce qui comptait, c'était de faire sortir les nazis de Paris.

L'officier continue à regarder le dossier.

– Connaissez-vous quelqu'un en liberté, à Paris ou dans cet hôtel, qui a collaboré activement avec les nazis ?

Joséphine l'observe attentivement et se demande quelle est la bonne réponse. Les hommes n'aiment pas les femmes qui dénoncent. Sa stratégie est de faire profil bas et d'essayer de ne pas se faire remarquer. Elle doit s'y tenir. Même cet officier a probablement collaboré. C'est la police française, sur ordre des nazis, qui a procédé aux arrestations et aux rafles des Juifs français.

– Chacun doit faire face à sa conscience à sa manière, dit-elle. Je voulais aider à libérer Paris, pas dénoncer mes concitoyens. Ce sont mes valeurs et j'y reste fidèle.

Il lève les yeux.

– Je vois.

Il pose d'autres questions, essayant de la piéger, mais elle est prudente. Enfin, il lui dit que l'entretien est terminé pour l'instant, mais l'avertit qu'elle peut être rappelée à tout moment. Il lui dit également qu'elle doit passer l'examen psychiatrique à côté, dans la foulée.

Elle redoute de rencontrer l'équipe médicale. Heureusement, Louis n'est pas là aujourd'hui. Une fois que les médecins l'ont examinée, Joséphine traverse le Lutetia et la foule dans le hall.

Elle est presque en sécurité maintenant. Elle a servi son pays, mais son pays l'a oubliée. Elle ne peut pas risquer d'être mise dans le même sac que les vrais collaborateurs. Elle a fait ce que lui ont dit les chefs de la Résistance. Maintenant, elle est livrée à elle-même. Bien sûr, elle ne pourra jamais le dire à Sophie. Ce serait admettre sa responsabilité dans la mort de son père. De toute façon, Sophie ne comprendrait pas. Elle penserait que Joséphine se réclame de la Résistance pour justifier son comportement honteux.

Les hommes sont loués. Les femmes sont maudites.

Encore deux jours ici, et le reste de sa vie pourra commencer. Elle oubliera certaines choses, s'en rappellera d'autres, et l'histoire de « sa » guerre la peindra en héroïne.

Joséphine arrive à la chambre 11 et attend un moment avant d'entrer. Elle repense au nom qu'elle a sur les lèvres, au sommeil agité de Sophie et à ce que celle-ci a dû faire pour survivre aux sélections.

Oui, elle s'en servira s'il le faut.

Joséphine a survécu aux nazis. Elle a sacrifié son honneur au service de son pays. Elle a tout perdu et pourtant, s'il le fallait, elle referait la même chose. Les informations qu'elle a obtenues des officiers nazis et qu'elle a transmises au réseau de la Résistance ont permis de gagner la guerre. Elle en est fière. Elle a fait quelque chose pour que la France survive, même si cela ne sera jamais reconnu.

À sa manière, Joséphine Benoît est une survivante.

TROISIÈME JOUR

57

OLIVIA

Aujourd'hui

Il est minuit passé et je suis de retour dans la chambre 11 du Lutetia.

Je n'ai toujours pas confiance en Édouard. Je n'aurais jamais dû le laisser seul avec Bonne Maman.

Charlotte a beaucoup jasé, mais sans jamais aller au fond des choses. Elle a dit qu'elle reviendrait demain avec davantage de preuves potentielles sur le lien entre le procès, ce qui s'est passé avec Bonne Maman et les menaces envers Louis. Mais je ne n'y compte pas trop.

Je ne suis pas officier de police. Je suis thérapeute, je n'ai donc que mon instinct et ma connaissance du comportement humain. Et je ne fais confiance ni à l'un ni à l'autre. Je ne peux pas étayer mes dires ni envoyer un dossier rempli de preuves au bureau du procureur. Mais plus je vois Édouard, plus il me semble brisé, aux abois. Le dieu du foyer n'était qu'une illusion. Il sait qu'il ne sera jamais comme son père, pourtant il cherche toujours l'approbation de ce dernier. C'est le genre de personne qui, dans sa vingtaine, dominait le monde grâce à son sex-appeal et à son charme naturel, et qui, depuis, est sur une pente descendante.

En rentrant dans ma chambre, je trouve une enveloppe qui m'attend. Je l'ouvre, curieuse de découvrir qui peut bien savoir que je suis ici ; c'est une belle note écrite à la main sur du papier filigrané. Je reconnais l'écriture et m'assieds sur le lit pour la parcourir.

Ma très chère Olivia,

J'ai pensé t'appeler, mais cela me semblait une façon inadéquate de te dire à quel point je suis dévasté d'apprendre les événements de Montparnasse et la mort de ta grand-mère bien-aimée. Je suis d'une génération où la lettre est encore le moyen de communication le plus important et le plus solennel. Je t'écris donc depuis le cabinet où j'ai soigné ta grand-mère pendant tant d'années. Les mots n'exprimeront jamais la profondeur de mon chagrin à sa mort, ni la joie et l'amitié dont elle a enrichi ma vie pendant tant de décennies. C'est toujours une chance incroyable de rencontrer un véritable ami avec qui cheminer, et ta grand-mère a toujours été une âme sœur pour moi, comme j'espère l'avoir été pour elle. Je sais qu'Édouard est avec toi. Ma santé n'est plus ce qu'elle était, mais j'espère être assez bien pour te voir en personne très bientôt et partager les souvenirs de la vie de ta grand-mère et du cadeau qu'elle a fait au monde avec son art. Donne-moi des nouvelles, très chère Olivia, et sache que je pense à toi pendant cette période de deuil terriblement difficile.

Avec mon amour et mon affection les plus profonds,

Louis

Je pleure en lisant. Le magnifique papier à lettres finit par être trempé par mes larmes. Il y a quelque chose de si sincère dans ces mots. Je me demande encore une fois comment un père aussi noble et courageux peut produire le contraire chez son fils. Édouard a certains bons côtés, mais il est difficile de lui trouver une quelconque profondeur. Louis, en revanche, peut exprimer la quintessence de la vie en une phrase. C'est peut-être le résultat de tant d'années passées à écouter des milliers de patients. Cela vous confère la sagesse.

Je repense à Édouard. Si je le considère comme un suspect, je dois déterminer quel est son mobile. Les faits sont clairs : il était seul dans l'appartement quand Bonne Maman est morte. Il était le plus proche de la scène du crime. Selon sa version, il y aurait eu un intrus. Mais pourquoi Édouard aurait-il voulu faire du mal à ma grand-mère ? C'était une femme qu'il connaissait si bien en tant que fils de Louis. Qu'est-ce qui m'échappe ?

Je remets la lettre dans l'enveloppe et la place sous mon oreiller. J'accomplis ma routine nocturne habituelle. J'écoute *Sleep Sound* avec Sienna Miller et l'épisode « De la glace dans une source chaude » sur Audible, puis, au premier bâillement, je règle mon réveil.

Mais ce n'est que lorsque je me blottis dans les draps et que je ramène la couverture contre mon menton que je la revois au bout du lit.

Comme la nuit précédente, Bonne Maman veille sur moi.

58

OLIVIA

J'ai bien dormi et, en arrivant place Vendôme, je vois que Charlotte m'attend, seule. Elle a l'allure de quelqu'un qui se lève à 4 h 15, médite, fait de l'exercice, déjeune de graines de chia et de vinaigre de cidre, se rend au bureau à vélo, puis travaille debout sur un plateau de proprioception, avec du thé vert à portée de main.

Elle explique qu'Édouard ne se sent pas bien et suggère une balade. Nous quittons donc la place Vendôme, loin des touristes, pour nous diriger vers des ruelles plus étroites et plus sombres. Cette nouvelle atmosphère me paraît inquiétante. Nous reprenons notre conversation d'hier. Je me demande si Édouard est vraiment malade, ou s'il sait même que Charlotte est ici, et pourquoi elle a ressenti le besoin de venir seule. Y a-t-il quelque chose qu'elle veut me dire à son propos qu'elle n'a pas pu partager lorsqu'il était assis à nos côtés ?

– J'ai dit que je reviendrais avec plus de preuves pour étayer mes affirmations. Je ne peux pas vous les donner directement, mais je peux vous dire ce que je sais. Louis a traité de nombreuses personnes célèbres au fil des années.

Les dossiers de ses patients contiennent plus de secrets que vous ne pouvez l'imaginer. Cela a fait de lui une cible. Beaucoup de gens feraient n'importe quoi pour mettre la main sur ces informations.

Je me rappelle à quel point les affirmations d'Ingrid ont choqué lorsqu'elles ont été rendues publiques pour la première fois. Louis était la figure ultime de l'establishment. La France, contrairement à l'Amérique ou à la Grande-Bretagne, avait adopté une attitude plus détendue à l'égard des allégations #MeToo. Si l'on souhaitait faire un exemple, pourquoi lui et pourquoi maintenant ? Louis a toujours donné l'impression d'être une pièce d'échecs dans un jeu plus vaste.

– Du chantage, vous voulez dire ?

– Oui, dit Charlotte. C'est le plus grand risque. Tant de personnalités ont monté les marches jusqu'au cabinet du quai Voltaire, se sont allongées sur ce divan et ont déballé leurs problèmes. Ces dossiers sont une mine d'or. Si quelqu'un mettait la main dessus, de nombreuses personnes influentes seraient très inquiètes.

Avant qu'il ne prenne sa retraite, être soigné par Louis, c'était comme décrocher une audience avec le pape, ou avoir Beyoncé qui chante à votre cinquantième anniversaire. Les gens dépensaient beaucoup d'argent pour pouvoir dire qu'ils s'étaient rendus dans le célèbre cabinet parisien afin d'y être traités par le père de la psychothérapie lui-même. Peu de maîtres-chanteurs s'intéressent au complexe d'Œdipe des courtiers d'assurances qui vivent à Londres. En revanche, les stars du cinéma hollywoodien qui avouent avoir trompé leur célèbre partenaire, c'est une autre histoire. Nombre de ces patients sont devenus davantage connus après leur entretien avec Louis. La valeur de ces dossiers a augmenté en conséquence.

– Louis a toujours insisté pour que tous les dossiers des patients soient sur papier et que les notes soient rédigées à la main, dis-je, afin qu'ils ne puissent jamais être piratés. Le risque est donc minime.

– C'est vrai, répond Charlotte. Nous exigeons également que tous les smartphones, montres numériques et autres appareils soient placés dans une boîte sécurisée pendant les séances. C'est comme Fort Knox, du moins de mon côté.

– Alors, quel est le problème ?

– Au cours d'un contrôle de routine effectué il y a quelques mois, une société de sécurité a découvert plusieurs mouchards audio placés sur les lignes fixes du Quai Voltaire, celles qu'utilise Louis pour ses consultations avec d'anciens patients comme votre grand-mère. On ne sait pas depuis combien de temps ils sont là. Cela signifie que, dans les faits, les séances informelles de Louis ont pu être enregistrées.

– Y compris les séances de ma grand-mère ?

– Oui.

Je reste sans voix. C'est si simple, mais si dévastateur. Bien que Louis ait arrêté le travail quotidien en tant que thérapeute, il passe encore des coups de fil occasionnels avec des patients très connus qui ont besoin de son aide ou qui la souhaitent. L'idée qu'une personne puisse avoir des enregistrements de Bonne Maman parlant à Louis me rend malade.

– Pourquoi n'avez-vous pas cherché de mouchards avant ?

– Louis appartient à la génération analogique. Il déteste les téléphones portables et utilise toujours une ligne fixe. Nous pensions même que c'était plus sûr qu'un téléphone portable qui pouvait être piraté.

– Alors comment quelqu'un a-t-il pu installer des dispositifs d'écoute ?

– Ils ont dû pénétrer quai Voltaire, dit Charlotte. Nous avons passé en revue tous les commerçants, les peintres, les livreurs, tous ceux auxquels nous pouvions penser. Et nous croyons connaître le coupable. Je sais que vous pensez que je n'avais pas hier de preuves concrètes de mes théories. Mais Louis m'a autorisée à vous montrer ceci : c'est pourquoi nous craignons que des menaces pèsent sur lui et la famille de Villefort.

Elle sort son téléphone de sa poche et me présente l'écran. Il s'agit d'un cliché tiré d'une caméra de surveillance montrant un homme d'une quarantaine d'années chaussé de bottes Chelsea, arrivant quai Voltaire.

Je fixe la photo, mon cœur s'arrête de battre.

Je n'ai pas besoin de lui demander qui il est. J'ai déjà vu ce visage.

Je contemple les yeux de… Tom.

59

OLIVIA

Avant

C'est ma quatrième séance avec Tom. Mais quand on a avalé deux vodka-tonics et que la bande-son du pub est « Chansons d'amour des années 1980 », peut-on encore parler de « séance » ?

Il est tard et l'Unité de Mémoire est fermée pour la nuit. Nous allons prendre un verre dans un pub voisin. Oui, d'accord, c'est dangereux. Un de mes collègues pourrait entrer, nous voir ensemble et commencer à poser des questions. Mais le pub est bruyant et nous sommes cachés dans un coin. Notre conversation est étouffée par Tina Turner qui chante « What's Love Got to Do with It ».

Depuis mes folles années d'adolescente et ma thérapie avec Louis, j'ai toujours été la femme prudente qui fait ce qu'il faut, respecte les limitations de vitesse et ne reçoit jamais d'amende pour stationnement interdit. Mon secret me pesait tant que j'ai essayé de me rattraper. Aujourd'hui, il est temps de prendre à nouveau un petit risque. Je ne suis plus cette étudiante en difficulté qui écoute Avril Lavigne en espérant qu'un séjour à Paris résoudra ses problèmes. Je suis une maman, une professionnelle, et je n'ai plus besoin de jouer la sécurité à tout prix.

Tom et moi nous sommes rapprochés. Cela a commencé quand je lui ai parlé de Bonne Maman. Il n'arrive pas à se faire à l'idée que Joséphine Benoît est ma grand-mère. Il n'arrête pas de parler d'elle. Il s'avère qu'il est un peu féru d'art et qu'il passe ses week-ends à visiter les galeries de Londres. De fil en aiguille, je lui ai confié que j'écrivais un livre et que j'envisageais de l'intituler « La Guerre des souvenirs ». Je pensais que Tom collait à l'archétype de l'explorateur débraillé, mais je découvre maintenant une autre facette de lui.

Depuis, c'est différent. Non pas qu'il se soit passé quelque chose de physique. Seulement notre connexion est rare, du genre hypnotique, qui vous oblige à vérifier vos messages cinquante fois dans l'heure. Contrairement aux banquiers rencontrés sur Hinge, il ne m'a pas envoyé de message disant que le premier rendez-vous « avait du potentiel » mais « n'avait pas l'étincelle nécessaire » et qu'il « examinait activement d'autres candidates ». J'ai imprimé quelques chapitres du manuscrit de « La Guerre des souvenirs », comme il me l'a demandé. C'est la première fois que je le montre à quelqu'un. Je ne pensais pas me sentir aussi nerveuse.

Il prend les pages et promet de les lire quand il rentrera chez lui. Je déteste ce genre de choses. Je me sens très exposée. Je veux que ça lui plaise, mais j'ai l'impression de dévoiler une partie de moi-même, or j'ai peur d'être jugée. Cela me rappelle notre stage d'entreprise, lorsque nous avons fait une version du Meilleur Pâtissier et que l'une des infirmières nous a tous battus avec son impeccable gâteau au rhum, aux prunes et aux raisins secs. Mes fantaisies au fondant n'ont eu aucune chance.

Il me sourit.

– Je promets de le lire, mais faites-moi d'abord un résumé.

Je n'aime pas dire que je me suis entraînée, pourtant c'est le cas.

– Nos souvenirs sont comme nos fils Instagram. Nous choisissons les photos à publier, celles qui doivent être supprimées et les filtres à appliquer. Cela signifie aussi que nous pouvons parfois ressortir de la corbeille une photo pour la restaurer. C'est ce que j'essaie de faire avec le recouvrement de souvenirs.

– Cela semble effrayant.

– Pas vraiment. Vous le faites tout le temps. Mon souvenir de cette soirée, par exemple, sera l'odeur de votre après-rasage et le bleu de vos yeux. Je ne me souviendrai pas des quelques poils que votre rasoir a manqués ou de la tache de petit déjeuner sur votre chemise.

Tom jette un coup d'œil à sa chemise. Il a l'air embarrassé.

– Le muesli de la marque Repère, dit-il. C'est la céréale rock'n'roll de prédilection pour le petit déjeuner. Je pensais avoir suffisamment frotté. Ça augmente ma consommation de fibres, mais c'est un vrai cauchemar à nettoyer.

Je souris. Ça a marché, comme toujours.

– Et les faux souvenirs ? Comment peut-on pénétrer dans ma tête et y implanter quelque chose qui n'y est pas ?

– Ce n'est pas ainsi que ça fonctionne. On prend quelque chose qui existe déjà et on le modifie légèrement.

– Donc si je vous embrassais maintenant et que nous rentrions chez moi, vous oublieriez la tache de muesli, le rasage précipité, la bande-son du pub et vous vous souviendriez juste à quel point je vous ai plu ? C'est ce que vous essayez de me dire, docteur Finn ?

Je souris à nouveau. J'espérais qu'il dise à peu près ça. Je n'ai pas été subtile dans mes signaux ce soir, et il est bon de savoir que son radar n'est pas défaillant. Je suis également fatiguée de parler boulot. Tom n'est plus mon patient, du moins pas officiellement. J'en ai fait une condition pour prendre ce verre avec lui ce soir. C'était une façon de tester son intérêt pour moi.

Je ne peux pas être la docteur Finn et Liv. Il doit choisir l'une ou l'autre.

Heureusement, il a choisi Liv.

Je ne me suis pas sentie comme ça depuis des lustres. Je suis une thérapeute en train de tomber amoureuse d'un patient : je sais que je ne devrais pas, mais ça ne change rien. C'est la parfaite distraction du procès à venir. Je me sens tellement à l'aise avec cet homme. Louis a beau être la seule personne qui connaît mon secret, je pourrais imaginer le révéler à Tom un jour. Je n'ai jamais senti pouvoir le dire à Kyle. Il se serait moqué, m'aurait dit d'arrêter de faire la diva, n'aurait compris ni l'émotion, ni à quel point mes actes de ce jour-là m'ont façonnée à bien des égards.

Je ne peux pas trop m'avancer, mais je consulte des articles sur les familles recomposées en pensant déjà à la façon dont je le présenterai à TJ. C'est pour l'avenir. Maintenant, je veux vivre dans le présent. Bientôt, le procès commencera et la vie reprendra son cours.

Je veux profiter de cette soirée.

Ce n'est pas ma quatrième séance. C'est mon premier rendez-vous.

Et, alors qu'il se penche pour m'embrasser, j'espère que c'est le début d'une longue série.

60

OLIVIA

Aujourd'hui

Tom.

Je me souviens encore de ce premier baiser, de son goût sur mes lèvres. Je me souviens de l'odeur de son après-rasage, de la légère abrasion, là où il avait oublié quelques poils.

J'ai envie de vomir. J'essaie de masquer ma réaction, mais c'est difficile.

Tout ce qui s'est passé au cours de l'année écoulée défile dans mon esprit. Je revois Tom devant ma maison avec des fleurs, après mon témoignage au procès. Je l'entends chuchoter de l'autre côté du lit, je me souviens de l'empreinte de sa tête sur l'oreiller, des voyages qu'il faisait et dont il ne parlait jamais. Son comportement insaisissable générait des inquiétudes persistantes, l'envie de savoir si je découvrirais un jour ce qu'il me cachait et surtout le doute : un peu de mystère n'était-il pas bon pour une relation ?

J'ai confié à cet homme mon secret le plus inavouable. Me mentait-il depuis le début ?

Je rends son portable à Charlotte sans un mot. Mais mon cerveau est en ébullition.

Tom a placé des micros dans l'appartement de Louis de Villefort. Il est impliqué dans cette affaire. Il est arrivé à l'Unité de Mémoire en se faisant passer pour un patient. Il se servait de moi depuis le début.

J'ai été tellement bête de lui faire confiance.

– Nous pensons que cet homme a peut-être été engagé par l'équipe juridique d'Ingrid Fox, dit Charlotte, pour essayer de recueillir des informations douteuses, et d'influencer le procès. S'ils trouvaient des preuves susceptibles de discréditer Louis et ses méthodes thérapeutiques, Ingrid gagnerait et Louis serait détruit. Étant donné la nature du procès, l'obtention d'une preuve audio concrète aurait également pu changer la donne.

– Je vois, dis-je en essayant de garder le contrôle.

Je ne dis rien de plus. J'essaie toujours de digérer la vision de la photo. Tom m'a-t-il toujours menti ? M'a-t-il jamais vraiment aimée ? Est-ce pour cela qu'il m'a soudainement abandonnée, qu'il s'est volatilisé ? M'a-t-il une seule fois dit la vérité ? Tout cela n'était-il qu'un jeu de dupes pour le procès ?

N'étais-je qu'une pigeonne qu'il utilisait pour obtenir des informations ? Je lui ai montré les chapitres de mon livre. Je lui ai ouvert mon cœur.

Charlotte me regarde.

– Et vous êtes sûre de n'avoir jamais vu cet homme auparavant, Olivia ? Vous n'avez aucune idée de qui il peut être ?

Je pense à toutes les fois où il a dormi chez moi, à ce qu'il aurait pu faire pendant qu'il préparait le thé en bas : installer des mouchards sur mon téléphone, mon ordinateur portable et mon iPad. Aujourd'hui encore, il pourrait être en train de surveiller mes e-mails, mes déplacements.

Je pensais vraiment que Tom était différent. Comment ai-je pu me tromper à ce point ?

Je fais semblant d'étudier à nouveau la photo, puis je secoue la tête et repasse son portable à Charlotte.

– Non, désolée, ce visage ne me dit rien.

Je suis complètement ébranlée. J'avais des soupçons sur Tom depuis qu'il m'avait ghostée. Mais je n'avais pas imaginé une chose pareille.

Je ne sais pas quoi dire. C'est comme si tout mon monde s'écroulait.

– Édouard m'a chargée de vous prévenir que son père a accepté de vous voir ce soir. Il assiste à une représentation de *Madame Butterfly* à l'Opéra, me dit Charlotte.

– Est-ce sans danger ?

– Louis vous retrouvera à l'Opéra à vingt heures, pendant l'entracte, d'accord ?

J'acquiesce. Je suis encore sous le choc de cette photo de Tom.

– Louis a également insisté sur le fait que cette preuve, reprend-elle en indiquant son téléphone, ne peut être communiquée à personne. Il vous la montre parce qu'il vous fait confiance. Jusqu'à ce qu'on ait fini notre enquête, ça reste entre nous.

61

OLIVIA

Je me dépêche de retourner au Lutetia en essayant de rassembler mes idées.

Mais je suis encore en état de choc. J'entre dans le hall, je m'arrête à nouveau devant le tableau *Mémoire* et regarde droit dans les yeux la femme assise dans la chambre 11. Qui es-tu ? lui dis-je. Quels secrets me caches-tu encore ?

Comment un incident survenu il y a quatre-vingts ans peut-il encore causer tant de problèmes des décennies plus tard ?

Alors que je regagne ma chambre, je vois les convives d'un mariage sortir d'une entrée privée, près de la cage d'escalier de l'hôtel.

Je ne peux m'empêcher de penser à ces photos obsédantes des survivants des camps de concentration vêtus de leurs haillons et mangeant dans la magnifique salle de bal de l'hôtel. Depuis, j'essaie de la retrouver. L'hôtel a été rénové et les chambres ont changé, mais cette salle doit maintenant être louée par des particuliers. J'attends le départ des invités et je me faufile par l'entrée pour tenter de la localiser.

Je sais tout de suite que je suis au bon endroit. La salle de bal correspond presque exactement aux photos. Elle a conservé son décor d'origine. J'ai lu sur Internet qu'elle a sa propre entrée sur le boulevard Raspail et qu'elle dispose d'une salle de réception privée. Le long du mur de droite, cinq grandes fenêtres avec de magnifiques rideaux couleur champagne donnent sur les jardins de l'hôtel. Il y a des lustres en cristal Lalique, des chaises conçues par Jean-Michel Wilmotte et, malgré les traces de la récente réception de mariage, j'ai l'impression de passer de 2025 à 1945.

Ma grand-mère est à nouveau avec moi, toujours le crâne rasé et portant les haillons rayés d'Auschwitz. Elle marche dans cet espace qu'elle contemple avec moi et s'assied à l'une des tables avec sa petite ration de pain et d'eau. Autour d'elle, il y a d'autres survivants des camps, ces Français qui ont vu des horreurs destinées à rester à jamais gravées dans l'histoire. Bonne Maman s'arrête un instant de manger et lève les yeux comme si elle me voyait à travers le temps. Au même âge, je vivais avec ma grand-mère à Paris et j'essayais de recoller les morceaux de ma vie grâce à des séances de thérapie quotidiennes avec Louis quai Voltaire. J'étais une jeune femme brisée qui se demandait ce que l'avenir lui réservait et qui était désespérément amoureuse d'Édouard.

Je reste là, dans la salle de bal du Lutetia, fascinée par la rencontre du passé et du présent, jusqu'à ce que le charme soit rompu. Le bruit d'un aspirateur se fait entendre et le personnel de l'hôtel tente de me chasser, lorsqu'il devient évident que je ne suis pas une invitée du mariage. Je m'en vais et retourne dans l'escalier pour monter au premier étage. Je me demande encore une fois si les enfants de TJ regarderont ma vie passée et trouveront le monde de 2002 – les boys bands, Britney Spears dans *Crossroads*, le début d'*American Idol* – aussi étranger que le monde des rations de guerre me semble l'être.

Comment le temps peut-il passer aussi vite ?

Pourquoi ai-je l'impression que ma vie ne fait que commencer ?

J'arrive à la chambre 11 et constate que le lit a été refait et les serviettes remplacées. On ne m'a toujours pas dit que j'étais autorisée à quitter Paris. Je me sens piégée dans cet hôtel et pourtant, étrangement, je n'ai pas envie de partir. Le fait d'être ici me rapproche étrangement de Bonne Maman. Retourner dans ma maison mitoyenne de Redbridge, ce serait accepter qu'elle a disparu pour toujours et que je ne la reverrai plus. Être ici, c'est comme s'envelopper dans les vieux vêtements d'un être cher, sentir son odeur caractéristique, s'accrocher aussi longtemps que possible.

En milieu d'après-midi, je sais que TJ est sorti de l'école et je parviens à l'appeler en visio. Il a l'air perplexe de me voir sur un écran, mais en même temps un peu hyperactif. Il y a des chips juste à côté de lui et il grignote tout en parlant. Il déteste la saveur barbecue. En revanche, essayez de lui prendre des mains un paquet de chips au sel et au vinaigre, préparez-vous alors à la Troisième Guerre mondiale.

– Où tu es, maman ? dit-il en se tortillant sur sa chaise.

TJ n'a pas encore compris qu'il faut regarder la caméra lors des appels vidéo, et il regarde autour de lui comme pour trouver d'où vient ma voix. Dans le réfrigérateur ?

Non. Dans le placard à biscuits ? Non plus. Sous la table ? Peut-être.

– Je suis à Paris, mon grand, dis-je. C'est là que j'étais ces trois derniers jours. J'ai dû venir ici pour m'occuper de Bonne Maman.

Je me demande comment je vais lui dire qu'elle est morte. Pour lui, c'était une vieille femme qui lui ébouriffait les cheveux et lui donnait des bonbons, mais je ne sais pas s'il se rappelle grand-chose d'elle. La pandémie nous a empêchés de la voir fréquemment. Elle était juste la gentille vieille dame, telle la Reine, qui souriait à TJ sans faire partie de sa vie quotidienne.

– Tu rentres quand ?

– Bientôt, chéri, très bientôt. Je dois encore régler quelques affaires, puis je reviens très vite et tu pourras rentrer à la maison. Tout va bien chez papa ?

Il acquiesce et prend une nouvelle poignée de chips qu'il dirige vers sa bouche de manière pour le moins aléatoire. Une ou deux y entrent, mais la plupart s'éparpillent dans toutes les directions.

J'entends la voix d'une femme hors champ et je vois TJ regarder vers quelqu'un.

Puis il dit :

– Je dois y aller, maman.

Puis je vois le visage de la nouvelle petite amie qui prend mon fils dans ses bras et salue l'écran avant de mettre fin à l'appel. J'essaie de me rappeler si j'ai oublié quelque chose dans l'agenda de TJ ; j'ai l'impression d'être son assistante. Un verre au Ned, un dîner au River, une soirée au Groucho. Non, il a fait du théâtre le premier soir de mon absence et du karaté le deuxième soir. Mais aujourd'hui ? Il n'y a rien. Il aurait pu rester et me parler toute la soirée. Elle a mis fin à l'appel par pure méchanceté.

Je n'arrête pas de penser aux bras musclés de la nouvelle petite amie, au petit dauphin tatoué sur son poignet droit, à la facilité avec laquelle elle a soulevé TJ, lequel a à peine protesté.

C'est absurde, je sais, et mesquin, mais je sens la rage monter en moi.

Je ne veux pas me séparer de ces souvenirs de Bonne Maman. Mais bientôt, je vais devoir quitter cet hôtel et rentrer à la maison pour retrouver mon fils.

62

OLIVIA

Avant

Aujourd'hui, c'est le jour du procès. Et, une fois n'est pas coutume, je suis confrontée à des problèmes techniques.

TJ a attrapé la grippe et a fait des allers-retours à l'hôpital ces derniers jours. La date de mon témoignage a également été changée, ce qui signifie que j'ai été autorisée à comparaître devant le tribunal en visio au lieu de me rendre à Paris en personne. J'ai préparé une tasse de café fort, mangé la moitié d'un paquet de biscuits au chocolat et testé toutes les positions de caméra pour obtenir le meilleur éclairage possible. Maintenant, je suis assise devant mon écran, dans un élégant tailleur-pantalon, j'attends que le petit cercle de malheur s'arrête de tourner et que la connexion fonctionne.

Tout en patientant, je me demande si quelqu'un sait pour Tom et moi. Quelqu'un a-t-il découvert que nous avons couché ensemble chez lui ? Nous a-t-on vus nous embrasser dans le pub près de l'hôpital ? Pourrait-on me dénoncer pour avoir une liaison avec un patient ?

Il s'agit en fait d'un procès en diffamation et non d'un procès pénal, mais j'ai quand même l'impression de me jeter dans la gueule du loup. Comme toutes les affaires de diffamation à Paris, l'audience a lieu devant la dix-septième chambre, composée de trois magistrats.

Je ne veux pas perdre mon emploi. Je ne veux pas non plus perdre Tom. Il me rappelle Édouard de Villefort, un nom auquel je pense rarement ces jours-ci. Bien sûr, Tom est beaucoup plus gentil, empathique, moins mauvais garçon sniffeur de coke qu'Édouard ne l'était. Mais, encore une fois, il a grandi à Nether Wallop et avait deux dentistes pour parents, pas un père héros de guerre, fondateur de la clinique de psychothérapie la plus renommée de Paris.

L'attente semble interminable. Enfin, mon ordinateur se connecte et le personnel du tribunal m'explique ce qui va se passer ensuite. J'imagine la scène dans mon esprit : Louis habillé de façon impeccable, Ingrid Fox présente chaque jour, les journalistes assis dans la galerie du public. On me donne des instructions, on m'oblige à attendre un peu plus longtemps, puis on me téléporte en direct dans la salle d'audience. J'espère juste que mon français est assez bon et que je n'aurai pas à googler un jargon juridique obscur. C'est vraiment étrange de faire ça à distance, mais je pense à la fièvre de TJ hier que je suis peut-être en train d'attraper, et je remercie ma bonne étoile pour l'invention d'Internet.

– Docteur Finn, commence l'avocate dans un français rapide, vous connaissez l'accusé depuis toujours, n'est-ce pas ?

– Oui, dis-je en essayant de prendre une voix grave pour paraître plus convaincante. Monsieur de Villefort est un ami de ma grand-mère du côté de ma mère.

– Et vous avez été sa patiente, n'est-ce pas ?

– J'ai été patiente à sa clinique quai Voltaire lorsque j'étais adolescente et que j'étudiais à la Sorbonne.

– Quel âge aviez-vous lorsque vous avez commencé votre traitement avec l'accusé ?

– Dix-huit ans.

– Comment décririez-vous Monsieur de Villefort en tant que thérapeute ?

– Il était le meilleur. Il savait quand poser des questions et quand écouter. Il était toujours empathique et bienveillant, mais ferme dans sa volonté d'aider ses patients à mener une vie plus heureuse, plutôt que de se perdre dans le passé.

– A-t-il tenté d'exercer une emprise ou de vous abuser psychologiquement ?

– Non, pas du tout. Bien au contraire.

– Comment vous sentiez-vous pendant ces séances ? Vous, adolescente, en tête à tête avec un homme assez vieux pour être votre grand-père ?

– Je me sentais tout à fait à l'aise. C'est Louis qui m'a aidée à comprendre ce que ma mère avait fait, pourquoi son suicide n'était pas un acte d'abandon et qu'elle m'aimait vraiment. Sans cette thérapie, je ne suis pas sûre que je serais là aujourd'hui.

Je fais une pause et bois une gorgée d'eau. J'ai aussi envie d'un autre biscuit au chocolat. C'est encore plus stressant que je ne le pensais.

L'avocate attend, regarde ses notes, puis demande :

– Docteur Finn, pensez-vous qu'il est possible pour les patients de retrouver des souvenirs de traumatismes survenus dans leur passé ?

C'est la partie la plus délicate. Je dois leur expliquer qu'il est possible de retrouver des souvenirs traumatiques, et que Louis a réussi à faire remonter à la surface de terribles vérités sur le passé d'Ingrid et sur ce que son père adoptif lui a fait subir. Et que maintenant, c'est lui qui est pénalisé.

– La mémoire est une chose très délicate, dis-je. Mais, dans certaines circonstances, la récupération de souvenirs peut être un moyen utile d'aider les patients à faire face à la source originelle de leur traumatisme. Ce n'est pas recommandé pour tous les patients, c'est au psychothérapeute de l'utiliser lorsque c'est nécessaire.

– C'est ce qui vous est arrivé pendant la thérapie ?

– Oui.

– Au cours de votre thérapie de recouvrement de souvenirs, Monsieur de Villefort a-t-il essayé de vous influencer ou de vous dire de couper les ponts avec votre famille ? Vous a-t-il fait des suggestions sur les souvenirs que vous recherchiez, ou bien sur ce qui était vrai ou non ?

– Au contraire, il m'a toujours dit que la relation avec ma grand-mère était l'une des plus grandes forces de ma vie. Il m'a encouragée à chercher de l'aide auprès d'elle lorsque j'en avais besoin. La thérapie par recouvrement de souvenirs fait souvent appel à l'hypnose et à d'autres techniques qui rendent le patient vulnérable, je le reconnais. Mais je ne me souviens pas que Monsieur de Villefort ait jamais essayé de m'influencer, non.

– Avez-vous entendu parler d'autres cas où Monsieur de Villefort a été accusé d'avoir abusé de son pouvoir en tant que thérapeute ?

– Pas que je me souvienne, non.

– Quand vous voyez un patient, comment pouvez-vous dire si un souvenir retrouvé est vrai ou faux ?

– C'est une question de confiance. Souvent, mes patients ont refoulé des souvenirs traumatisants. Ils ont développé des mécanismes d'adaptation au lieu de faire face au traumatisme. Au fil des années, ces mécanismes d'adaptation ressemblent de plus en plus à des chaînes. En retrouvant le souvenir au cœur de ce traumatisme, je les aide à réaliser qu'ils n'ont plus besoin de ces mécanismes d'adaptation. Ils n'ont plus besoin d'être effrayés par ce souvenir, ni de le refouler ou de le masquer par des drogues, de l'alcool ou de la nourriture. Cela prend du temps, mais mes patients parviennent souvent à guérir de leur dépendance grâce à la thérapie de la mémoire retrouvée.

– L'évaluation de la véracité d'un souvenir retrouvé est donc entièrement du ressort du thérapeute lui-même ?

Je sens le piège.

– Au début, oui. Cependant, une fois que l'on sort du cabinet, ce souvenir retrouvé doit être étayé par d'autres formes de preuves, en particulier si des allégations sont formulées et que des poursuites quelconques sont engagées. Dans ce cas particulier, la mémoire retrouvée en question désignait le père adoptif de Mademoiselle Fox comme auteur de l'abus. Incapable de supporter ce fait, Mademoiselle Fox semble maintenant rejeter la responsabilité des actes de son père adoptif sur Monsieur de Villefort lui-même.

Encore quelques questions, et, en un rien de temps, c'est déjà fini. Le lien en direct s'arrête, et je parle à nouveau à l'un des employés du tribunal. Je ne peux toujours pas voir la salle d'audience, mais j'imagine Louis assis là, le regard triste, défendant sa réputation et l'œuvre de sa vie. Il s'est battu avec la Résistance pour sauver Paris, il a aidé des milliers d'habitants de la ville à faire face aux traumatismes de leur passé, et il n'a jamais refusé de soigner des patients vulnérables malgré les risques encourus. Les vrais prédateurs – et ils sont nombreux – s'en tirent à bon compte, tandis que la vindicte populaire s'en prend à un vieil homme, autrefois un héros.

J'éteins mon ordinateur, je me prépare une autre tasse de café et mange les derniers biscuits au chocolat. Je ressens de la tristesse, de la colère et de la frustration. Tout cela me semble tellement injuste. Puis je vois un texto de Tom qui me demande comment ça s'est passé et me dit qu'il y a une surprise à la porte d'entrée. D'habitude, je déteste les surprises.

Cependant je ne peux m'empêcher de sourire en ouvrant la porte. Il est là, debout, avec un bouquet de roses rouges.

– Excuse l'excès de ce geste romantique, dit-il. Mais il s'avère qu'en fait, je suis un grand romantique. Qui l'eût cru ?

Je ne me suis pas encore laissée aller à penser cela. Pourtant il se pourrait que j'aime cet homme. Même cette pensée me semble dangereuse. Mais qu'est-ce que la vie sans un peu de danger ?

Je libère le passage pour qu'il entre.

Je comprends alors que j'aimerais qu'il ne reparte plus jamais.

63

OLIVIA

Aujourd'hui

Malgré tous mes voyages à Paris enfant, je ne suis jamais allée à l'Opéra. Le palais Garnier fait partie de cette ville au même titre que le Louvre ou Notre-Dame.

Bonne Maman était plutôt recluse et n'aimait pas sortir au spectacle. Maman ne s'intéressait pas à l'opéra, trouvait que les billets étaient trop chers et que les boissons à l'entracte étaient un racket mercantile montrant les contradictions sauvages du capitalisme tardif.

Nous rendions régulièrement visite à ma grand-mère, mais nous finissions toujours dans les cafés poussiéreux et les librairies que maman aimait, et non dans les lieux touristiques parés d'or. Et de l'or, l'Opéra n'en manque pas, je le sais sans y avoir jamais mis les pieds.

J'ai toujours été attirée par l'idée de déguster un verre de champagne et quelques mignardises hors de prix en regardant des adultes beaucoup trop maquillés chanter l'amour et la mort. Mais l'opéra, comme le ski, semblait être de l'ordre de la tradition familiale. Notre famille n'y allait pas.

Je n'ai rien pris d'élégant avec moi, alors j'enfile la seule robe que j'aie emportée et j'arrive juste au moment de l'entracte. Édouard m'attend sur la place de l'Opéra. Il a repris son rôle d'héritier dans un costume impeccable et des chaussures bien cirées. Il me paraît en pleine forme, et je parierais que la soi-disant maladie de tout à l'heure n'était qu'un prétexte. Je ne lui fais pas du tout confiance, mais j'ai aussi envie de voir Louis, et Édouard joue maintenant les gardiens de son père.

Il m'embrasse sur les deux joues, puis regarde la robe.

– Tu es magnifique, Liv, dit-il, si j'ai encore le droit de dire ça.

– Je le permets pour cette fois. Tu n'es pas mal non plus.

– On y va ?

Lorsque nous arrivons devant le bâtiment, un coup d'œil d'Édouard et les préposés me font signe d'entrer. Je me demande s'il y a un seul lieu à Paris auquel le nom de la famille de Villefort ne donne pas accès. Pas étonnant que Louis ait tant de patients célèbres, et que certains veuillent le faire tomber.

Alors que nous entrons, j'éprouve le même sentiment que lorsque je me trouvais dans la salle de bal cet après-midi. Pénétrer dans le palais Garnier, c'est comme s'engager dans un labyrinthe souterrain. J'imagine déjà le Fantôme de l'Opéra hanter les lieux, avec ce mélange de styles palladien et baroque et cet imposant écrin de marbre.

– Mon père est un donateur important, dit Édouard, comme si les rencontres père-fils avaient toujours lieu à l'Opéra. Ce soir, il est dans la loge de l'Impératrice, qui est de loin la meilleure place. Par ici.

Je reste fascinée par le grand escalier. Les marches en marbre blanc sont encadrées par une balustrade en marbre rouge et vert. Le plafond est richement orné et la lumière provient des torchères en forme de femmes, placées sur les piédestaux de chaque côté. Nous atteignons un autre étage et Édouard s'approche de l'une des portes.

Lentement, la majesté de l'Opéra lui-même se révèle autour de moi. La première sensation est visuelle. Je n'ai jamais vu autant de rouge et d'or. Le plafond de Chagall est tellement coloré que l'éblouissement en est presque comique, à la limite du kitsch. Tout est excessif, mais aussi approprié. Il est difficile de croire qu'à l'extérieur, la vie ordinaire se poursuit. C'est comme entrer dans un château de Disney, sauf que chaque centimètre carré est réel.

Je suis nerveuse. Depuis que Louis a pris sa retraite, je ne l'ai pas beaucoup vu. Nous nous parlons très occasionnellement au téléphone. Cependant cet homme en sait plus sur moi que quiconque, jusqu'aux secrets qui ont façonné ma vie, et il est sans doute ce qui se rapproche le plus d'un père pour moi.

Bonne Maman n'étant plus là, il est le dernier roc dans un monde incertain. Il me manque. J'espère que je lui manque aussi.

– Papa, dit Édouard, en s'approchant du fauteuil à l'avant de la loge et en se penchant pour chuchoter. Olivia est là.

64

OLIVIA

Je m'approche, distingue des touffes de cheveux blancs familières et une canne. La voix me parvient avant que je ne voie son visage. Sa précision n'a pas changé depuis mes visites, enfant, au Quai Voltaire avec Bonne Maman. La voix est profonde et réconfortante, comme si on l'avait laissée mûrir.

– Pardonne-moi, très chère Olivia, dit la voix, mais mes jambes ne sont plus ce qu'elles étaient. Je t'en prie, assieds-toi à côté de moi. Il me semble que cela fait si longtemps que je ne t'ai vue. Quel dommage que nous nous revoyions dans des circonstances si malheureuses… J'aurais aimé te voir plus tôt mais, hélas, ma santé ne me l'a pas permis. C'est la première fois que mon équipe médicale me laisse sortir de la maison depuis des jours.

J'atteins le fauteuil et, en m'asseyant, je constate à quel point Louis a vieilli depuis notre dernière rencontre. Après le procès, il s'est entièrement retranché derrière les murs de son somptueux appartement. J'ai cru qu'il était complètement brisé. Cependant il a toujours une étincelle dans le regard et un sourire malgré sa peau ridée.

Ses cheveux blancs mi-longs, clairsemés, sont coiffés vers l'arrière dans une belle vague qui se termine derrière chaque oreille. Il est élégamment vêtu, comme toujours : une veste en velours agrémentée d'un carré de soie dans la poche, des mocassins également en velours, puis une chemise et un pantalon apparemment sur mesure, dont chaque pli épouse exactement la forme de son corps. Il est assez riche pour avoir une armée de soignants, mais je me demande s'ils choisissent chaque jour ses vêtements. Outre l'impression générale de vieillesse, Louis semble avoir été conservé dans de la gelée. Peut-être qu'une fois qu'on a été résistant, tout le reste paraît dérisoire. Ou alors, c'est grâce à tous ses bains de lait.

Édouard est assis à la gauche de son père. J'ai pris place à droite. Louis garde les mains posées sur le haut de sa canne, aussi élégante que son propriétaire, avec un fût en hêtre et, à son sommet, une poignée Derby, dans un mélange marbré d'or, de beige et de gris tourterelle. C'est la même canne qu'il utilise depuis que je le connais. Elle était posée, avec son chapeau et son manteau, sur un support spécial dans le cabinet. Quoi qu'on lui reproche, Louis a toujours été le psychothérapeute le mieux habillé de la ville.

– Alors, très chère Olivia, dit-il.

Il a l'air triste, hanté par ce qui s'est passé ces derniers jours. Sa voix tremble et s'étrangle légèrement.

– Ta grand-mère nous a été enlevée. Charlotte Fouquet t'a mise au courant de ce qui s'est passé en coulisses. Je crois que c'est la première fois que je te vois depuis que tu as si gentiment témoigné au procès.

– Oui, cela semble tellement loin déjà.

– Tu as risqué ta propre réputation pour m'aider, et je t'en serai éternellement reconnaissant.

– Ce n'était rien, dis-je, comparé à ce que vous avez fait pour moi.

Louis secoue la tête, tel un lion ébouriffant sa crinière.

– Je pense que j'étais probablement le seul véritable ami de ta grand-mère. Et, d'une certaine manière, elle était la mienne. Pas des connaissances, tu comprends, ni des collègues. De l'amitié au sens propre du terme, quand l'autre peut voir dans ton âme. Elle a toujours été très discrète. Toutefois si quelqu'un peut prétendre l'avoir percée à jour, c'est peut-être moi. Tu as reçu ma lettre à l'hôtel ?

– Oui. Merci. Elle était magnifique.

– J'espérais que le procès mettrait fin aux persécutions dont je faisais l'objet. Mais, hélas, il semble que ce ne soit que le début. J'étais dans la Résistance quand la plupart des gens collaboraient, et j'ai passé ma vie à retrouver les souvenirs de secrets que la majorité voulaient cacher. Mes ennemis ont essayé de ruiner le nom de Villefort pendant des années. Aujourd'hui, ils semblent enfin réussir. J'espère seulement qu'ils continueront à se concentrer sur moi. Ta grand-mère ne méritait pas tout cela.

La culpabilité et le chagrin dans ses yeux me brisent le cœur. Je touche doucement son épaule.

– Rien de tout cela n'est de votre faute. Nous ne savons pas pourquoi Bonne Maman a été prise pour cible. La police enquête toujours.

– Charlotte t'a-t-elle parlé de la mise sur écoute de mes téléphones avant le procès et de l'homme que nous pensons être à l'origine de cette affaire ?

J'essaie de ne rien laisser paraître.

– Oui.

– Une affaire terrible. J'ai traité des milliers, voire des dizaines de milliers de patients au fil des années, et je me suis toujours juré que ce qu'ils me disaient était sacré. Si les patients ne vous font pas confiance en tant que thérapeute, rien de vrai ne peut émerger. Que cette confiance soit violée, même si je suis à la retraite depuis longtemps… c'est la plus grande trahison possible.

Je revois la photo de Tom, et la certitude terrible que j'ai succombé à ses mensonges. Je suis en partie responsable. J'aurais dû voir clair dans son jeu et alerter Louis. Je voulais croire que, cette fois, l'amour était réel. Si seulement j'avais écouté mes doutes… Il était vraiment trop beau pour être vrai.

Je lui demande :

– Qui est derrière tout ça, à votre avis ? Pour qui l'homme sur la photo pourrait-il travailler ?

– Je ne sais pas. Probablement les mêmes personnes qui ont persuadé Ingrid Fox d'aller voir la police et d'inventer ces mensonges sur mes techniques de thérapie. Son père adoptif, par exemple. Quand on a mon âge, chère Olivia, on a plus d'ennemis que d'amis. Cela pourrait être n'importe lequel d'entre eux.

Louis jette un coup d'œil à Édouard. Puis vers moi. Pour la première fois, je lis une vraie peur dans ses yeux. Il a l'air si suave, élégant, dominant les soucis du monde. Mais pas aujourd'hui.

– Que faisons-nous maintenant ?

J'essaie de rester calme. Sans cet homme, j'aurais fini dans une ruelle quelque part, brisée par la mort de maman. Je ne fais peut-être pas confiance à Édouard, mais je crois en Louis. Tout comme Bonne Maman. Je dois croire que nous pouvons nous en sortir.

Il me regarde tendrement.

– Ma chère Olivia, nous faisons ce que j'ai fait toute ma vie. Nous devons essayer de découvrir la vérité.

65

OLIVIA

Je suis à Paris depuis trois jours, mais c'est la première fois que je retrouve la ville de mon enfance. L'Opéra regorge de gens en smokings et en robes éblouissantes. La première partie de *Madame Butterfly* est finie. Après un quart d'heure empli de vin, de nourriture et de conversations, tous les spectateurs reviendront, et mon moment avec Louis sera terminé. Je peux presque imaginer le Fantôme de l'Opéra dans sa loge, nous hantant tous de sa présence.

– Ta grand-mère cachait toujours quelque chose, dit-il. C'est pourquoi elle est devenue si recluse. En tant que thérapeute et ami, j'ai échoué dans mes soins. J'ai traité les symptômes, mais je ne me suis jamais approché de la cause profonde.

Louis a l'air triste et j'ai envie de lui dire qu'il a fait tout ce qu'il a pu. Je pense à la façon dont ma grand-mère me prenait dans ses bras, m'embrassait et me serrait contre elle, à l'intensité de son parfum et à la douceur de sa peau. Pour moi, elle a toujours été Bonne Maman. Je l'aimais à la folie. Ma frustration était surtout dirigée vers maman, ce qui n'était pas juste mais sans doute inévitable de la part d'une adolescente obligée de surveiller un parent qui a des problèmes d'addiction.

De mon côté, TJ n'aura pas de grands-parents pour le gâter. Il aura les parents de Kyle, en revanche, et cette pensée ne me réjouit pas. Ils lui achèteront des Rolex, l'habilleront en Gucci, l'emmèneront en vacances rencontrer des femmes trop maquillées et pas assez habillées, façon *Love Island.* Et je redoute par-dessus tout qu'il se transforme en Kyle 2.0.

– Bonne Maman vous a-t-elle déjà parlé de ce qui s'est passé pendant la guerre ?

Louis donne un coup de canne sur le sol, comme s'il faisait ressurgir un souvenir.

– Il faut que tu comprennes, chère Olivia, que l'Occupation est un traumatisme que Paris et la France n'ont jamais vraiment assumé. Tout le monde préfère oublier ce qui s'est passé. Je savais des choses, mais pas tout.

– Tout le monde sait que vous étiez dans la Résistance, dis-je. Cela ne vous agace pas que certains préfèrent l'oublier quand ça les arrange ?

– Ne me flatte pas, ma chère, dit-il, comme s'il s'agissait du sujet le plus ennuyeux que l'on puisse imaginer. J'ai fait ce que j'ai pu, c'est-à-dire pas grand-chose. Je peux difficilement juger les autres, alors qu'on a fait si grand cas de mes humbles réalisations. J'étais un adolescent animé par la bravoure de la jeunesse.

– Je suis sûre que c'est de la modestie.

Louis m'adresse un sourire malicieux.

– Comme Édouard te le dira, il y a une première fois pour tout.

– Je ne comprends toujours pas pourquoi vos ennemis s'en seraient pris à Bonne Maman. A-t-elle parlé de ses inquiétudes concernant le Lutetia et le fait d'être Sophie Leclerc lors de ses séances de thérapie ? Est-ce que la personne qui a posé les mouchards aurait pu la tuer à cause de cela ?

Louis redevient sérieux.

– Je n'en sais rien. Ces dernières années, les problèmes de mémoire de ta grand-mère se sont aggravés. Elle était hantée par la culpabilité. J'ai essayé l'hypnose et d'autres techniques pour l'aider, mais ses symptômes de démence augmentaient, c'était sans espoir. Nous parlions surtout par téléphone et il était clair que son esprit s'en allait.

– Pensez-vous que Bonne Maman aurait pu voler l'identité de quelqu'un d'autre pour survivre ?

Louis me lance un regard fulgurant.

– Dans son esprit, elle fuyait le traumatisme de son propre passé. Peut-être, à la lumière des événements d'aujourd'hui, s'assurait-elle en fait que la vérité ne puisse jamais la rattraper. Joséphine Benoît aurait-elle pu être un masque derrière lequel se cachait ta grand-mère, recluse dans son appartement ? Oui, psychologiquement parlant, c'est possible. Mais cela reste un mystère pour moi.

Je réalise que je n'ai toujours pas posé la question la plus importante. Je vois que Louis se fatigue. Bientôt, Édouard interviendra et j'aurai raté ma chance. La foule de l'Opéra reviendra, les lumières de la salle s'éteindront et je n'aurai jamais l'occasion de le lui demander.

– Une dernière question, dis-je. Ensuite, je vous promets que nous vous laisserons vous reposer.

Louis acquiesce, habitué à sa propre fragilité.

– Je répondrai du mieux que je pourrai.

– Vous étiez au Lutetia pour soigner les survivants. J'ai l'impression que vous savez quelque chose sur Bonne Maman et sur ce qu'elle a fait dans cet hôtel, mais que vous ne voulez pas me le dire. Que vous la protégez toujours, même dans la mort.

Une autre petite lueur apparaît dans les yeux de Louis. Il a l'air si triste.

– Ma chère, tu sais mieux que quiconque que l'accord entre un thérapeute et un patient ne peut être rompu, tout comme entre un client et son avocat. Je suis sûr qu'il y a beaucoup de choses que ta grand-mère m'a dites en confidence et qu'il n'est pas approprié de te dire en tant que petite-fille. De même qu'il y a des choses dans notre vie à chacun qui disparaissent dans les limbes du temps, c'est ainsi. Est-ce que je sais des choses sur ta grand-mère que tu ne sais pas ? Bien sûr. Mais, je t'assure, rien qui ne concerne cette affaire. Elle mérite sa dignité dans la mort, comme nous tous. Tu dois me faire confiance sur ce point.

Je ne cache pas ma déception. Je sais que je n'aurais pas dû poser la question, seulement j'ai désespérément envie de savoir. Il a raison. C'est la chose la plus importante qu'il m'ait apprise lorsque je suivais une formation de psychothérapeute. Il faut toujours respecter le patient. C'est ce qui a rendu les fausses accusations et le procès si douloureux. L'ère moderne est celle du partage à outrance. Tout ce que nous faisons est mis en ligne pour que le monde entier puisse le voir. Rien n'est réel s'il n'est pas documenté sur Instagram. J'admire le sens de la dignité de Louis.

– Ta grand-mère a subi un traumatisme terrible à un âge précoce, dit-il. Elle a quand même réussi à t'aimer comme sa petite-fille et à être une bonne amie pour moi. Parfois, mais pas toujours, elle a trouvé le moyen de danser malgré la tempête présente dans son esprit. Quelle que soit la vérité sur la façon dont elle est morte, souvenons-nous d'elle ainsi. C'est ce qu'elle aurait voulu.

Je me sens maintenant embarrassée par ma question. En tant que thérapeute, j'aurais dû le savoir : Louis ne trahirait jamais volontairement les secrets de ses patients. Il aimait trop Bonne Maman pour jaser sur ses faiblesses ou sur ce qu'elle avait fait pendant la guerre, changeant ma vision d'elle. Il veut préserver mes souvenirs.

La deuxième partie de la représentation est sur le point de commencer. Les gens retournent à leur place. Louis se penche vers moi avec une dernière pensée.

– Il y a un endroit à Paris qui pourrait peut-être nous éclairer sur le passé de ta grand-mère, dit-il. Il est tard, mais si vous mentionnez mon nom, on vous laissera peut-être entrer. Les registres de l'État sont une chose, les dossiers originaux en sont une autre.

– Quel endroit ?

– L'ultime lieu de mémoire, me dit-il. Le Mémorial de la Shoah.

66

OLIVIA

Avant

Tom et moi sommes-nous à présent un couple « officiel » sur Instagram ? Pas tout à fait. Cela vendrait la mèche. Je serais suspendue pour avoir eu une relation amoureuse avec un patient et peut-être même radiée. Ils examineraient tous mes e-mails et mes textos, et les pires éléments seraient révélés lors de l'audit. Il y aurait une horrible photo de moi à la une avec un gros titre sur une thérapeute obsédée par le sexe qui poursuit un patient ; la honte me forcerait à déménager dans les Hébrides et à me lancer dans l'agriculture.

Alors, pour l'instant, notre romance reste secrète. Mais nous sommes un couple. Nous n'avons pas encore échangé de « je t'aime », car nous avons la trentaine, voire la quarantaine, nous ne sommes pas des ados qui se tiennent la main au fond de la classe. Et après mon témoignage au procès de Louis, cela vaut mieux. Mon nom est désormais une propriété publique. C'est bon pour la publicité du livre, mais mauvais pour mon travail à l'Unité de Mémoire. L'avance pour *La Guerre des souvenirs* est arrivée et nous planifions un voyage à Paris. Tom veut descendre au Grand, près de l'Opéra, et un petit coup d'œil en ligne révèle un décor somptueux et un charme parisien à l'ancienne.

Pourtant, sortir avec lui reste étrange. Je ne peux pas oublier qu'il a été mon patient et que j'en sais plus sur ce qui lui passe par la tête que si nous étions un couple lambda, ensemble depuis quelques mois. Il habite chez moi quand TJ est avec Kyle, mais nous n'avons pas encore parlé de vivre sous le même toit. Nous voulons profiter de ce que nous avons et ne pas brusquer les choses. Nous sortons tous les deux de mariages qui se sont mal terminés et savons qu'il n'y a que dans les contes de fées que les héros sont heureux pour toujours. Pourquoi se précipiter ?

Ce soir, nous nous retrouvons dans un bar près du London Bridge. Il est toujours aussi soigné, et aussi insaisissable. Il sirote une bière tandis que je me contente d'un gin-tonic. Il ne boit jamais à l'excès, mettant un point d'honneur à garder le contrôle. Il a été souvent absent ces derniers temps. Il ne dit pas grand-chose sur son travail - impossible de se départir de sa méfiance - mais je sais qu'il travaille sous contrat avec un de ses copains des Marines, et son style de vie de jet-setter semble plus exotique que celui de psychothérapeute plan-plan. Je suis assise dans le même bureau tous les jours, écoutant les problèmes des autres. Lui aide les gens à éviter les balles et les bombes dans des régions dangereuses.

J'essaie de lui soutirer quelques informations en dégustant l'entrée, mais il se contente comme d'habitude de marmonner dans sa soupe des histoires d'événements d'entreprise et de gestion de foules, en les rendant bien plus ennuyeuses qu'elles ne le sont sans doute. Il est toujours très ordonné, formé par les militaires, et ne fait jamais tout un plat de quoi que ce soit, ce qui est aussi le propre des Marines. Même la façon dont il tapote sa serviette sur ses lèvres, redresse son col et ajuste le couvert avec une précision millimétrée m'apaise. Je pourrais partir tranquille au combat avec cet homme : il aurait préparé suffisamment de rations et de munitions, sans omettre d'anticiper des conditions météorologiques optimales.

Lorsque arrive le plat principal, il tourne les projecteurs vers moi. J'ai toujours voulu être avec un homme qui écoute. L'idée que Kyle se faisait d'une conversation était un monologue sur la façon dont il était sous-estimé, par moi et la société en général. Au moins, Tom n'est pas comme ces gars qui me montrent des PowerPoint sur la troisième phase de financement ou qui lisent à haute voix leurs dernières évaluations de performance. Il écoute mes réponses et pose des questions complémentaires.

– Dis-moi honnêtement, dit-il. Qu'est-ce que cela t'a fait de témoigner lors du procès ? J'ai des amis qui ont fait ce genre de choses dans des tribunaux militaires et même les plus machos finissaient par avoir le trac. Tu étais nerveuse ?

– Non. C'est comme si on demandait à un garde du corps s'il est nerveux lorsqu'il protège une star de la chanson. Mon métier consiste à parler de la mémoire et de l'esprit des gens.

– Quelle part de ce que tu as dit était personnelle et quelle part était professionnelle ?

La question m'agace.

– Je fonde toujours mon opinion sur des faits. Il n'y a rien de personnel là-dedans. Je suis psychologue, je ne lis pas dans les boules de cristal.

– Il y a bien quelque chose de personnel, pourtant, dit-il. Je veux dire que tu as été un jour dans la position d'Ingrid Fox. Elle était assise sur le même canapé que toi. Vous avez été traitées par le même psychothérapeute. Il doit y avoir quelque chose de personnel là-dedans. Vous avez suivi une thérapie avec le même homme, à la même époque dans les années 2000. Tu as littéralement vécu la même expérience qu'elle quai Voltaire.

– Mon témoignage et mon livre sont basés sur les dernières découvertes scientifiques. La psychothérapie, ce n'est pas seulement des sentiments et des émotions, tu sais. Mon travail consiste à comprendre comment l'esprit fonctionne ou ne fonctionne pas, et à essayer de l'améliorer.

– Penses-tu que Louis de Villefort va gagner le procès ?

– Je ne sais pas. Je n'étais pas sûre que Louis la poursuive pour diffamation. Mais il est têtu et veut que son innocence soit rendue publique. Je ne lui en veux pas. Je voudrais la même chose. C'est compliqué.

Nous finissons de manger. Les assiettes sont débarrassées et nous demandons la carte des desserts. La partie du procès concernant Louis est terminée et Ingrid doit maintenant témoigner.

Enfin, il dit :

– Tout n'est pas forcément compliqué, tu sais. Je ne suis plus ton patient. Tu n'es pas ma thérapeute. Il n'y a pas de règles contre nous maintenant, en tant que… partenaires.

Nous n'avons pas à nous cacher, comme si notre relation était un secret. Je veux que tu saches que tu peux te confier à moi, Liv. Tu peux compter sur moi. J'aimerais que nous puissions tout nous dire.

L'inquiétude concernant ses véritables intentions s'estompe maintenant. Je préfère ça. Le mot « partenaires » flotte dans l'air et aucun de nous ne sait quoi en faire, mais nous savons aussi que nous n'avons rien à faire du tout. C'est à ce moment-là que je sais qu'il s'agit d'une vraie histoire. Nous nous faisons suffisamment confiance pour ne pas avoir besoin d'un plan détaillé afin de savoir où nous allons. Nous pouvons avancer pas à pas, en tâtonnant ensemble dans l'obscurité.

Le dessert arrive et nous le partageons avec deux cuillères, assis en silence. Nous n'avons pas besoin de parler. J'aimerais que tous les soirs soient comme ça. J'ai déjà oublié ses voyages, ce qu'est exactement son travail et pourquoi il ne m'en dit pas plus. Ce silence entretient le mystère dans notre relation : il est insaisissable, je n'arrive pas à le cerner. Plus jeune, j'aurais détesté cela. J'avais besoin de tout savoir. Mais je suis plus mûre maintenant. Je comprends que les gens soient réservés et ne veuillent pas se rendre vulnérables en disant tout à quelqu'un. Et c'est très bien ainsi, même si, parfois, je reste éveillée en me demandant ce qu'il peut bien me cacher.

Je l'ai, il m'a, et c'est ce qui compte. Je suis en train de me demander si je veux lui confier mon secret, traverser ce dernier pont avec lui, quand mon téléphone s'allume et que je vois l'alerte sur l'écran. Soudain toutes mes pensées sur ce qui s'est passé précédemment s'évanouissent.

– Qu'y a-t-il ? dit Tom, voyant ma réaction. Liv ?

J'essaie de garder une voix stable. Mais je sens déjà mon estomac qui se tord.

– Ingrid Fox, dis-je. La police a trouvé un corps.

67

RENÉ

Aujourd'hui

René poursuit sa planque près de la place de l'Opéra, proche des touristes qui prennent des selfies dans leurs vêtements de vacances informes. Olivia Finn et Édouard de Villefort sont arrivés au palais Garnier mais ils ne sont pas habillés pour assister à un opéra. C'est un rendez-vous, René en est sûr, probablement avec Louis. Olivia a passé la majeure partie de la journée enfermée dans la chambre 11 du Lutetia. L'Opéra est un choix judicieux, et Louis aura sans doute une des plus belles loges.

René vérifie s'il n'y a pas de nouveaux messages. Son client ne le contacte que par le biais d'applications cryptées ou d'appels vocaux masqués. Rien ne permet de remonter jusqu'à lui. Tout ce qu'on lui a dit, c'est de suivre Olivia Finn. Il ne sait pas pourquoi, ni pour combien de temps, cependant il facture à l'heure et il est heureux d'accepter le travail.

Être assis dans la voiture avec la radio et un Big Mac, c'est à peu près ce que ses nuits ont de mieux à offrir. Il consulte l'application MyFitness sur son téléphone. C'est ennuyeux, mais nécessaire. S'il ne fait pas attention, le Big Mac devient un Double Big Mac Bacon, la petite barquette de frites se transforme en taille familiale et le Coca Zéro se change par magie en milk-shake au chocolat. Il lui a fallu des années pour se débarrasser de l'alcool. Maintenant, ce sont les graisses et les sucres qui dansent devant lui, délicieux et défendus.

Cela l'aide à enrayer les souvenirs du passé, des gens qu'il a tués et des camarades qui ne sont jamais revenus. Il continue à patienter et à mastiquer au son de la mauvaise musique pop, en rêvant de retrouver sa jeunesse pour recommencer à zéro.

C'est peut-être une autre raison pour laquelle la carrière de cascadeur ou de présentateur n'aurait jamais fonctionné pour lui. Tous ces types se piquent à l'Ozempic et vomissent quatre fois par jour pour paraître minces devant la caméra. René est plutôt un Musclor traditionnel. Mille cinq cents calories par jour, c'est son idée de l'enfer. Il mange avec passion, fait beaucoup de musculation et espère qu'une crise cardiaque fulgurante se chargera du reste.

Alors qu'il continue à observer l'Opéra, René se revoit il y a des années, perdu dans la ville. Il venait de quitter la Légion étrangère, se retrouvait simple civil, résistait aux offres alléchantes des mercenaires et essayait de se lancer dans le travail de protection rapprochée pour les VIP. Mais son problème, comme celui de tant de militaires, était d'ordre mental et non cardiaque.

Les flash-back étaient incessants. Ils l'accompagnaient au lit, au travail, au repos. Il y avait des visions du premier homme abattu, du premier collègue tué, de la première maison criblée d'impacts de balles. Les médecins appelaient cela le syndrome de stress post-traumatique. Mais au fond, il s'agissait d'un trouble de la mémoire. Les flash-back déformaient la réalité jusqu'à devenir la réalité.

Pourquoi ne pouvait-il pas simplement oublier ?

Il avait essayé l'alcool et les médicaments. Sauf qu'à la fin, il avait eu besoin de plus. C'est alors qu'il avait appris à contrôler son esprit et à compartimenter. On lui avait enseigné comment placer les mauvais souvenirs dans des espaces différents, comme s'il les mettait dans un coffre-fort et le fermait à clé. La technique du palais de la mémoire n'arrêtait pas complètement les flash-back, mais elle les atténuait. Il aimerait souvent pouvoir rétablir les paramètres d'usine de son cerveau, mais il était coincé avec.

Si vous ne contrôlez pas votre mémoire, vous ne vous contrôlez pas vous-même.

Elle fait de nous ce que nous sommes.

René regarde à nouveau le palais Garnier. Il passe la main sous le journal posé sur le siège passager et sent le contour froid du Beretta M9. Cette arme est un jouet, vraiment, comparée à celles qu'il utilisait dans l'armée. Mais elle fera l'affaire.

Il observe encore quelques minutes. Puis, enfin, il voit Olivia Finn sortir avec Édouard de Villefort. Ils quittent l'Opéra au moment où commence la deuxième partie. Ils aperçoivent un taxi à proximité et le hèlent.

René attend encore une seconde, puis sort de sa place de parking et suit le taxi. Il compose le numéro tout en conduisant. Le client est toujours prompt, il décroche dès la première sonnerie.

– Oui ?

– Je les ai dans ma ligne de mire, dit-il.

– C'est bien. Où se dirigent-ils ?

– Je n'en suis pas sûr. Quels sont mes ordres ?

La voix est clinique, sans aucune émotion.

– La femme est une menace. Occupez-vous d'elle, puis trouvez le policier britannique et occupez-vous de lui. Les deux étrangers. Seulement eux. Tout le reste ferait trop de bruit. Nous ne pouvons pas nous permettre de laisser Vidal et la DNPJ fourrer leur nez là-dedans.

– Bien reçu.

L'appel se termine.

René continue à suivre le taxi qui prend la rue de Monceau. Il le suit jusqu'à l'endroit le plus inattendu.

Éliminer la docteur Finn. Trouver ensuite l'inspecteur Forsyth et faire de même.

N'attirer en aucun cas l'attention du redoutable capitaine Vidal ou de la DNPJ.

Il vérifie le Beretta et regarde à nouveau l'endroit où il se trouve.

17 rue Geoffroy-l'Asnier.

Devant lui, un grand bâtiment. René cherche l'emplacement sur son téléphone.

Des souvenirs, des souvenirs, des souvenirs. Encore de foutus souvenirs.

Le Mémorial de la Shoah.

Pourquoi ont-ils atterri ici ?

68

LE LUTETIA

1945

Sophie

Sophie est nerveuse.

Elle inspire profondément et commence à se préparer. Elle se regarde dans le miroir et se demande combien de temps il faudra pour que ses cheveux repoussent. Son corps reviendra-t-il un jour à la normale ? Il lui semble ridicule d'être coquette maintenant, mais elle veut être belle pour Louis. Elle n'a ni maquillage ni vêtements chics, ni rouge à lèvres ni parfum, et pourtant elle s'asperge le visage, fait sa toilette au lavabo, tout pour se rapprocher de ce qu'elle était avant. C'est peut-être bon signe. Elle a retrouvé sa vanité, ou une partie de celle-ci, ce qui signifie qu'elle a gardé une certaine estime d'elle-même.

Au moins, la guerre n'a pas eu raison de cela.

Louis l'attend dans le hall, cette fois-ci, et non l'inverse. Il porte un autre manteau, long et noir, ses cheveux sont lavés et ses joues rasées. Il est moins pâle, comme si le fait de l'avoir vue hier l'avait vivifié. Malgré le manque de nourriture, il a l'air fort. Il est difficile de définir exactement l'attraction qui existe entre eux, en réalité leurs âmes semblent faites l'une pour l'autre. Elle pourrait le rencontrer à n'importe quel âge, dans n'importe quel pays, ce serait pareil. Même après tout ce temps, c'est comme si elle reprenait une conversation déjà entamée.

Ce n'est que le deuxième jour, pourtant ils ont déjà leur petite routine. Les clients ne sont pas autorisés à sortir : ils peuvent se promener dans l'hôtel et recevoir des visiteurs. Le Lutetia est telle une prison ouverte. Ils retrouvent leur table au restaurant et sirotent de la chicorée. Sophie aurait presque pu considérer la journée d'hier comme un rêve, mais aujourd'hui, Louis est encore plus réel qu'avant. Elle craignait de se réveiller ce matin et de découvrir qu'il n'existait pas.

L'hôtel est à nouveau très fréquenté aujourd'hui. Le restaurant est rempli de survivants et Sophie continue à sentir le danger partout. Elle ne s'habituera jamais aux bruits et aux cris provenant des autres chambres. Ici, personne ne va bien, ni dans sa tête ni dans son corps. Louis a du pain sur la planche pour soigner ces survivants. La mort plane toujours dans l'air, mais il y a malgré tout de la place pour le romantisme. Ce n'est pas le luxe doré et le champagne à flots de l'ancien Lutetia, avec ses robes de bal et ses orchestres. Elle s'en contentera pourtant. C'est un rappel, aussi infime soit-il, de ce qu'était la vraie vie.

Au bout d'un certain temps, Louis dit :

– Raconte-moi ces souvenirs, Sophie. Je déteste penser que tu souffres autant maintenant, après tout ce que tu as vécu.

Comment un survivant peut-il partager ce qu'il a vécu dans ces lieux ? Elle lui a raconté hier une partie de ce qui s'est passé, mais pas tout.

– Je ne sais pas par où commencer.

Joséphine, et peut-être Louis la voient encore comme la Sophie naïve, confiante et bonne qu'elle était avant. La Sophie qui voyait le meilleur chez les autres, qui tendait l'autre joue, qui ne participait ni aux commérages ni aux rumeurs, qui essayait toujours d'être gentille et de traiter les autres comme elle voulait qu'on la traite.

Mais c'était avant. Ils ont arrêté une jeune fille, et c'est une femme qu'on a libérée. Joséphine avait toujours été plus adulte et plus calculatrice. Elle n'avait jamais reçu l'amour de ses parents. Depuis qu'elle était toute petite, elle manigançait, complotait et élaborait des stratégies.

Son père l'avait mise en garde contre Joséphine. Il disait qu'il lui manquait quelque chose au fond. Sophie ne l'avait jamais cru, convaincue qu'elle était sa plus grande amie, jusqu'au jour où on a frappé à la porte et que son monde a basculé. Elle avait su alors que c'était Joséphine qui l'avait trahie, car elle était la seule à savoir où Sophie et son père se cachaient.

Elle avait voulu croire en la bonté de son amie et, aujourd'hui encore, elle se laisse séduire par elle et par les souvenirs de leur vie, avant que la guerre ne vienne tout gâcher. Mais elle revoit toujours le visage de son père lorsqu'on l'a emmené. Cet homme aux yeux bienveillants et au visage ridé, transformé brusquement en petit garçon effrayé. Non, elle ne pardonnera jamais cela à son ancienne amie.

Cependant elle est encore trop lâche pour se venger. Elle laisse sa traîtresse dormir paisiblement dans son lit.

– Prends ton temps, dit Louis en tendant à nouveau la main pour saisir la sienne. J'ai entendu certaines histoires des camps auprès d'autres patients que j'ai traités. Je ne jugerai pas. Nous pouvons guérir ensemble, très chère Sophie. Tout ce dont j'ai besoin, c'est que tu me racontes intégralement ce qui t'est arrivé.

69

LE LUTETIA

1945

Sophie

– Je ne sais pas si ce sont des souvenirs, dit-elle. S'ils sont vrais ou faux, je veux dire. Je n'arrive pas à me rappeler si j'ai fait les choses dont je me souviens ou si j'en ai simplement été témoin. Tout est flou dans ma tête. Comment faire la différence ?

– C'est naturel. Les traumatismes fonctionnent ainsi. Raconte-moi avec tes propres mots.

Elle baisse la voix, presque un murmure.

– Mon âge m'a permis de survivre aux sélections. Les gardes sélectionnaient les personnes à tuer, et les autres étaient épargnées jusqu'au lendemain. Les plus âgés ont disparu en premier. Tout le monde cherchait un moyen de survivre quelques jours de plus. Certains sont devenus kapos, policiers du camp, cuisiniers. On m'a offert de cuisiner pour le commandant et sa famille. Je savais que si je refusais, on m'enverrait à gauche plutôt qu'à droite la prochaine fois, et ce serait fini. Je ne voulais pas mourir. Alors j'ai fait ce qu'on m'a dit.

Elle craint que la main de Louis ne cesse de serrer la sienne et qu'il ne se retire avec dégoût. C'est lui le résistant, après tout, le héros courageux qui n'a pas collaboré. Mais son étreinte reste la même et elle ne l'a jamais autant aimé qu'en cet instant.

– Nous ferions tous ce choix, dit-il. Il lève la main et écarte une autre mèche imaginaire de son visage. Ce n'en est même pas vraiment un. Nous sommes faits pour survivre, Sophie. Cesse de te blâmer. Personne ne sort de cette guerre en ayant fait tous les bons choix. Surtout pas moi.

Et là, les larmes commencent à couler. Au même titre que sa vanité tout à l'heure, Sophie sait que c'est une bonne chose. Cela fait si longtemps qu'elle n'a pas pu pleurer. Lorsqu'elle avait mis le pied à la gare d'Orsay, elle s'était même dit qu'elle ne ressentirait plus jamais d'émotions de la même manière qu'autrefois.

– Non, dit-elle. Tu as été si courageux. Toi et les autres résistants. Vous avez risqué la torture et la mort. Vous vous êtes battus jusqu'au bout.

– Parce que nous étions encore libres de nous battre, dit-il. Tu étais prisonnière, tu ne peux pas faire cette comparaison. Aucun d'entre nous n'était dans les camps. Nous n'avons pas été confrontés aux sélections ni aux mêmes choix que vous.

Pourra-t-elle jamais lui parler de ses autres souvenirs ? Rester seule avec le commandant lorsqu'il fermait la porte de son bureau, pendant que ses enfants étaient partis se promener avec leur mère. Elle entend encore le verrou tourner sur la porte, l'odeur du thé dans la tasse en porcelaine, le grincement de sa ceinture de cuir qu'il déboucle.

– C'est là le problème, dit-elle. Je ressens des émotions dont je n'aurais jamais cru être capable. Pendant ces sélections, j'ai tué des gens, d'une certaine manière. J'ai évité d'être sélectionnée pour les chambres à gaz et j'ai fait en sorte que d'autres le soient à ma place. J'ai joué le jeu comme tout le monde. J'ai leur sang sur les mains, Louis, et il ne disparaîtra jamais. Je ne veux plus être Sophie Leclerc. Je veux faire table rase du passé et repartir de zéro.

– C'est aussi une réaction prévisible, dit-il d'une voix de thérapeute apaisante. Vouloir échapper à cette identité est une réaction psychologique normale.

Sophie s'est toujours pensée forte et indépendante. Ses héroïnes étaient les femmes qui traçaient leur propre chemin et se forgeaient une carrière dans des villes comme Paris, des femmes qui n'avaient jamais besoin des autres. Mais les camps l'ont amenée à rechercher désespérément la chaleur humaine. Elle rêvait que son père la prenne dans ses bras et lui dise que tout irait bien. Elle rêvait des baisers de Louis lors de leurs promenades au clair de lune dans la ville, ou de rencontrer sa mère, morte en couches. Tout valait mieux que la solitude.

– Tu es très compréhensif, dit-elle, lui rendant enfin son contact en caressant sa main, le premier geste d'affection qu'elle parvient à faire. Tu l'as toujours été.

Il sourit à nouveau, puis son regard devient plus sérieux.

– Et, c'est le médecin qui parle, est-ce que ces souvenirs redeviennent parfois réels ?

Elle sait ce qu'il demande. Il a perçu sa peur la plus profonde. C'est pour cela qu'il est l'étudiant en médecine et qu'elle est la patiente. Il sait comment fonctionne l'esprit des gens.

– Pas encore, dit-elle. Mais cela pourrait arriver. Quand je suis dans la chambre avec Joséphine, je ne me sens pas maîtresse de moi-même. Mes pulsions me dépassent. J'imagine me tenir au-dessus d'elle, mettre un oreiller sur son visage et appuyer jusqu'à ce qu'elle ne respire plus. Est-ce que cela fait de moi une horrible personne ?

– Non, non, dit-il, sa main toujours dans la sienne. Quand tu seras sortie d'ici, je te soignerai moi-même. Nous bannirons ces souvenirs ensemble. Tu iras mieux. Mais cela prendra du temps.

C'est comme s'il avait vu sa plus grande peur et l'avait soudain rendue moins effrayante. Elle pense à la nuit dernière, où elle vérifiait toutes les heures que Joséphine respirait encore. Lorsqu'elle traverse la foule de l'hôtel, elle a l'impression qu'elle pourrait assassiner toute personne se mettant en travers de son chemin.

Louis consulte sa montre et commence à rassembler ses affaires, prêt à partir.

Elle lui demande :

– Tu pars si tôt ?

Il se penche et l'embrasse sur le front.

– On a besoin de moi à l'hôpital. Tu n'as plus qu'un jour et demi à survivre ici. Ensuite, nous pourrons être ensemble. Penses-y. Et souviens-toi de ce que je t'ai dit. Tu vas guérir, Sophie. Je te le garantis.

Elle veut dire « je t'aime », mais n'en a pas le temps. Elle ne peut que contempler Louis qui s'éloigne. Ils sont encore si jeunes, juste des adolescents, pourtant ils agissent comme des personnes qui ont deux fois leur âge. Les conséquences de la guerre : tout semble s'accélérer. Sophie sait que tous les deux ont vu plus de choses que la plupart des gens. Une fois à la porte, il se retourne et lui envoie un baiser. Elle lui sourit, puis il s'en va.

Un jour et demi, c'est tout ce qu'il lui reste.

C'est sa dernière épreuve. Elle doit réussir son entretien avec la police, son examen médical et ne pas tuer Joséphine, même si elle en a très envie. Ensuite, Louis et elle reconstruiront leurs vies brisées.

Après cela, tout ira mieux.

70

LE LUTETIA

1945

Josephine

C'est un risque, mais l'injustice la consume.

Joséphine a décidé d'en parler à quelqu'un. Elle refuse d'être ainsi injustement punie alors que d'autres s'en tirent à bon compte.

C'est plus tard, juste après le repas du soir, qu'elle voit le policier qui l'a interrogée quitter le réfectoire et se diriger vers les jardins de l'hôtel. Près de l'ancienne entrée du personnel, il y a un espace où les gens se rassemblent parfois pour fumer. Joséphine distingue les lumières de la ville et respire déjà un parfum de liberté. Plus qu'un jour et elle sera de nouveau dehors mais, cette fois, avec des papiers attestant de son innocence. Elle a désespérément besoin d'une cigarette, elle passe à côté de lui et se retourne, faisant semblant d'être surprise.

Le policier a l'air différent dans la lumière du soir. Il lui rappelle presque le Paris d'avant-guerre. Son visage buriné respire l'élégance et il porte toujours ces lunettes épaisses qu'il polit sur son uniforme. Elle imagine cet homme dansant avec elle au Lutetia avant la guerre, tous deux éméchés et riant, sans se douter de ce qui allait se passer.

– Vous en voulez une ? dit l'officier en lui offrant son paquet.

– Oui, merci.

Il sort une cigarette et se penche pour l'aider à l'allumer. Elle distingue, cousu sur la poitrine, le nom inscrit sur son insigne : VIDAL.

– J'imagine que vous n'êtes pas censé vous mêler aux autres clients de l'hôtel, dit-elle.

Dans son esprit, elle n'est pas chauve et vêtue de haillons, mais porte une petite robe noire, tient un verre à la main. Un air de piano résonne dans l'air, comme autrefois, et les lumières de Paris scintillent au loin.

– Cet hôtel est surpeuplé et chaotique, dit-il, à l'image de cette ville. La moitié de Londres est bombardée, la majeure partie de Berlin détruite. Vu l'état du monde, je pense qu'on peut se permettre de se mélanger un peu, non ?

Elle rit, ça fait du bien, il sourit et reprend une bouffée. Il a un côté espiègle, presque inquiétant, comme certains des petits amis qu'elle a eus.

– Tout le monde me voit comme le méchant, poursuit-il. C'est moi qui demande aux survivants s'ils mentent. Tout ce que je veux, c'est que les nazis paient pour ce qu'ils ont fait. Et que les Français qui les ont aidés paient aussi pour leurs crimes.

– Vous pensez que ce sera le cas ?

– Oh, bien sûr, quelques nazis seront pendus, d'autres seront enfermés, mais seulement les noms connus. Tous les autres disparaîtront et se tiendront à carreau. Les gens essaient déjà d'oublier l'Occupation. Tout le monde fait semblant d'être un membre de la Résistance. Personne ne veut se souvenir de ce qui s'est réellement passé.

– Les hommes s'en tirent avec leurs crimes, dit-elle, tandis que les femmes doivent payer pour eux. Cela ne me semble pas très juste.

– Non, je suppose que ça ne l'est pas.

Joséphine marque une pause. Tout vaut mieux que d'être l'une de ces femmes laissées pour mortes aux abords de Paris. Le Lutetia est son dernier recours. Elle sait à quel point elle est proche de la liberté. Son destin est entre les mains de gens comme ce policier. Elle a été abandonnée par les hommes de la Résistance. Elle a accepté le travail le plus dangereux, s'est prostituée pour recueillir des informations secrètes vitales auprès d'officiers nazis, puis a été livrée à elle-même, obligée de se cacher parce qu'on la considérait comme une collaboratrice. Elle a tout enduré. Mais au moins, il lui reste une manière de rendre la pareille.

Elle regarde les haillons qu'elle porte. Elle sent son estomac se tordre de faim. L'officier continue à fumer.

– Qu'en est-il des personnes qui ont collaboré pendant la guerre et qui prétendent aujourd'hui faire partie de la Résistance ? Est-ce qu'ils peuvent s'en tirer aussi ?

Il termine sa cigarette et la laisse tomber sur le sol, l'écrasant avec la semelle de sa chaussure. Ses lunettes sont embuées et il les nettoie.

– Tous les collaborateurs sont en train d'être rassemblés en ce moment même, s'ils n'ont pas déjà été exécutés par leurs voisins. Ils seront jugés et pendus, ou deviendront des parias. Avez-vous le nom d'un collaborateur ? Donnez-le-moi et, si je trouve des preuves, il sera arrêté.

Il y a bien un nom. Le problème de la Résistance était l'absence de contrôle central. L'ensemble était divisé en unités, avec des noms de code, et tout était confidentiel, au cas où ses membres seraient capturés et torturés. C'est son problème depuis le début. Pendant la guerre, il fallait que les nazis et les Parisiens ordinaires pensent qu'elle couchait avec l'ennemi. En réalité, elle se servait de ce rôle comme couverture. Mieux elle faisait son travail, plus la situation risquait de devenir difficile pour elle une fois la guerre terminée.

Elle donne donc le nom à l'officier de police et observe sa réaction. Il acquiesce, comme s'il en avait pris note mentalement, puis dit qu'il doit retourner à l'intérieur.

– Si vous restez à Paris, j'espère que nous nous reverrons, dit-elle.

Elle lui adresse un dernier sourire fugace, laissant entrevoir ce qui pourrait se passer lorsqu'ils seront sortis de cet hôtel, et, en cet instant, elle a totalement oublié son apparence. Elle est encore jeune, belle, très loin de ce monde de survivants et de collaborateurs.

Il hoche à nouveau la tête et s'attarde un moment, en remettant ses grosses lunettes. Joséphine se demande si elle ne lui rappelle pas quelqu'un, un amour qui n'a pas survécu à la guerre.

– Bonne nuit, dit-il.

– Bonne nuit.

La jeune femme finit sa cigarette. Elle repense à la décision fatidique qu'elle a prise de sacrifier Sophie et son père pour protéger sa propre mission. Il n'y a pas un jour où elle ne pense pas à ce qu'elle a fait. Elle se demande s'il en sera toujours ainsi. Ce compromis la hantera éternellement. Elle ne pourra jamais revenir en arrière. La guerre l'a changée.

Elle termine sa cigarette et retourne à l'intérieur. Elle est si près du but. Elle a tant enduré, surmonté tellement d'obstacles, été déçue par tant de gens. Mais il lui reste encore de la force.

71

OLIVIA

Aujourd'hui

La rue Geoffroy-l'Asnier est une rue tranquille pour un bâtiment aussi important. Il est presque surprenant de voir à quel point le musée de l'Holocauste a l'air normal. Le Mémorial occupe la majeure partie de la rue, mariant une façade couleur crème qui domine la ville avec une façade noire volumineuse, respectable et sérieuse.

Nous trouvons l'entrée principale. J'ai beaucoup entendu parler de ce lieu, cependant je n'y suis jamais entrée. Comme Louis l'avait prédit, il est déjà fermé pour la nuit. Mais nous sonnons quand même et Édouard fait son numéro habituel, expliquant qui il est, qui est son père, jusqu'à ce que l'employé n'ait d'autre solution que de nous accueillir tous les deux à l'intérieur. Je n'approuve pas les pots-de-vin flagrants, mais pour cette fois je ferme les yeux.

En tant que spécialiste de la mémoire, j'ai entendu d'autres personnes décrire cet endroit. L'entrée contient un mémorial avec les noms des soixante-seize mille Juifs français déportés par leur propre gouvernement vers les camps de concentration. C'est la mémoire gravée dans la pierre. Je me tiens à côté du mur des noms et je continue à avancer jusqu'à trouver la lettre *L* et le nom « Leclerc, Sophie ». Il y a eu tant de moments intenses au cours des trois derniers jours, pourtant celui-ci me touche plus encore. Ce qui a commencé par un aveu dans le hall de l'hôtel Lutetia se concrétise là.

J'aimerais juste avoir plus de temps pour m'imprégner du lieu. Quelque chose ici peut aider à découvrir la vérité sur ce qui est arrivé à Bonne Maman et sur le meurtre commis au Lutetia il y a quatre-vingts ans. Édouard est en pleine conversation avec la conservatrice, une femme d'une cinquantaine d'années qui a déjà mis son manteau et s'apprête à rentrer chez elle pour la nuit. Elle reconnaît tout de suite Édouard et, consultant sa montre, propose de nous faire visiter les lieux après la fermeture.

– Laisse-moi deviner, dis-je en lui emboîtant le pas, la famille de Villefort finance aussi le Mémorial.

Il hausse les épaules.

– Y a-t-il un endroit à Paris que ta famille ne soutienne pas financièrement ?

Il sourit.

– Pas si nous avons notre mot à dire.

J'essaie d'imaginer l'entretien dont cet endroit a besoin. Mon deux-pièces à Redbridge est un drame permanent avec ses tuyaux qui fuient sans cesse et ses plafonds qui grincent. Ici, c'est une tout autre histoire. Louis de Villefort est issu d'une longue lignée d'aristocrates français, et c'est un homme très riche. En tant que fils unique, Édouard héritera un jour de son royaume. Si Louis donne assez pour avoir la meilleure loge à l'Opéra, son fils peut donner assez afin de préserver cet endroit pour la prochaine génération. Il n'est pas étonnant qu'on nous laisse entrer après les heures d'ouverture, ni que les ennemis de la famille de Villefort soient prêts à tout pour la faire tomber.

– S'il vous plaît, dit la conservatrice. Par ici.

Nous la suivons au rez-de-chaussée et entrons dans la partie la plus célèbre du Mémorial, à propos de laquelle j'ai lu des articles en ligne. La crypte est la pièce maîtresse du musée, un espace vaste et écrasant. Elle est vide, à l'exception d'une tombe au milieu, une étoile de marbre noir contenant les cendres des victimes des camps.

Sur ma droite, il y a un panneau bleu. Je m'accroupis, le parcours et comprends pourquoi Louis nous a dit de venir ici. C'est le seul endroit à Paris où l'on peut encore trouver des réponses au mystère du passé de Bonne Maman. Au milieu de l'étoile de marbre, une flamme brûle pour honorer la mémoire des disparus. Le Livre du Souvenir, quant à lui, est caché derrière des présentoirs le long des murs latéraux et contient les noms des disparus. De l'autre côté de la crypte se trouvent les dossiers de la police.

C'est vraiment le lieu de mémoire par excellence. Cela me rappelle le moment où, dans le hall du Lutetia, j'ai regardé pour la première fois le tableau *Mémoire*. Une grande partie de notre compréhension du monde et de nous-mêmes vient de la préservation de ces souvenirs pour la génération suivante.

Les femmes qui m'ont précédée, ou quelque chose dans mon passé m'attirent vers cette flamme. Je pense à Bonne Maman, assise au Lutetia il y a des dizaines d'années, et qui m'accompagne quand je parcours l'hôtel. Je pense à TJ et à ce que je lui transmets. C'est comme si toute ma vie aboutissait dans cet endroit.

– Nous y voilà, dit la conservatrice.

Je me retourne et je les vois, Édouard et elle, se diriger vers une pièce située derrière moi ; ce doit être la salle des dossiers. Il y a de nombreuses boîtes à l'abri derrière des vitrines et des bouts de papier jauni dans de petites chemises, tel un système d'archivage très basique.

– Quel était son nom déjà ?

– Leclerc, dit Édouard. Sophie Leclerc.

La conservatrice avance jusqu'à la section « L ». Elle ouvre la porte vitrée et en sort une boîte, dont elle feuillette le contenu jusqu'à trouver les victimes portant le nom de famille Leclerc. Enfin, elle sort deux dossiers.

– Voilà. Il y a un dossier pour « Leclerc, Jean-Baptiste » et pour « Leclerc, Sophie ». Je suppose que c'est ce que vous cherchez ?

– Oui, dis-je. Père et fille, je présume.

Jean-Baptiste Leclerc. Il pourrait être mon arrière-grand-père. C'est tellement étrange de dire ça.

– Voyons voir, dit la conservatrice. Les dossiers n'en disent pas tant, j'en ai peur. Ils indiquent juste le nom du camp et les dates. Ils n'ont pas été numérisés et ne figurent donc pas dans les archives officielles, mais nous essayons de les garder en sécurité ici.

Nous attendons patiemment. Il serait malvenu d'exiger qu'elle aille plus vite.

Finalement, elle dit :

– D'après ce document, Jean-Baptiste et Sophie Leclerc ont tous deux été détenus au camp d'internement de Drancy pendant une certaine période en 1943 avant d'être déportés à Auschwitz. Jean-Baptiste est mort à Auschwitz dès son arrivée en novembre 1943.

– Et Sophie Leclerc ?

– D'après cette fiche, elle est morte lors du voyage de retour d'Auschwitz à Paris, explique la conservatrice. Elle a survécu aux camps, mais elle est morte à la Libération, comme tant d'autres. Une autre tragédie de la guerre.

72

OLIVIA

La nouvelle tombe comme un couperet. Je me demande si je n'ai pas mal entendu la conservatrice. Sophie Leclerc est morte avant d'atteindre le Lutetia ? Non, ce n'est pas possible. Je prends les deux cartes, tachées et froissées. Je vois la date de sa mort et toutes mes hypothèses des trois derniers jours sont soudain remises en question.

Je suis submergée d'émotions. J'imagine ma vie et tout ce qui me concerne résumé sur une simple fiche, et une immense tristesse m'étreint.

– Je ne comprends pas, dis-je en montrant la carte à Édouard. Si elle est morte avant d'atteindre le Lutetia, comment Bonne Maman pouvait-elle être Sophie Leclerc ?

Il prend la fiche.

– Cela prouve peut-être qu'elle ne l'était pas, dit-il. Tu ne savais pas si ce que disait ta grand-mère était vrai ou dû à sa démence. Tu as la réponse maintenant.

La conservatrice reprend la carte. Je ne sais toujours pas quoi penser. Bonne Maman était-elle Sophie Leclerc ou Joséphine Benoît ? A-t-elle assassiné quelqu'un dans la chambre 11 de l'hôtel Lutetia ? Le tableau *Mémoire* est-il autobiographique ou non ?

Édouard s'adresse à la conservatrice.

– Peut-on vraiment faire confiance à ces fiches ? Y a-t-il une possibilité qu'il y ait des erreurs ?

La conservatrice semble embarrassée.

– Ces dossiers ont été constitués dans le chaos de l'après-guerre. Il y a toujours un risque, je suppose, mais c'est peu probable.

Je m'éloigne et traverse à nouveau la crypte. La profondeur du lieu m'envahit. C'est un mémorial, il est donc évident qu'il s'agit d'un lieu de mémoire. Cependant je n'ai jamais vu quelque chose qui souligne autant l'importance des souvenirs. Je me remémore la vision de Bonne Maman assise au bout de mon lit dans la chambre 11, me suivant dans les escaliers de l'hôtel, me regardant dans la salle de bal. J'ai ressenti un tel lien avec elle. Est-ce ce que ressentent mes patients en thérapie lorsque nous travaillons à la récupération de leurs souvenirs perdus ? Se sentent-ils aussi incertains et confus que moi ?

La mémoire historique est enregistrée ici en noir et blanc. Le fichier officiel m'apprend que Sophie Leclerc est morte lors de son transit en juin 1945 avant d'atteindre l'hôtel. Ma grand-mère a toujours été Joséphine Benoît, elle ne menait pas une double vie. Et pourtant, pour une raison que j'ignore, ses aveux au Lutetia ont suffi pour qu'elle soit tuée.

Pourquoi ?

Édouard descend les marches de la crypte et me rejoint. Nous regardons tous les deux la tombe, la flamme et cet hommage vivant aux morts.

– Qu'en penses-tu ? me demande-t-il.

– Je ne sais pas. Tout ce que je sais, c'est que, quelle que soit son identité, elle me manque. Ma grand-mère n'est pas le corps trouvé sur ce lit, ni quelques mots sur une carte dans un système de classement. Ce sont les actes d'amour quotidiens qu'elle a laissés derrière elle.

Nous restons silencieux. J'accueille les souvenirs. Ce sont les chocolats qu'elle posait sur mon oreiller lorsque j'étais chez elle, ou la façon dont elle s'asseyait à côté de moi pour lire lorsqu'elle savait que j'étais triste, sans jamais s'imposer, mais juste pour que j'aie un peu de compagnie. Ou comment elle a appris à envoyer des textos pour pouvoir me souhaiter bonne chance avant mes partiels. Voilà la grand-mère que j'aimais et qui m'aimait en retour. C'est de cet amour que je me souviens, ce qui crée un tel vide dans mon cœur.

Édouard glisse son bras autour de moi, d'abord timidement, avant que je ne m'appuie sur lui, reconnaissante de sa présence. Je ne lui fais toujours pas confiance. Il reste la seule personne qui était sur les lieux du crime lorsque le meurtre a eu lieu. Nous sommes contraints de le croire sur parole quand il affirme qu'un tiers a tué Bonne Maman et qu'il ne s'est pas lui-même infligé ses blessures.

Mais pour l'instant, j'ai d'autres choses en tête. Nous ne nous sommes pas touchés comme cela depuis cette nuit où il est parti pour New York, deux amants maudits qui pensaient que le monde était une extension d'eux-mêmes, qui avaient besoin de grandir, mais croyaient encore en ce que l'avenir pouvait leur réserver. Je suis lasse de me méfier. Épuisée de chercher la vérité sur le passé et de la voir à chaque fois m'échapper. Je veux croire en ce que j'ai vécu, même si je n'ai pas toutes les preuves.

– Allons-y, Liv, dit-il en me serrant l'épaule. C'est le moment. Nous avons trouvé ce que nous étions venus chercher, même si ce n'est pas la réponse que nous voulions.

Je regarde une dernière fois la tombe et la flamme. Je rends hommage à toutes les histoires recueillies en ce lieu et accepte de devoir laisser les souvenirs derrière nous.

Il est temps d'affronter à nouveau le présent.

73

RENÉ

Il l'a déjà fait tant de fois. C'est presque de l'ordre de la mémoire musculaire.

Et les instructions du client ont été claires.

L'endroit n'est pas idéal. Mais la rue qui mène au Mémorial de la Shoah est assez déserte. Le travail peut être fait proprement. Disparaître dans une grande ville est relativement facile. La foule, les cachettes infinies, les dédales tortueux : les villes sont faites pour disparaître, surtout à cette heure de la nuit. L'obscurité, une fois de plus, est son amie. Il sait où perdre son arme.

Non, ce n'est pas la fuite qui l'inquiète. Le souci, c'est le travail lui-même.

C'est pourquoi il quitte la voiture, rabat sa casquette et garde ses lunettes sur les yeux. La voiture a de fausses plaques qui ne mèneront nulle part. La casquette et les lunettes sont grossières, mais suffisantes pour empêcher les caméras de l'identifier. Le Beretta M9 est glissé dans son dos.

Lorsqu'il a une seule cible, il procède avec une double frappe. C'est la procédure standard des forces spéciales pour s'assurer que la victime meurt vraiment. Il n'a pas le temps de faire ça ici. Deux tirs, ça fait trop de vagues. Un seul tir, visant la masse la plus large, c'est ce qu'il faut faire. Mais cela signifie qu'il n'a qu'une chance, comme un nageur olympique qui attend quatre ans pour tenter de décrocher l'or, ou un joueur qui mise tout sur un seul coup de dés.

Tuer la cible. Jeter l'arme. Disparaître.

Il doit à nouveau s'appuyer sur la mémoire musculaire acquise lors des entraînements et des opérations.

Il doit atteindre la cible.

La docteur Olivia Finn.

Ensuite, il doit trouver l'inspecteur Myles Forsyth et l'éliminer.

Après cela, il sera payé en cryptomonnaie et fera profil bas jusqu'à la prochaine mission.

René prend une grande inspiration. Il vérifie les alentours et attend que les lourdes portes de sortie du Mémorial se referment. Il doit voir la cible émerger dans la lumière des réverbères.

Bientôt, très bientôt. Il tend lentement la main derrière lui pour attraper le Beretta.

Ce sera fini en quelques secondes. C'est ce que la Légion étrangère lui a appris. Il sort ses écouteurs, trouve la bonne chanson sur son téléphone, puis écoute les notes réconfortantes de « Waterloo ».

Son pouls ralentit, son rythme cardiaque se stabilise. Ce travail, comme les autres, se passera bien.

Quand il s'agit de tuer, la mémoire est la clé de tout.

74

OLIVIA

Avant

Je reçois l'appel de Louis un jour de semaine.

Je suis en congé de l'Unité de Mémoire, mes quelques jours de vacances annuelles. Depuis la mort d'Ingrid Fox, je suis dans une étrange période d'attente. Je continue à recevoir des patients. Aucun de mes collègues ne parle du procès. La vie semble reprendre son cours normal.

Tom m'apporte une tasse de thé au lit. Il est adepte des deux sucres, ce qui n'est absolument pas mon cas. J'ai des idées bien arrêtées lorsqu'il s'agit de choses importantes comme le mélange du sucré et du salé. Mais Tom s'est glissé dans ma vie juste avant que le pont-levis se lève et que je sois définitivement coincée dans mes habitudes de célibataire.

Cela me fait bizarre qu'il soit dans ma chambre à Redbridge, pourtant c'est aussi inévitable. Cette chambre m'a semblé si froide et si solitaire. Parfois, TJ se précipite et se serre contre moi le week-end. Bientôt, il me trouvera nulle. Il faudra que j'achète un chiot ou que j'installe une télévision dans ma chambre pour regarder *Inspecteur Barnaby* toute seule.

C'est un de ces rares jours sans enfant. C'est peut-être stressant d'avoir l'énergie permanente de TJ dans la maison, mais d'ici peu, nous entrerons dans l'adolescence et dans l'enfer des smartphones et des réseaux sociaux. Au moins, j'ai évité le piège du « parent influenceur » et je n'ai jamais posté de photo de TJ en ligne. Kyle et sa nouvelle copine ne peuvent pas en dire autant. Lorsqu'il aura dix-huit ans, mon fils pourra les poursuivre pour atteinte à sa vie privée et je me ferai un plaisir de payer les frais de justice.

Je prends mon thé, regarde la tasse que Tom a choisie et souris en voyant sur le côté l'inscription « Mari qui fait le minimum ». Je l'avais achetée à Kyle, pour plaisanter, lorsqu'il avait commencé à se rendre deux fois par semaine à ses cours de ju-jitsu brésilien dans une ridicule paire de leggings en lycra. En fin de compte, j'avais vu un peu trop juste. C'est au cours des étranglements et des clés de bras que Kyle a rencontré une ceinture noire appelée Kylie, qui ressemblait beaucoup à Kylie Jenner, petite et brune, mais sans l'empire cosmétique d'un milliard de dollars. La plaisanterie sur leurs noms est devenue la fin de notre histoire et le début de la leur.

Tom prend soin de ne pas renverser de thé et a même prévu un dessous-de-verre pour chaque tasse. Kyle n'a jamais préparé le thé. Il était toujours au lit avec son téléphone pendant que je faisais chauffer l'eau de la bouilloire. Il ne pouvait pas prendre une douche sans en informer ses mille six cents abonnés. Il était capable de passer des vacances entières à prendre des selfies et à les publier. Je sais grâce à lui qu'il est vraiment possible de visiter l'Empire State Building et de passer tout son temps scotché sur LinkedIn.

TJ est avec Kyle. En général, je consacre cette journée à ranger la maison ou, si j'ai de la chance, je vais déjeuner ou prendre un café avec des amis. C'est un soulagement de ne pas traîner dans une maison vide en attendant les sourires de famille heureuse de Kyle, TJ et la nouvelle copine. Mon fils a même parlé de faire du ju-jitsu quand il sera plus grand. Que Dieu nous en préserve.

Après mon témoignage au procès, les éditeurs ont avancé la date de *La Guerre des souvenirs* afin de profiter de l'intérêt du public pour les souvenirs retrouvés. Cela me met mal à l'aise, mais je veux aussi défendre ma propre réputation. Louis n'a pas obtenu la réhabilitation publique qu'il espérait, et me voilà entraînée dans une polémique sur le fait que la pression du procès aurait conduit à la mort d'Ingrid. C'est un horrible gâchis sur toute la ligne. La seule personne qui semble s'en être tirée à bon compte est le père adoptif d'Ingrid, mort sans avoir eu à répondre de ses actes devant la justice. Tous les autres ont fini par être des victimes.

Le livre est terminé et Tom est mon premier lecteur. Le laisser lire un travail en cours alors que je suis assise à côté de lui représente un grand pas en avant dans notre relation. Cela a commencé lors de notre récent voyage à Paris et de notre séjour au Grand. Maintenant, nous avons pris l'habitude de partager un thé au lit pendant qu'il lit la dernière partie.

C'est idiot, je sais, mais je souhaite que la qualité de sa lecture le fasse tomber du lit. J'aimerais qu'il soit tellement absorbé par la puissance du livre qu'il en perde la parole. Sauf que nous avons des langages d'amour différents. Moi, je suis « mots d'affirmation », lui plutôt « actes de service ».

Il ne dira peut-être pas à quel point le livre est brillant, mais il est capable de ranger un lave-vaisselle comme aucun des hommes que j'ai connus et c'est un magicien du produit de rinçage. Ses compétences en matière de changement d'ampoules sont déjà légendaires.

Je m'attends à ce qu'il pose des questions sur les souvenirs retrouvés. C'est ce qui intéresse la plupart des gens. Y a-t-il dans leur passé un traumatisme important que leur esprit a refoulé ? Cela explique-t-il leur anxiété ou leur tristesse actuelle, ou pourquoi leurs relations continuent à mal tourner ? S'ils laissent ce souvenir refoulé remonter à la surface, le traumatisme les détruira-t-il, ou pourront-ils surmonter la douleur et en ressortir plus forts que jamais ?

Au lieu de cela, il pose des questions sur l'autre grand sujet de la recherche sur la mémoire : les faux souvenirs. Il s'agit d'un phénomène encore plus étrange. Chaque fois que nous évoquons un souvenir, nous modifions l'original, et il ne nous reste que cette dernière version modifiée. Avec le temps, ce souvenir qui a été transformé des dizaines, des centaines, voire des milliers de fois, n'a plus aucun lien avec l'événement original. Il peut s'agir de votre premier baiser, des derniers mots d'un être cher, d'un accident qui a bouleversé votre vie : le souvenir que vous en avez sera différent de la façon dont il s'est réellement produit, simplement parce que vous vous en êtes souvenu à répétition.

Mon livre traite de la facilité avec laquelle on peut implanter de faux souvenirs chez les autres. Les gens se mettent à croire des choses qui ne se sont jamais produites. C'est très bizarre. Trop bizarre, pour la plupart des lecteurs. Tom, lui, semble fasciné par ce sujet. J'aime le fait qu'il s'intéresse à ce que je fais. Dans le livre, je soutiens que les souvenirs retrouvés peuvent être utiles aux patients en thérapie et je m'oppose à l'idée que tous les souvenirs retrouvés sont en fait de faux souvenirs implantés. Des choses graves se produisent. Les patients peuvent s'en souvenir même des années plus tard. La culpabilisation des victimes n'est pas acceptable. Les thérapeutes ne manipulent pas leurs patients et n'inventent pas de choses farfelues. Pourquoi le ferions-nous ? Notre travail consiste à aider les gens, pas à leur faire du mal. Considérer tous les souvenirs retrouvés comme de faux souvenirs n'est qu'une autre façon de réduire les victimes au silence.

– S'il est possible d'implanter de faux souvenirs, demande-t-il, est-il également possible d'implanter de fausses émotions ? Pourrais-tu faire en sorte que quelqu'un tombe amoureux de toi ?

Je souris, me penche et l'embrasse.

– Pourquoi, tu as quelqu'un en tête ?

Il sourit à nouveau et m'embrasse plus longuement. Je veux qu'il aime le livre, mais j'ai encore plus envie de ça. Je peux sentir la chaleur de son corps alors que toute idée de thé est bientôt abandonnée et que la longue matinée sans enfant s'étire devant nous.

Ce n'est qu'après, en écoutant le bruit de la douche, que je réalise à quel point cette journée est parfaite et qu'une fois de plus, je ne veux pas qu'il parte. J'aime qu'il soit ici. Tout cela a un sens. Nous nous sommes tellement rapprochés depuis notre voyage à Paris. Même les creux sur les draps à côté de moi semblent avoir toujours été là.

Je veux que cela dure pour toujours. La tasse de thé tiède, le bruit de la douche qui coule, la chambre en désordre, à la fois trop chaude et trop froide, le voisin avec son souffleur de feuilles trop bruyant : c'est la vie, à portée de main, dans toute sa beauté imparfaite.

C'est pourquoi j'apprends à vivre avec tous ces doutes lancinants : où Tom disparaît-il ? Pourquoi ne m'a-t-il présenté aucun de ses amis ni aucun membre de sa famille ? Pourquoi me demande-t-il toujours des nouvelles d'Ingrid Fox et de Louis ? Son amour de la propreté est-il une façon de masquer une douleur intérieure profonde qui ressortira si nous nous marions ?

J'ai cessé de poser ces questions. Il n'y a pas de bonnes réponses. Il ne me reste plus qu'à espérer, faire confiance et suivre le courant.

Alors que je suis encore assise dans le lit, mon téléphone portable sonne. C'est Louis. Je me demande immédiatement si quelque chose de grave est arrivé à Bonne Maman.

– Allô ?

– Olivia, ma chère, dit-il. Je ne veux pas te déranger, mais je voulais juste te dire que j'ai demandé à mes avocats d'abandonner les poursuites. Les médias vont s'en emparer, tu pourrais donc recevoir des appels et des questions. Je ne voulais pas que tu sois prise de court.

Sa voix semble lasse.

– D'une certaine manière, c'est une bonne nouvelle, non ?

Louis soupire.

– J'ai passé huit décennies à traiter des patients. J'ai dû aider des dizaines de milliers de personnes. J'ai écouté des gens me parler de liaisons, de ruptures familiales, de divorces, d'enfances terribles, de tout. Et c'est ainsi que cela se termine. Une pauvre patiente qui s'est tragiquement suicidée, et de fausses accusations qui ne pourront jamais être réfutées.

Il y a quelque chose de déchirant à entendre Louis parler ainsi. C'est comme voir un parent vieillir. Cet homme m'a sauvé la vie lorsque j'étais adolescente. Il a aidé tant de patients, y compris des survivants de l'Holocauste, à continuer à vivre lorsque l'avenir semblait impossible. C'est tellement injuste qu'il ait dû faire face à cela. Une vie d'héroïsme et de travail bien fait se termine enveloppée dans un nuage de scandale.

– Tous ceux qui vous connaissent ne croient pas à ces accusations, dis-je. Ingrid Fox était une femme profondément troublée. Pour l'opinion publique, votre réputation a été blanchie.

– Je me souviens quand tu es venue pour la première fois dans mon cabinet, dit-il avec nostalgie. Tu étais comme la fille, ou la petite-fille, que je n'ai jamais eue. Tu as toujours été d'un grand soutien pour moi, Olivia.

– Si je peux vous arriver seulement à la cheville en tant que thérapeute, alors tout cela en aura valu la peine.

– Reste en contact, dit Louis. Tu manques à ta grand-mère. Et dis bonjour au délicieux TJ de ma part.

L'appel se termine et Tom sort de la douche. Je revois le temps où je fumais des Gauloises au café près de l'appartement de ma grand-mère lorsque j'étais adolescente et que j'étudiais à la Sorbonne ; elle disait alors que la clé de la vie était de pouvoir distinguer les bonnes personnes des mauvaises.

Tom me sourit et se penche pour m'embrasser, ses cheveux humides effleurant mon nez. Je pense à Louis, à TJ et à la chance que j'ai de les avoir tous les trois.

Mais quelque chose me turlupine toujours à propos de Tom, même si j'essaie de faire taire cette partie de mon cerveau. Nous sommes si intimes, alors pourquoi ai-je l'impression de ne rien savoir de lui ? Pourquoi est-il toujours aussi insaisissable, comme du sable qui coule entre mes doigts ? Et notre relation survivra-t-elle une fois que le mystère aura disparu, ou est-ce là ce qui alimente notre passion : l'absence d'une routine quotidienne ennuyeuse ?

Je veux en savoir plus sur Tom, mais j'ai aussi peur de ce que je pourrais découvrir.

Qui est-il vraiment ?

75

OLIVIA

Aujourd'hui

C'est au moment où nous approchons de la sortie principale du Mémorial qu'Édouard s'arrête. Un des moniteurs de sécurité montre la rue, à l'extérieur, et il aperçoit la silhouette sur l'écran avant moi.

Nous sommes toujours dans l'entrée du Mémorial de la Shoah. Un agent de sécurité âgé et rondouillard est affalé sur son siège, dévorant lentement un croissant tout en sirotant un expresso. Il regarde à peine l'écran, fasciné par la vidéo d'un chat qui passe sur son téléphone. Je reconnais la vidéo. Le chat s'appelle Maru et il est officiellement le « chat le plus célèbre d'Internet ». C'est un Scottish Straight qui vit au Japon et se retrouve dans toutes sortes d'aventures adorables. Je commence à regarder par-dessus son épaule. Inutile de dire que TJ est complètement fan.

– Liv…

Je distingue l'inquiétude dans les yeux d'Édouard. J'arrête de penser aux déboires des chats japonais et me remets les idées en place. Cette soirée a été tellement riche en émotions, il est déjà tard… Édouard fixe toujours l'écran.

– Qu'est-ce qui ne va pas ? lui dis-je.

Il se tourne vers moi.

– Tu te souviens de la voiture qui nous a suivis sur le trajet ? C'était une berline bleue. Elle a commencé à filer le taxi depuis le palais Garnier. Elle nous a talonnés à chaque tournant jusqu'à ce que nous arrivions ici.

– Paris est une grande ville, Ed. Je suis sûre que ce n'est qu'une coïncidence.

– Peut-être. Mais cette personne à l'extérieur m'est familière. Je pense que c'est la même qui conduisait la berline bleue. Et elle correspond au profil de l'homme qui m'a attaqué dans l'appartement quand ta grand-mère a été tuée.

– Il fait sombre dehors. Tu deviens paranoïaque, cela pourrait être n'importe qui. Nous venons d'établir que Bonne Maman n'était pas Sophie Leclerc et, pour être honnête, j'en ai vraiment assez de tout cela maintenant. Je dois rentrer chez moi et voir mon fils. Laissons la police faire son travail et enterrons ma grand-mère avec la dignité qu'elle mérite, comme l'a dit ton père.

Je m'apprête à sortir du Mémorial de la Shoah quand Édouard tend le bras pour m'en empêcher. Je n'aime pas être malmenée. Pourtant, je peux lire la peur dans ses yeux.

– Liv, fais-moi confiance, juste pour cette fois. Je sais que j'ai déjà vu cette personne. Zoomez, dit-il à l'agent de sécurité. Sur ce type, juste là, rapprochez-vous.

– Ed, je t'ai dit…

– Je sais que tu veux rentrer chez toi, qu'il a été difficile de voir l'acte de décès. Mais tu dois voir ce que je vois. Je jure que c'est le même homme qui m'a attaqué à Montparnasse. Il correspond à la description que j'ai donnée à la police.

Je jette un coup d'œil sur le moniteur de sécurité et contemple l'homme en question. Il se tient face à la sortie du Mémorial. Il est habillé en civil, avec une casquette de base-ball et une paire de lunettes de soleil. Il a l'air d'un simple touriste. Il porte des écouteurs et pourrait être n'importe qui.

– Tu l'as dit toi-même, dit Édouard. Si ta grand-mère n'était pas Sophie Leclerc, pourquoi l'a-t-on fait taire ? Pourquoi s'être donné la peine de tuer une vieille femme ?

Je le regarde et vois dans ses yeux la même conviction que lorsque Bonne Maman m'a parlé de son passé. Je ne veux pas le croire. Je suis trop vexée d'avoir gobé l'histoire de ma grand-mère. Cependant, une fois de plus, ces vieux liens me tiraillent.

J'ai eu des sentiments pour cet homme, je l'ai même aimé, si l'on peut appeler amour un rêve d'adolescente. Quelle que soit la raison qui l'a poussé à fuir à New York il y a des années, il mérite mon attention aujourd'hui. Je ne lui fais peut-être pas confiance, mais s'il pense reconnaître l'homme, je dois l'écouter.

– Que pouvons-nous faire ?

Édouard réfléchit.

– J'ai connu des militaires, et il a la même posture, la même démarche que celles qu'ils enseignent sur le champ de manœuvres. C'est peut-être juste un ancien militaire, rien de grave. Mais ça pourrait être autre chose. Je ne veux pas prendre ce risque.

Édouard sort son téléphone.

– À quoi tu penses ?

– J'ai une idée.

Avant de composer le numéro, il se tourne vers l'agent de sécurité.

– Appelez la police, dites-leur qu'un suspect armé se trouve devant le Mémorial de la Shoah et qu'il représente une menace directe.

Il s'arrête, réfléchissant à un dernier détail.

– Ensuite, faites encore quelque chose pour moi, dit-il.

76

RENÉ

Il commence à perdre espoir. Qu'est-ce qui leur prend tant de temps ? Il s'apprête à regagner la rue voisine pour surveiller les autres issues. Il se retourne, prêt à partir.

Puis, enfin, la porte du Mémorial de la Shoah s'ouvre complètement.

Une silhouette en sort.

René se demande un instant où se trouve la cible féminine.

Il vérifie les principaux signes distinctifs. Il peut repérer les éléments essentiels comme les vêtements, la taille, la démarche, malgré l'obscurité.

Mais ce n'est pas la cible, ni même son acolyte masculin. Édouard de Villefort est musclé, cet homme non. Un bourrelet dépasse du pantalon réglementaire. Il est plus âgé et sa démarche est différente. Pourtant, sa veste est la même.

Quelque chose cloche. Oui, quelque chose cloche carrément.

C'est le genre de sixième sens que l'on développe après de nombreuses embuscades. Si l'ennemi est bon, rien ne le trahit. Il n'y a que le silence et l'impression que les choses ne sont pas à leur place, comme si le monde se brouillait. C'est exactement ce qu'il ressent maintenant.

Olivia Finn et Édouard de Villefort devraient être en train de quitter le bâtiment. Au lieu de cela, c'est cet homme.

Pourquoi ?

René est sur le point de battre en retraite pour se ressaisir quand, enfin, les pièces du puzzle s'emboîtent : il comprend. L'imposteur se tient là et sort son téléphone. En y regardant de plus près, l'homme a l'air terrifié. Ses mains tremblent, son front est couvert de sueur. Il en fait trop.

René se repasse les dix dernières secondes. L'homme a été envoyé pour attirer son attention, afin qu'il ne quitte pas son poste actuel.

Ce qui ne peut signifier qu'une chose.

L'imposteur est exactement cela : une diversion inutile, une distraction bien placée.

Une anomalie orchestrée. Mais pourquoi ?

Suivre la logique. Trouver la réponse.

C'est simple.

Pour l'empêcher de regarder ailleurs.

René comprend. Il a déjà été confronté à ce genre de situation. Il sait où se trouve le danger. Pas du côté des deux cibles, ou plus maintenant. C'est pire, bien pire que cela.

Le véritable ennemi est juste derrière lui.

La police.

Un suspect devant le musée de l'Holocauste. Oui, il voit le tableau à présent : une unité armée, qui tire pour tuer. C'est peut-être pour ça qu'ils sont venus ici. C'était un piège depuis le début.

Il se retourne pour essayer d'apercevoir les tireurs d'élite accroupis, cachés, prêts à l'abattre. Ils seront vêtus de noir, le visage recouvert d'une cagoule, se fondant dans le béton jusqu'à disparaître dans le paysage.

Il fut un temps où ils étaient du même côté que lui.

Ils ne crieront pas d'avertissement et ne le traiteront pas avec la courtoisie d'un suspect normal. Ils attendront de voir ce qu'il fait et enverront ensuite des agents en uniforme pour l'arrêter.

Et cela ne doit jamais arriver.

C'est la seule condition du travail qu'il a accepté de faire. Revenez avec votre bouclier ou sur votre bouclier. Mais jamais, au grand jamais, vous ne serez pris. Parce que les prisonniers finissent par parler, et les clients ne peuvent pas se le permettre. Ceux qui sont pris finissent par être tués par ceux qui ne l'ont pas encore été.

Dans tous les cas, c'est le client qui gagne.

René regarde à nouveau autour de lui.

Il repère un sniper en position, puis un autre flic qui reçoit un message radio et jette un coup d'œil dans sa direction. Il sait que l'homme ou la femme a donné l'alerte. La police va découvrir son dossier. Son vrai nom. Tout ce qu'il a fait avant de commencer une nouvelle vie dans la Légion étrangère sous un nouveau nom.

La mémoire musculaire.

Il inspire à fond et fait une dernière prière. Il aurait dû se ranger quand il en avait l'occasion. Il aurait pu prendre un autre chemin. Dans cette autre vie, il décompresserait après une dure journée devant les caméras, consulterait ses réseaux sociaux, publierait des articles sur sa dernière gamme de vêtements : un ancien soldat des forces spéciales ayant laissé le sale travail derrière lui.

Mais il ne l'a pas fait, et il est ici, dans la ligne de mire d'hommes costauds dont les puissants fusils le tueront en moins d'une seconde.

Il passe la main à l'arrière de son jean, pour attraper le Beretta.

Mains actives, intention inconnue, un mouvement fatal repéré par une ombre au loin.

René sait ce qu'il fait. Il mourra comme il a vécu, c'est ce qu'il sait faire. Il n'était pas très doué pour les langues ou l'algèbre, mais pour aligner une cible, calculer les variables et abattre un ennemi d'une simple pression, souple et précise, sur la détente, il n'avait pas son pareil. C'était un élégant ballet, une forme d'art à part entière.

Il fredonne le refrain de « Waterloo » pour lui-même et sourit en chantant « *couldn't escape if I wanted to* » – « impossible de m'échapper même si je le voulais ». Agnetha, Benny, Björn et Anni-Frid savaient vraiment de quoi ils parlaient. C'est comme s'ils transmettaient la phrase directement à son cerveau. La chanson lui permet de se concentrer. Il en est capable. Aujourd'hui ne sera pas l'exception.

Quatre, trois, deux.

René se retourne et lève son arme.

C'est alors que le premier coup de feu est tiré.

77

MYLES

Lorsque le quartier général de la Crim' est informé de l'incident survenu au Mémorial de l'Holocauste, Myles prend toute la mesure de la situation. C'est à cela que ressemble le travail en première ligne : frénétique, chaotique et bruyant, une ruée d'uniformes vers les voitures à l'extérieur.

– L'appel provient d'Édouard de Villefort, dit Vidal en attrapant sa veste.

Ils étaient en train d'écouter ensemble les enregistrements audio en prenant des notes.

– Il affirme que l'homme qui l'a agressé il y a deux jours l'a suivi à l'extérieur du Mémorial. Des policiers armés sont déjà déployés. Ils tireront à vue s'il y a danger de mort.

Il est difficile après cela de se souvenir de quoi que ce soit. L'un des boutons du gilet de Myles s'est envolé alors qu'il enfilait sa veste à la hâte et suivait Vidal dans une voiture filant à toute allure dans les rues de Paris.

À mi-chemin, alors qu'ils tournent à droite, on apprend que deux coups de feu ont été tirés et que le suspect en question a été neutralisé.

Myles a toujours été intrigué par ce genre d'expressions. Neutralisé évoque quelque chose de « neutre », comme si quelque chose d'excitant l'était devenu moins, ce qui est le cas d'une certaine manière. Mais neutralisé ne vaut que pour les personnes encore en vie. Le mort sur le trottoir, lui, ne se sent pas vraiment neutralisé. En fait, il ne ressent plus grand-chose.

Lorsqu'ils arrivent rue Geoffroy-l'Asnier, le Mémorial de la Shoah grouille de flics armés et de véhicules de police aux gyrophares allumés. La scène du crime est déjà bouclée.

Myles aperçoit Édouard de Villefort et Olivia Finn près de l'une des voitures. Un agent de sécurité, visiblement traumatisé, tient une couverture de survie serrée autour de ses épaules en reprenant ses esprits. C'est la première fois depuis longtemps que Myles voit Olivia en chair et en os.

Le capitaine Vidal montre sa carte de police et Myles le suit à travers les différents cordons et barrières. Le capitaine se dirige vers la voiture et prend immédiatement les choses en main. Un coup d'œil sur l'insigne du 36 et toutes les autres unités de police reculent.

– Une idée de l'identité du mort ? demande Myles alors qu'ils se dirigent vers le corps.

Vidal regarde sa montre et grimace devant l'heure tardive.

– D'après certains de ses tatouages, il s'agit d'un ancien de la Légion étrangère. Les collègues ont accéléré le traitement de ses empreintes et ont trouvé une correspondance. Nous pensons que son vrai nom était René Visser. Les recrues de la Légion prennent généralement un faux nom pour s'enrôler, il se peut donc qu'il utilise un autre nom de famille aujourd'hui. Il était en fuite pour un meurtre à

Paris, avant de rejoindre la Légion étrangère. Je pense qu'il était maintenant tueur à gages.

Le capitaine fait un signe de tête à l'un des médecins légistes, qui couvre le corps. Son téléphone vibre : il lit le message.

– Il est tard et la police scientifique va prendre le relais, dit-il. Si vous êtes d'accord pour attendre, je ne serai pas long.

Myles acquiesce, puis Vidal va se faire briefer par l'équipe d'intervention. L'inspecteur n'est pas à sa place. Il préfère toujours résoudre les problèmes depuis son bureau plutôt que d'interroger un suspect en personne. Il est comme l'un de ces acteurs qui ne se sentent à l'aise que lorsqu'ils prétendent être quelqu'un d'autre. Il n'a pas l'esprit d'équipe.

Il prend soin de rester à l'écart pour ne pas attirer l'attention sur lui. Il voit Olivia et Édouard monter dans une voiture de police qui les ramènera à l'hôtel Lutetia. La jeune femme a perdu sa grand-mère et a vu un homme être abattu devant elle. Sa nuit, ou sa matinée, est sur le point de se détériorer.

Myles attend près de la voiture et se prépare.

78

LE LUTETIA

1945

Sophie

– Comment cela s'est-il passé ? demande Joséphine.

Elle vient de rentrer dans la chambre. Sophie est si fatiguée qu'elle a envie de dormir, mais elle sait que les souvenirs vont l'en empêcher. Elle s'assied donc sur son lit, Joséphine en face, et elles parlent, comme avant.

– Quelle partie exactement ? dit Sophie.

– Quand tu as été prise.

Elle regarde Joséphine et voit quelque chose de différent maintenant. C'est comme ça depuis qu'elle est revenue de son entretien avec la police. Elle redevient peu à peu la Joséphine qu'elle a connue à l'école.

Sophie ne peut pas parler des camps – ou pas vraiment – mais elle peut raconter la nuit où son père et elle ont été arrêtés à Paris. Elle revoit tout, à présent. Personne n'a frappé à la porte, c'est ce dont elle se souvient le plus. Elle entend le fracas, le silence, puis le chaos. La porte qui sort de ses gonds, les lumières qui éblouissent.

Ils ont d'abord arrêté son père, puis elle. Elle entend sa voix qui leur crie dessus, essayant de la protéger.

Une camionnette était garée devant la maison. Sophie se sentait comme un animal que l'on traîne à l'abattoir. Elle avait jeté un coup d'œil en arrière. Son père, derrière elle, les cheveux en bataille, était emmené par trois hommes. Elle avait lu la terreur et la tristesse dans ses yeux. Il avait l'air embarrassé, mais surtout honteux.

Ils avaient été entassés à l'arrière de la camionnette et le trajet avait semblé durer une éternité. Finalement, ils étaient arrivés au camp d'internement de Drancy. Elle se souvient de cet instant comme s'il se déroulait encore sous ses yeux.

Après cela, il y avait le voyage de Paris à Auschwitz. Lorsqu'ils étaient arrivés, son père avait essayé de lui toucher la main une dernière fois. Elle avait crié son nom. Mais la décision avait déjà été prise : son père avait été emmené sur la gauche, elle avait reçu l'ordre d'aller à droite. Ils n'avaient eu le temps d'échanger aucune parole, juste un regard. Puis, presque aussi vite, il avait disparu. Depuis, elle n'avait plus rien ressenti.

Sophie termine son récit et dit :

– C'était juste après t'avoir parlé. Je sais que tu nous as trahis, mon père et moi, Joséphine. Tu es la seule coupable possible. Ce que je n'ai jamais pu comprendre, c'est… pourquoi ?

Joséphine marque une pause. C'est comme si ses défenses tombaient. Elle se prépare à quelque chose, à une confession majeure, et Sophie se dit que la vérité va enfin émerger.

Elle va avouer ce qu'elle a fait.

– Parfois, nous n'avons pas le choix, Sophie. Parfois, il faut faire le mal pour le bien.

– Qu'est-ce que cela veut dire ?

– Comment penses-tu que les nazis ont été chassés de Paris ? Comment crois-tu que le cauchemar a pris fin ? Pas grâce aux hommes qui n'ont rien dit et prétendent maintenant avoir été des héros, mais grâce à des gens comme moi qui ont tout risqué – leur sécurité, leur honneur, leur réputation, même leur vie – et fait de terribles sacrifices afin d'aider leur pays à gagner.

– Qu'est-ce que tu racontes ?

Joséphine baisse la tête.

– C'est vrai que j'ai eu des relations avec des officiers nazis. J'ai fraternisé avec l'ennemi. J'ai roucoulé, flirté et couché avec eux. Mais pas parce que j'étais une putain. C'était ma couverture, Sophie. Je travaillais pour la Résistance. Mon travail consistait à cibler des nazis de haut rang et à leur faire révéler leurs secrets. La meilleure façon de le faire était de les rendre vulnérables. C'est ce que j'ai fait. Je ne pouvais pas te le dire, ni à personne d'autre, sinon ma couverture aurait été compromise et j'aurais été exécutée sur-le-champ.

Sophie ne sait pas quoi penser. Elle essaie de comprendre ce que lui dit son ancienne amie. Depuis le début, elle est persuadée que Joséphine n'est pas seulement une traîtresse, mais qu'elle est aussi immorale. C'est une femme sans conscience. Elle a couché avec des nazis pour se sauver et a trahi sa meilleure amie sans la moindre hésitation. Et si elle s'était trompée pendant tout ce temps ? Et si Joséphine se jouait encore d'elle ? Peut-elle croire tout ce que dit cette femme ?

– Même si c'était vrai…
– Ce qui est le cas.
– … pourquoi me trahir ?
– Les nazis sont devenus paranoïaques en pensant que la Résistance utilisait des femmes comme moi pour des opérations pièges. Ils ont commencé à faire suivre les femmes qui couchaient avec des officiers. La personne qui me suivait a repéré notre rencontre. J'ai dû mentir et leur dire que je te retrouvais pour obtenir des informations sur vos déplacements, afin que vous puissiez être arrêtés et déportés. Si je ne l'avais pas fait, ils auraient su que je travaillais pour la Résistance.
– Tu n'avais donc aucun scrupule à me laisser mourir pour que tu puisses rester en vie ?
– Je me suis justifiée en croyant que mon activité sauvait la vie de centaines, voire de milliers de personnes. Que les informations que je recueillais auprès du haut commandement nazi contribuaient à sauver Paris et à libérer la France.
– Mon père et moi n'étions que… quoi, alors ? Des pions dans ta croisade morale ?
Joséphine est solennelle et silencieuse.
– Il n'y a aucune excuse pour ce que j'ai fait ce jour-là, Sophie. Il n'y aurait pas eu d'excuse non plus si je ne l'avais pas fait. C'est la nature même de la guerre. Les gens sont obligés de faire des choix impossibles. Ils doivent évaluer le coût d'une vie par rapport à des centaines d'autres.
– Si tu étais vraiment dans la Résistance, pourquoi es-tu ici ?
– Parce que j'ai si bien joué le rôle d'une pute nazie que plus personne ne me croit. Les membres de mon réseau

ont été raflés et fusillés juste avant la Libération. Il n'y a personne pour témoigner de ce que je faisais vraiment. Nous opérions en cellules, ne connaissant que le nom de code de nos agents de liaison, pour ne pas en savoir trop au cas où nous serions capturés. On m'a laissée me débrouiller toute seule. Le fait d'être ici et de pouvoir faire table rase du passé est mon dernier espoir. Je peux me réinventer et repartir de zéro.

Sophie sent monter sa colère. Elle ferme les yeux, et le souvenir de tout ce qu'elle a fait lui revient en mémoire. L'odeur du bureau du commandant, la vue de sa ceinture posée sur le bras du fauteuil. La prisonnière dans sa baraque qui supplie quelqu'un de l'aider à mettre fin à ses jours.

– Comment puis-je savoir que tu me dis la vérité maintenant ? demande-t-elle.

– Parce que je n'ai plus rien à perdre, répond Joséphine. Je me suis sacrifiée pour notre pays, et maintenant le pays me laisse pour morte. Tu es tout ce qui me reste, Sophie. Tu as toujours été une bien meilleure personne que moi. Pardonne-moi, c'est tout ce que je veux. Pardonne-moi… je t'en prie.

Joséphine semble hésiter à continuer.

– Il y a autre chose, dit-elle. Quelqu'un d'autre à qui tu ne devrais pas faire confiance.

Joséphine lui donne alors le nom.

79

LE LUTETIA

1945

Josephine

Elle l'a dit. Elle a enfin avoué et révélé la vérité à Sophie.

Joséphine a passé tellement de temps à refouler ses secrets qu'elle ressent comme un immense soulagement le fait de les partager avec un autre être humain.

Il fait de nouveau nuit. Elles dorment toutes les deux, ou font semblant de dormir. Sophie est restée muette depuis qu'elle lui a livré le nom, comme si elle n'arrivait pas à y croire ou qu'elle ne le voulait tout simplement pas.

Joséphine sombre dans un état de semi-conscience. Elle dort, mais les cris de l'hôtel la tiennent à moitié éveillée. Elle pense au policier et au nom qu'elle lui a donné. Elle se demande de plus en plus si cette personne n'est pas celle qui mérite tout le blâme.

Elle se tourne, se retourne, sait qu'elle est presque libre. Elle va désormais mener une bonne vie, se racheter pour toutes les mauvaises actions qu'elle a commises. Mais elle ne peut le faire que si elle quitte cet endroit vivante.

C'est plus tard, bien plus tard, qu'elle sent une présence tout près d'elle. Sans parler, elle sait qu'il s'agit de Sophie. Peut-être est-elle enfin prête à lui pardonner. Elles faisaient toujours des batailles d'oreillers quand elles étaient plus jeunes. Sophie était la plus forte et gagnait souvent. Oui, peut-être qu'elle lui a tout pardonné et que c'est le premier signe de retrouvailles.

Joséphine a les yeux fermés et rêve encore. Elle a presque envie que son amie vienne dans son lit, comme elles le faisaient avant, toutes les deux partageant la chaleur et la protection de l'autre.

Sophie, appelle-t-elle. Sophie. Le destin nous a réunies ici. Nous pouvons redevenir des sœurs. Il y a encore de l'espoir pour nous, un avenir.

Sophie.

Elle sent la pression devenir de plus en plus forte, comme des griffes qui s'enfoncent dans sa peau, et elle essaie d'ouvrir les yeux, mais n'y arrive pas, ou difficilement ; et quand elle y parvient enfin, sa vue est brouillée.

Elle fixe le plafond de la chambre d'hôtel. Il est orné, presque royal, et contraste tellement avec elles deux, sales et affamées, réduites à ces extrémités.

Elle aurait dû être plus prudente, plus bienveillante, une meilleure personne. La terreur d'être abandonnée l'a transformée, déterminée à ne plus jamais être blessée de la même manière. Elle fait partie des quatre-vingts millions de personnes tuées par cette guerre, une victime laissée au bord du chemin, qui n'a jamais eu la reconnaissance qu'elle méritait, humiliée pour avoir tenté de combattre le mal par le mal.

Joséphine regarde son agresseur dans les yeux et sait qu'elle a commis une erreur. Le policier a dû bâcler son enquête. Mais il est déjà trop tard. Ce n'est pas un rêve. Elle a sous-estimé cet individu, elle a cru que c'était elle qui contrôlait, qui manipulait les autres, alors qu'en réalité c'était l'inverse.

Elle est punie pour les mauvaises actions qu'elle est censée avoir réalisées.

Cette personne ne cherche pas à lui pardonner, mais à la tuer.

L'ombre de la mort rôde dans cet hôtel.

Joséphine n'en sortira jamais vivante.

QUATRIÈME JOUR

80

OLIVIA

Aujourd'hui

Alors que nous franchissons la porte tournante du Lutetia et entrons dans le hall, les événements de la dernière heure tournent dans mon esprit.

Je peux encore entendre Édouard demander à l'agent de sécurité de passer un coup de fil avant que nous revenions sur nos pas dans le Mémorial de la Shoah pour trouver une autre issue avec l'aide de la conservatrice. Nous avons attendu jusqu'à ce que l'équipe d'intervention arrive et que l'agent de sécurité sorte pour servir de leurre, puis l'agresseur lui-même a été abattu alors qu'il brandissait son arme.

J'ai soigné des patients qui avaient vécu ce genre de choses. Une fois le choc passé, les souvenirs reviennent toujours les hanter.

Ce souvenir ne sera pas oublié.

Dans ma tête, la mort de cet homme côtoie celle de ma mère et de ma grand-mère. J'essaierai de m'en défaire, mais le souvenir restera présent. C'est toujours le cas, avec la mort.

Vu l'heure, le hall du Lutetia est vide. Il n'y a que l'habituel veilleur de nuit à la réception et du personnel de ménage.

Cela me rappelle que j'ai débarqué il y a quelques jours à peine. Il s'est passé tellement de choses depuis. Presque par respect, Édouard et moi nous tenons devant le tableau *Mémoire*. Il n'y a pas de touristes pour nous déloger. Il n'y a que nous et ce tableau, comme un portail qui nous permet de remonter le temps jusqu'au Lutetia tel qu'il était autrefois.

Il y a là quelque chose qui me bouleverse. J'ai envie de tendre la main et de toucher l'œuvre pour m'assurer qu'elle est bien réelle.

Je regarde la silhouette de la jeune femme au milieu, je vois la chambre 11 autour d'elle. Tout a commencé avec le tableau et tout se termine ici.

Qui est le personnage du portrait ?

Que cherche à me dire ce tableau ?

Est-ce Sophie ou Joséphine ?

– Tu ne t'en souviens probablement pas, dit Édouard, mais il y a vingt ans, juste avant que je parte à l'université, tu es venue à l'appartement de papa, quai Voltaire, et nous nous sommes éclipsés à l'étage pour parler du sens de la vie. Je t'ai dit que j'avais des sentiments pour toi. Des sentiments amoureux.

Je reste abasourdie par tout ce qui vient de se produire. J'ai l'impression que tout est flou. Je n'avais jamais vu quelqu'un se faire tirer dessus, et j'espère que cela ne m'arrivera plus jamais. Avec Bonne Maman, puis cet homme, j'ai vu assez de cadavres pour toute une vie.

– Tes mots exacts, si je me souviens bien, étaient que tu m'aimais.

Édouard regarde toujours le tableau.

– Le lendemain, j'ai pris l'avion pour New York et ne suis pas revenu à Paris pendant deux décennies. Ce n'est pas un de mes gestes les plus élégants. J'ai toujours voulu m'en excuser. Tu as dû penser que j'étais un vrai connard.

– Ce que tu étais.

– Ce que j'étais.

– J'ai entendu dire que les autorités françaises étaient sur le point de t'arrêter pour possession de drogue, et que tu as fui Paris pour éviter les poursuites, laissant ton père régler tout ça.

Édouard a l'air honteux.

– L'ultime « fils de ». C'est vrai. Papa a entendu dire que la police voulait faire de moi un exemple. Ils avaient arrêté mon dealer, et maintenant ils s'en prenaient à moi et à d'autres gosses de riches comme moi, non seulement pour possession, mais aussi pour intention de vendre. Mon père m'a aidé à prendre l'avion pour m'échapper et repartir de zéro.

– C'est pour ça que tu ne m'as pas dit au revoir ?

– Oui. Pourtant, à l'époque, j'avais vraiment des sentiments pour toi. Tout le monde pensait que j'étais un fêtard. En réalité, j'étais un désastre ambulant. Je n'étais jamais assez bien pour papa, et tout le monde le savait. Mais toi, Liv, tu as toujours été si sûre de toi, si sûre de qui tu étais. Je t'enviais tellement.

J'ai du mal à croire ce que j'entends.

– Attends un peu. Tu m'enviais ?

– Tu le savais sûrement. C'était évident. J'étais ce bon à rien qui essayait d'échapper à la vie en se défonçant tout le temps. Tu as toujours eu les idées claires, rien de tout cela ne t'impressionnait. J'ai toujours su que quelqu'un d'aussi intelligent que toi ne s'intéresserait pas à un fêtard comme moi.

Je souris maintenant. J'ai gardé toute ma vie d'adulte un souvenir erroné de cette nuit. Il a façonné mes relations, ma haine de moi-même, tant de choix que j'ai faits.

– Disons que ce n'est pas ainsi que je me souviens de ces années-là.

– Comment t'en souviens-tu ?

– J'étais la gamine anglaise timide avec un appareil dentaire et tu étais le dieu de l'amour parisien qui semblait passer toute sa scolarité à sortir avec des top-modèles. Je ne t'ai pas percé à jour. Je voulais être toi. Je n'aurais pas pu être plus impressionnée si tu avais endigué la faim dans le monde à toi tout seul. Tu t'en rendais sûrement compte ?

– C'est ce qu'il y a d'amusant avec les souvenirs, je suppose, dit Édouard. La vérité peut être juste devant nous, mais nous nous souvenons de l'émotion plutôt que de l'événement lui-même.

Pendant qu'il parle, je contemple le portrait *Mémoire*. Je vois la femme, la chambre, tous ces éléments que j'ai regardés tant de fois auparavant. Parle-moi, Bonne Maman, dis-moi ce qui m'échappe. Qui es-tu ? Qu'as-tu fait il y a tant d'années ?

Derrière moi, j'entends le bruit d'une canne sur le sol du hall de l'hôtel : je me retourne pour voir Louis arriver derrière nous. Il est toujours vêtu de son costume du soir. Il nous regarde tous les deux avec soulagement. À son âge, c'est un effort de marcher ainsi, et je peux voir la tension sur son visage. Que fait-il ici ?

– Je viens d'apprendre la nouvelle du Mémorial, dit-il. Dieu merci, vous êtes tous les deux sains et saufs. Je suis venu de l'Opéra dès que l'on m'a prévenu. Que s'est-il passé ?

Édouard lui raconte et lui parle de la fiche qui se trouve dans les dossiers du musée.

Louis écoute attentivement. Il a l'air accablé sous le poids du monde.

– Je suis désolé que le Mémorial n'ait pas pu t'aider, dit-il. Mais nous devons revenir à des questions plus pressantes. Je crains d'avoir une nouvelle encore plus grave à vous annoncer.

Il s'arrête, reprend son souffle, puis me regarde.

– La police est en route.

81

MYLES

Myles fixe le compteur de vitesse.

Vidal appuie sur la pédale. Les gyrophares sont allumés, mais l'information n'a pas encore été transmise par radio. Assis sur le siège passager, Myles ferme les yeux. Il n'a jamais été fan de vitesse, et le capitaine n'est pas très souple dans les virages. Il imagine la fin possible, sa mort dans une Citroën renversée, le visage pulvérisé. Il se languit de retrouver sa table de travail dans ce bureau sans air qui sent en permanence le poulet sauce aigre-douce.

Dans tout cela, c'est le bouton manquant de son gilet qui l'angoisse le plus. La mort est une fatalité. Le désordre est un choix. Et Myles s'enorgueillit de faire de bons choix de vie, même dans la mort.

Il vérifie sa ceinture de sécurité et regarde l'heure. Il regrette d'avoir répondu à l'appel téléphonique pendant son jour de congé. L'abandon d'un programme établi conduit toujours au chaos. Et voilà qu'il fonce vers l'hôtel Lutetia alors qu'il vient de voir le corps d'un ancien sniper des forces spéciales abattu par des policiers français armés. Ils font une nouvelle embardée violente, l'inspecteur agrippé aux rebords de son siège.

Vidal dérape et tourne à droite sur la rue de Sèvres.

– Si les preuves de vos enregistrements sont validées, dit-il, tout dépendra de votre source.

Myles se pétrit les tempes.

– Oui, dit-il.

– En supposant, bien sûr, qu'il y ait une source et que vous n'ayez pas fini par vous mettre à votre compte pour diriger une opération de surveillance dans un territoire étranger.

Vidal est intelligent. Myles sait qu'il a été démasqué. Partager les enregistrements avec le capitaine était un risque, mais un risque nécessaire.

– Toutes les bonnes relations comportent des secrets, déclare Myles.

– C'est ce que je craignais.

Vidal ne ralentit pas beaucoup lorsqu'ils tournent à gauche dans le boulevard Raspail, puis effectue la manœuvre la plus périlleuse de toutes : il dérape à nouveau en faisant un demi-tour complet sur la place Alphonse-Deville avant de s'arrêter au Lutetia sur leur droite.

– J'ai besoin que vous soyez sûr, détective Forsyth. Une fois cette affaire bouclée, vous retournerez à Scotland Yard en laissant tout cela derrière vous. Je serai coincé ici. Si vous vous trompez, je pourrais tout perdre.

Ils sortent de la voiture. Myles revoit le visage d'Ingrid à l'orphelinat, juste avant qu'elle parte pour sa nouvelle famille d'accueil. Et ses larmes quand il l'a revue tant d'années plus tard et qu'elle lui a raconté ce qui s'était passé. Enfin, il voit son corps à la morgue, les paupières closes, et sa famille d'accueil autour d'elle.

– Faites-moi confiance, dit-il. J'ai passé plus d'un an sur cette enquête. Je sais qui est derrière tout cela. Si nous n'agissons pas maintenant, nous les perdrons.

82

OLIVIA

Avant

C'est aujourd'hui que j'avoue.

Depuis ce fameux matin chez moi avec Tom, je me demande comment le lui dire. J'ai passé une bonne partie de la nuit dernière devant le miroir de la salle de bains à essayer de trouver les mots justes. Je sais à quel point il est rare de trouver quelqu'un avec qui on s'imagine vivre jusqu'à la fin de ses jours. C'est un secret que je dois lui révéler.

Kyle, il fut un temps, m'a brièvement fait ressentir cela. Il était confiant, drôle et faisait bonne figure avant que le mariage ne le rende paresseux et ne le ramène à la version la plus médiocre de lui-même : celui qui laisse traîner sa serviette par terre, relève la lunette des toilettes, et qu'il faut solliciter pour aider avec la poussette, le siège-auto, les changes. Il aurait pu être différent, sauf qu'il ne s'en est pas donné la peine.

Je me suis reproché de ne pas l'avoir vu dès le départ. Mais je ne pense pas qu'il l'ait vu non plus. On ne sait pas de quel bois est fait quelqu'un tant que la vie n'exige rien de lui. Kyle était un excellent petit ami, un jeune prodige doté d'un immense talent qui n'a tout simplement pas fait le nécessaire pour être un partenaire génial à long terme, principalement parce que ce n'est pas ce qu'il voulait être. Il était heureux d'être le prodige, d'obtenir les victoires faciles, de se laisser porter par le fleuve de la vie.

Tom, lui, pourrait être différent. Je suis plus sceptique maintenant. Je ne crois pas aux contes de fées. Mais je sais aussi que je pourrais avoir un millier de rendez-vous avec des hommes tout à fait respectables sans trouver cette étincelle, cette attirance instinctive, cette familiarité immédiate. Je dois cependant être émotionnellement honnête avec lui.

Nous sommes dans un nouveau café près de chez nous. Il s'appelle Espresso Yourself, et Tom, me sentant anxieuse, rompt la tension en cherchant sur Google les pires noms de commerces qui soient : Surelock Homes (un serrurier), The Lord of the Bins (ramassage d'encombrants), Fiddler on the Tooth (un dentiste) et, mon préféré, Barber Streisand (un coiffeur). C'est drôle et ça lui ressemble. Il sait comment m'apaiser quand je suis nerveuse.

Comme toujours, il me donne mauvaise conscience avec sa boisson au curcuma, tandis que je me laisse tenter par un moka glacé au chocolat blanc, dont chaque gorgée sucrée vaut bien le péché. C'est ma façon de boire un coup pour me donner du courage. J'aimerais que nous puissions rire des jeux de mots stupides, comparer la teneur en glucides de nos boissons, et profiter de ce moment. Mais, comme toujours, la vie s'en mêle.

Si cette relation doit durer, je suis obligée d'être honnête avec lui. Je veux qu'il connaisse la personne que je suis vraiment avec tous ses défauts. Finalement, je me lance :

– Écoute, il y a quelque chose que je dois te dire.

Tom sourit, avec sa gentillesse et sa douceur habituelles.

– Un cadeau d'anniversaire en avance ? Un week-end à Paris ? Des billets pour le match de Chelsea la semaine prochaine ? Tout ou rien de tout cela ?

– C'est à propos de ce qui est arrivé à ma mère il y a des années.

Il fronce les sourcils.

– Okayyyyy. À quel point dois-je m'inquiéter ?

– Je voulais te le dire. Mais je n'étais pas sûre de notre histoire. S'il s'agissait d'une liaison à court terme ou de quelque chose de plus important. Et je n'en ai parlé qu'à mon thérapeute. Tu es donc la deuxième personne sur la planète à le savoir. Même Bonne Maman ne le sait pas. Ce n'est pas quelque chose qui me conduira en prison, pourtant cela m'a façonnée plus que je ne veux l'admettre. Pour me comprendre en tant que personne, je pense que tu dois savoir cela.

Il a l'air plus inquiet que méfiant. Il se penche vers moi et me prend la main fermement.

– Sérieusement, Liv, que se passe-t-il ? Tu peux tout me dire. Tu le sais bien.

Je sens la paume chaude de Tom sur la mienne, ce sentiment de connexion entre nous, et l'idée d'être à nouveau seule m'est insupportable.

Je ne sais pas s'il est inquiet pour moi ou pour lui. Toutefois j'ai confiance en lui et j'espère que c'est la première option. Il fait partie des gentils. Ou du moins, je veux le croire. Mais comment le savoir ? Est-ce maintenant qu'il va montrer son vrai visage ? Si je prononce les mots qui me brûlent les lèvres, les textos s'arrêteront et les projets d'avenir seront annulés.

Je ne peux plus retenir mes larmes. Je ne les remarque que lorsque mes joues sont mouillées. J'ai si souvent pleuré seule que cela me fait bizarre de pleurer devant quelqu'un d'autre.

– Hé, hé, viens là. Liv…

C'est enfin ce que j'espérais. Tom me serre dans ses bras avec la force du désespoir, comme si nous étions les deux seules personnes sur terre. Je m'apprête à lui parler de quelque chose qui m'a suivie pendant toute ma vie d'adulte et j'espère qu'il ne se passera rien de grave. Je m'ouvre plus que jamais.

Il me caresse à nouveau la main. Il n'a pas l'air ému ni paniqué. Je me rends compte que c'est l'avantage de son côté cérébral. Il n'est peut-être pas très doué pour me couvrir de compliments sur mon nouveau livre, en revanche, il est stable en cas de crise. Il sera méthodique. Il me montrera son amour par des actes.

Je pensais que je voulais le type bruyant, voyant, qui me bombardait d'amour. C'était Kyle tout craché. Mais en fait, je veux quelqu'un qui me prépare un repas, sort les poubelles, paie les tickets de parking, va chercher TJ à l'école, fait la vaisselle.

C'est ce que l'amour signifie pour moi. Je veux quelqu'un qui sera toujours là, quoi qu'il arrive. Je pense que Tom pourrait être cette personne.

Il est temps d'être honnête avec lui.

Alors je me lance.

83

MYLES

Aujourd'hui

Myles a beaucoup entendu parler de l'hôtel Lutetia ces derniers jours. Mais c'est la première fois qu'il y pénètre. C'est encore plus grand et plus impressionnant que ce qu'il imaginait.

Il n'a jamais rien eu de tout cela dans son enfance. Celle-ci ressemblait plutôt à un bed and breakfast du Lake District, dans le meilleur des cas, avec en plus des corvées et des randonnées quotidiennes obligatoires. Parfois, il se prend pour ces personnages des Monty Python qui concourent pour la pire histoire d'enfance imaginable. Pourtant tout est vrai, même s'il aimerait que ce ne soit pas le cas. L'orphelinat, le dortoir commun, la violence qui planait dans l'air en permanence. Les hôtels cinq étoiles de la rive gauche parisienne n'ont pas fait partie de son enfance.

Le Lutetia, c'est autre chose. Il n'a jamais vu un hall et des couloirs aussi éblouissants. On se croirait dans le film avec Leonardo DiCaprio, *Gatsby le Magnifique*, où tout le monde est en smoking, martinis à la main, et prend des paris sur qui va gagner les World Series. C'est aussi la première fois qu'il voit en vrai le tableau *Mémoire* de Joséphine Benoît.

C'est ce portrait qui accueille en premier les visiteurs après qu'ils ont franchi la porte tournante. Il se trouve à gauche, à côté d'une étrange statue métallique de Gustave Eiffel, que Myles devine être le concepteur de la Tour.

Le portrait se trouve au-dessus d'un banc et semble plus petit que dans son imagination. Sa réputation est telle qu'il a toujours pensé qu'il s'agissait d'une toile géante. Dessous, il y a une plaque avec le titre, le nom de l'artiste et la date à laquelle il a été exposé pour la première fois. Se faire photographier avec le tableau est presque un passage obligé pour les touristes.

Myles admire le portrait. Il en a vu une photo sur Internet, mais rien n'est comparable à la réalité. La jeune femme est assise dans la chambre 11 de l'hôtel Lutetia, vêtue de sa tenue rayée des camps de concentration, entourée du désordre que les officiers nazis en fuite ont laissé derrière eux. À l'extérieur, le chaos de Paris et la destruction totale de tout ce qu'elle a connu. C'est insupportablement émouvant et triste, mais aussi plein d'espoir. La femme mystérieuse du portrait est brisée, mais pas vaincue pour autant. Il y a de la résilience dans ses yeux, du courage dans sa posture, une survivante du pire que le monde puisse lui infliger, mais toujours déterminée à reconstruire sa vie et à retrouver ses anciens souvenirs.

Myles sympathise avec elle. Il a vécu une enfance dans le système, pas dans un camp de concentration. Toutefois le tableau a un pouvoir universel. Il évoque la souffrance, le traumatisme, les horreurs que les hommes se font les uns aux autres, mais aussi la qualité innée de l'esprit humain. C'est un hommage à l'espoir et à la rédemption.

Le charme est rompu lorsqu'il voit Édouard de Villefort et Louis traverser le hall et rejoindre Vidal à la réception. Myles a changé d'apparence, mais il y a quand même une chance pour que Louis le reconnaisse. Il éprouve une aversion immédiate vis-à-vis d'Édouard : arrogant, né avec une cuillère en argent dans la bouche, dégoulinant de privilèges. Il est de ces hommes qui ne sauront jamais ce que c'est que de passer des heures à repasser chaque pli et à lustrer ses chaussures, juste pour avoir l'impression d'être assez armé pour rivaliser avec ceux qui ont grandi pourvus de tous les avantages.

Enfin, il est proche de la personne qui se cache derrière tout cela. L'homme se dissimule derrière un masque tout en manipulant le monde.

Édouard a l'air ennuyé et maussade, tandis que Louis hoche la tête poliment, comme toujours. Il ne semble pas reconnaître Myles.

Ce dernier éprouve un mélange de soulagement et de colère.

– Où est la docteur Finn ? demande-t-il.

84

OLIVIA

Avant

Je suis contente de m'être entraînée devant le miroir. Sans cela, les mots me manqueraient.

Comment raconter un événement enfoui en vous depuis plus de vingt ans ?

– Tu m'as demandé un jour pourquoi j'ai consacré ma vie à la psychothérapie, dis-je. Ce qui m'a donné envie d'aider d'autres personnes à gérer les traumatismes de leur vie. Et je t'ai parlé de Louis, de ma grand-mère et de mon déménagement à Paris après la mort de maman. C'est l'histoire que je me raconte maintenant, mais ce n'est pas toute l'histoire. Ce n'est pas seulement que maman est morte, c'est aussi la façon dont elle est morte. C'était mon traumatisme. C'est ce que la thérapie m'a aidée à gérer.

– D'accord, dit Tom. Quoi que ce soit, Liv, on fera face ensemble.

Je secoue la tête.

– Je t'ai dit que c'était moi qui avais trouvé maman, ce jour-là. Je suis rentrée de l'école un jour et elle était là, à la table de la cuisine, avec un flacon de somnifères à côté d'elle.

– C'est vrai. Et je n'ose même pas imaginer comment cela a dû être pour toi.

– Seulement il y avait aussi autre chose. Maman était une droguée. Peu importe que ce soit l'alcool, les médicaments ou la cigarette, elle poussait toujours les choses à l'extrême. J'étais sa fille, mais parfois je me sentais plus comme son aide-soignante : toutes les pilules et les médicaments étaient enfermés chaque soir pour éviter qu'elle ne fasse une overdose.

– Cela ne ressemble pas à une enfance.

– Ce n'en était pas une, dis-je en ravalant mes larmes et en me forçant à continuer. J'étais la seule à avoir la clé, à ouvrir l'armoire à pharmacie et à compter sa dose nocturne, puis à tout remettre en place et à refermer l'armoire à double tour. Religieusement, je veux dire. Je n'étais qu'une adolescente, mais c'était ma responsabilité. Son médecin m'avait prévenue que si je ne fermais pas l'armoire à clé, maman, qui était toxicomane, ferait très probablement une overdose pendant mon absence. Parfois, j'avais l'impression que sa vie était entre mes mains.

– Liv…

– Sauf que la nuit précédant sa mort, nous avons eu une énorme dispute. La plus grosse qu'on ait jamais eue. Nous nous disputions toujours, car elle était amère et faible et s'emportait contre moi pour se sentir mieux. Je ne supportais pas qu'elle me critique alors que j'en faisais tant pour elle. J'en avais marre d'elle et de cette maison pourrie, et pour être honnête, à ce moment-là, j'ai souhaité sa mort.

Tom ne me lâche pas. Mais ses yeux se plissent.

– Qu'est-ce qui s'est passé ?

– Ce soir-là, j'étais tellement en colère. J'ai compté sa dose mais… je n'ai pas fermé l'armoire à clé. Le lendemain matin, j'ai eu une autre occasion de la fermer, sauf que je ne l'ai toujours pas fait. J'ai laissé l'armoire ouverte, Tom. Je me tenais devant et je savais ce qui arriverait si je laissais maman seule dans la maison ce jour-là, mais je ne l'ai toujours pas fermée à clé. Je l'ai laissée ouverte et j'ai pris mon sac à dos pour aller à l'école. Maman dormait encore, comme toujours. J'ai fermé la porte et une partie de moi espérait ne jamais la revoir. C'était mesquin, stupide et adolescent, seulement c'est un moment que je n'ai jamais réussi à oublier.

– Cela aurait pu être un accident, dit-il. Tu as oublié de fermer la porte, tu avais l'esprit ailleurs, ça ne veut pas dire que c'était délibéré.

– Non, Tom. Je suis sérieuse. Je me souviens de m'être trouvée devant l'armoire à pharmacie, la clé à la main, et d'avoir décidé de ne pas la fermer. Ce souvenir est clair dans mon esprit comme si c'était hier. La laisser ouverte était un acte délibéré. Je l'ai fait deux fois. Je ne pouvais plus supporter ses cris et ses injures. Je ne pouvais plus supporter sa dépendance, le fait qu'elle blâme les autres pour ses choix, qu'elle rende ma vie si malheureuse, alors que c'était elle qui avait décidé de me mettre au monde. Je cherchais un moyen de m'en sortir.

– Sérieusement, Liv, tu ne peux pas…

– Je l'ai tuée. Tout ce que j'avais à faire, c'était fermer l'armoire à pharmacie pour qu'elle ne puisse pas atteindre les pilules, et elle serait probablement encore en vie aujourd'hui. Mais je ne l'ai pas fait. Je voulais qu'elle sorte de ma vie. J'ai laissé l'armoire déverrouillée en sachant très bien qu'elle essaierait de l'ouvrir, et qu'une fois qu'elle l'aurait fait, elle prendrait toutes les pilules qu'elle pourrait et ferait une overdose. Je me souviens même d'avoir fermé l'armoire à clé avant l'arrivée de la police pour tenter de brouiller les pistes. J'étais peut-être une enfant, mais je savais exactement ce que je faisais. C'était intentionnel.

– Et quel âge avais-tu lorsque cela s'est produit ?

– Dix-sept ans.

– Je vois.

Il prend ma main droite. Il me regarde avec la douceur qui m'a fait tomber amoureuse de lui la première fois. Je sais que je le repousse parce qu'une partie de moi ne supporte pas d'être aussi vulnérable, d'avoir autant confiance en un autre être humain. Je sais qu'une adolescente ne peut être tenue moralement responsable de ne pas avoir fermé à clé une armoire. Mais la loi n'a pas autant d'importance pour moi que le poids émotionnel de cet événement. La mort de ma mère a changé ma vie. Il y a un avant et un après. J'ai beau essayer de me pardonner, rien n'y fait : je reviens toujours à ce souvenir.

J'ai une terrible sensation d'effondrement intérieur. Je suis allée trop loin. Louis comprend, néanmoins il est le seul. Tom continuera à me voir, mais il y aura une petite partie de lui qui restera à distance, même inconsciemment.

– Si c'était votre façon d'essayer de rompre avec moi, docteur Finn, alors cela s'est retourné contre vous de façon spectaculaire, dit-il.

Je ris. C'est plus fort que moi. Je ne comprends pas. Le souvenir de cette armoire à pharmacie me hante depuis vingt ans. Dans mes moments les plus sombres, je me suis traitée de meurtrière, de quelqu'un qui a laissé mourir sa propre mère au lieu de l'aider.

Ce seul acte d'égoïsme adolescent a défini l'image que j'ai de moi-même. Louis est l'unique personne à qui j'en ai parlé. C'est pourquoi notre lien est si profond. Il est le seul au monde à savoir pourquoi je suis mon pire ennemi.

– Comment peux-tu m'aimer en sachant cela ?

– Tu étais une adolescente en colère, obligée de t'occuper de ta mère alors que cela aurait dû être l'inverse, dit-il. Une seule personne a causé cette overdose, et ce n'était pas toi, Liv. Au contraire, c'est toi qui avais besoin que quelqu'un s'occupe de toi. Tu n'étais qu'une enfant, pour l'amour de Dieu.

Il m'embrasse alors, un vrai baiser larmoyant, plein de sens et de vie, et lorsque j'ouvre les yeux, je réalise que je n'avais pas d'autre choix que de m'ouvrir comme ça, de tout risquer pour voir si c'était réel. C'est ça, l'amour. Il s'agit d'une transparence émotionnelle totale. Il ne peut y avoir de barrières ou de murs. Et maintenant, je suis sûre de nous, ou du moins plus sûre que je ne l'ai jamais été. Il m'a vue telle que je suis et il est toujours là, prêt à s'engager.

La vie normale fait à nouveau irruption. Il est presque quatre heures et il a une autre réunion. Je dois aller chercher TJ. Nous convenons de nous revoir le lendemain et de parler de tout cela. Nous nous embrassons pour nous dire au revoir, en nous enlaçant avec force, décidés à faire des projets pour notre avenir.

Le soir même, je lui envoie un texto. Pour la première fois, je lui dis que je l'aime. Il me répond qu'il m'aime aussi. Cette journée s'est déroulée mieux que je ne l'aurais cru.

Ce soir-là, je me couche heureuse.

Ce sera la dernière fois que je le verrai.

85

OLIVIA

Aujourd'hui

J'atteins la salle de bal et suis presque à la porte dérobée, espérant filer avant que les flics ne me tombent dessus, lorsque les lumières s'allument brusquement. Il me faut un instant de répit. Je ne peux pas gérer à nouveau la police, pas maintenant. J'ai besoin de rassembler mes idées.

La clarté est d'abord aveuglante et il me faut un certain temps pour m'y habituer. J'entends les portes que l'on ferme et verrouille. Un homme se tient dans l'embrasure.

Il est grand, avec une coupe en brosse blond cendré, et il porte maintenant un costume élégant, des lunettes en écaille, un gilet et une barbe bien taillée.

Je le connais sans le connaître.

C'est l'homme dont je pensais autrefois qu'il ne possédait même pas de costume. La carrure militaire a laissé place à une silhouette plus massive, comme un athlète pendant l'intersaison. Il porte des chaussures cirées et s'habille avec un soin qui semblait impossible.

Mais il a les yeux de la personne qui m'a apporté un thé dans la tasse fantaisie du « Mari qui fait le minimum », m'a raconté ses problèmes à l'Unité de Mémoire, et m'a brutalement abandonnée après que je lui ai dit la vérité sur mon passé.

Il avance lentement vers moi. Je l'appelle toujours Tom. Sauf que c'était clairement un faux nom. C'est le même homme qui a placé les micros dans les téléphones de Louis quai Voltaire. Il s'est fait passer pour un patient afin de se rapprocher de moi avant le procès. Il est presque certain qu'il n'était pas en mission officielle de la police. Il travaillait en free-lance. Ce qui signifie que sa motivation était personnelle, et devait forcément avoir un lien avec Ingrid Fox.

Soudain, tout ce que j'ai dit à cet homme prend un sens différent.

– Je te promets que je peux t'expliquer, dit-il et je me rends compte que sa voix, comme ses yeux, est la seule chose qui n'a pas changé. Mais nous n'avons pas beaucoup de temps.

– Qui es-tu ?

Il sort un insigne de la poche de sa veste et le brandit.

– Inspecteur Myles Forsyth.

– Tes supérieurs sont-ils au courant de ce que tu as fait ? Je suppose que Mr Tom Lomas n'était pas une couverture officielle ?

– Non, dit-il. Effectivement.

– C'est toi qui as placé le mouchard dans le cabinet du quai Voltaire. Tu t'es fait passer pour un patient de l'Unité de Mémoire. Tu essayais d'obtenir des informations compromettantes avant le procès en diffamation afin d'aider Ingrid Fox à gagner.

– Oui.

Il a l'air si différent maintenant. C'est incroyable ce que peuvent faire une coupe de cheveux plus nette, un costume correct, une pilosité faciale plus importante. On dirait une autre personne. Mais ces yeux sont ceux dont je suis tombée amoureuse. Je l'ai laissé me tromper pendant de nombreux mois. Est-ce que je voulais être trompée ? En tant que thérapeute, j'ai vu cela arriver à des patients. Ils savent où se trouve le danger, pourtant ils courent quand même vers lui.

– Pourquoi ?

– Ingrid était ma sœur, dit-il enfin. C'est ainsi que je l'ai toujours appelée. Nous avons grandi ensemble dans le système d'aide sociale à l'enfance. J'ai vu ce qui lui est arrivé. J'ai vu ce que cet homme lui a fait, les choses qu'il lui a fait croire. Ce procès était notre seule chance d'obtenir justice. Sans toi, qui sait, ma sœur serait peut-être encore en vie aujourd'hui.

Je suis décontenancée. Je ne comprends pas.

– Ses accusations étaient fausses. Elle était instable.

– Non, dit-il. Ingrid n'était pas celle qui avait de faux souvenirs. C'est toi.

– De quoi parles-tu ?

– Olivia, ta vie entière est basée sur de faux souvenirs. Tu as cru ce qu'il t'a dit. C'est comme ça qu'il s'en sort depuis si longtemps. Tu étais en thérapie avec lui, tout comme elle. Tu ne vois pas que c'est lui qui est derrière tout ça ?

Je m'apprête à répondre quand un bruit se fait entendre derrière les portes de la salle de bal.

86

MYLES

Myles est encore sous le choc. C'est impossible à encaisser. D'autres souvenirs lui reviennent. Il se rappelle toutes ces fois, à l'orphelinat, où il jouait à pierre-feuille-ciseaux avec Ingrid. Il se souvient de la honte de ne pas avoir pu la protéger, de ce qu'il a ressenti lorsque son corps a été retrouvé. Il a échoué avant le procès, et il a échoué après. Ce qu'il fait maintenant est sa façon de tenter d'arranger les choses.

– Inspecteur Forsyth ! crie le capitaine Vidal à l'extérieur. Laissez-moi entrer. Je vous ordonne, au nom de la DNPJ, d'ouvrir cette porte.

Myles sait qu'ils n'ont pas beaucoup de temps. Vidal peut appeler des renforts à tout moment. L'hôtel entier sera entouré de policiers en uniforme. L'inspecteur n'a aucune autorité ici, et Olivia est témoin dans une affaire de meurtre. Il essaie de se remettre les idées en place pour décider de ce qu'il doit faire.

– Qu'est-ce que tu racontes ? dit-elle.

– Tu es l'experte en mémoire, dit Myles. Tu penses être à l'abri des faux souvenirs. Tu es assise dans ta tour d'ivoire et tu diagnostiques les problèmes des autres. Mais en réalité, tu en souffres plus que quiconque, Liv. C'est ce que j'ai découvert. C'est comme ça qu'il manipule ses patients et qu'il a de l'emprise sur eux.

– Ce que tu dis n'a pas de sens.

Myles sort son portable et le brandit.

– Sur ce téléphone, il y a les enregistrements audio des mouchards que j'ai placés sur les lignes de Louis de Villefort. On y entend ses conversations téléphoniques avec ta grand-mère. Il ne cesse d'évoquer un secret enfoui dans son passé que lui seul connaît. Qu'elle a assassiné quelqu'un pendant la guerre dans la chambre 11 de cet hôtel. Qu'elle a tué la vraie Joséphine Benoît, et que Louis est le seul à savoir quelle horrible personne elle est et de quoi elle est capable. C'est ce que nous appelons aujourd'hui l'emprise psychologique.

On frappe de nouveau aux portes verrouillées de la salle de bal. Le capitaine Vidal et Louis vont demander au responsable de la réception d'ouvrir. Il ne leur reste que quelques secondes. Myles et Olivia seront appréhendés. Tout sera terminé.

– Qu'est-ce que tu racontes ?

– Il ment, Liv. Il ment sur tout. Il a probablement même menti sur le fait qu'il était dans la Résistance. Il a contrôlé ta grand-mère pendant quatre-vingts ans. Mais il n'a pas pu contrôler les effets de sa démence. Lorsqu'elle a fait des aveux publics, il est devenu évident qu'elle échappait à son contrôle, il était alors urgent de la faire taire. Il en a été de même pour Ingrid. Quel meilleur moyen de faire passer votre accusatrice pour une personne délirante et névrosée que de la pousser à se suicider avant la fin du procès ?

Sinon, pourquoi penses-tu que quelqu'un d'aussi haut placé que le capitaine Vidal serait venu chercher ta grand-mère dans cet hôtel ? Louis l'a traité il y a des années, comme tant d'autres personnages puissants. Une fois qu'il a pénétré leur esprit, il a eu le contrôle sur eux. Il leur a fait croire qu'ils avaient fait quelque chose de terrible dans leur passé et que lui seul pouvait les aider. Il a menti pour avoir le pouvoir sur les gens.

On frappe à nouveau à la porte. C'est Édouard cette fois.

– Liv, pour l'amour de Dieu, ouvre cette putain de porte !

La voix de Vidal se joint à la sienne, ainsi qu'une troisième voix, celle du réceptionniste. On entend le bruit des clés qu'il sort pour ouvrir les portes de la salle de bal. Ils vont arriver d'un moment à l'autre. Le capitaine est également sur sa radio en train de coordonner les renforts. Les agents de la DNPJ peuvent encercler l'hôtel à tout moment. Il y aura aussi des policiers armés. Tous deux pourraient finir comme ce soldat de la Légion étrangère.

– Je ne comprends toujours pas, dit Olivia. Pourquoi Louis ferait-il tout cela ?

– Pour une seule raison : c'est que tous les mauvais hommes font de mauvaises choses, répond Myles. La manipulation, l'emprise psychologique – appelle ça comme tu veux – lui donnait du pouvoir. Personne n'est plus puissant avec son patient qu'un thérapeute dans son cabinet. Depuis qu'il a commencé à soigner les gens dans cet hôtel en tant qu'étudiant en médecine, Louis de Villefort s'est délecté du pouvoir psychologique que lui conférait sa position. Comme tous les narcissiques, il a besoin d'être au centre de l'attention. Dans son cabinet, en tant que thérapeute avec des patients vulnérables, il était un dieu.

À ce moment précis, la clé des portes de la salle de bal tourne dans la serrure.

Olivia regarde Myles et chacun prend sa décision.

87

LE LUTETIA

1945

Sophie

– Sophie… SOPHIE !

On la secoue pour la réveiller. Elle ne sait pas si elle rêve : elle lève les yeux et voit Louis debout au-dessus d'elle. Comment a-t-il pu entrer ici ? Elle se souvient alors que le personnel médical a des clés au cas où il devrait maîtriser un patient souffrant de flash-back.

– Qu'est-ce qui s'est passé ici ?

Louis semble inquiet, effrayé même. Il fait clair dehors, cependant les rideaux sont toujours fermés.

– Qu'est-ce qu'il y a ? dit-elle. Qu'est-ce qui s'est passé ?

Il s'éloigne et se passe les mains dans les cheveux. Il a l'air anxieux. Mais pas pour lui. Pour elle. C'est son dernier jour au Lutetia. Elle passera son entretien avec la police aujourd'hui et franchira cette porte en tant que femme libre. Il devrait s'en réjouir, n'est-ce pas ?

– Tu ne te souviens vraiment pas ?

Elle est encore dans le brouillard et il lui faut un moment pour se rendre compte de l'endroit où elle se trouve. Elle regarde autour d'elle dans la chambre 11. Elle est toujours dans l'hôtel. Il y a le lit à sa gauche.

C'est alors qu'elle la voit.

Joséphine est allongée sur le lit d'à côté. Immobile. Il y a un oreiller à côté de sa tête. Ses yeux fixent le plafond et le reste de son corps est rigide.

C'est exactement comme le souvenir de Sophie dans la baraque.

Sa plus grande peur est devenue réalité.

Elle voit la prisonnière qui la supplie de l'aider, et l'aspect de son corps, après. Sophie ressent une horrible appréhension, comme si le passé se répétait.

D'habitude, elle vérifie que Joséphine respire. Mais cette nuit elle ne l'a pas fait. Que s'est-il passé ?

– Je ne comprends pas, dit-elle en regardant Louis. Je ne…

Il s'approche à nouveau d'elle et s'accroupit près du lit. Il a les larmes aux yeux. Il lui tient la main, comme s'il avait peur de ne plus jamais la revoir.

– C'est ma faute, Sophie, j'aurais dû te faire soigner plus tôt. Je pensais que si tu tenais jusqu'à aujourd'hui, tu sortirais d'ici et je pourrais m'occuper de toi moi-même. Mais c'était naïf. Je craignais que cela n'arrive et je n'ai pas fait ce qu'il fallait pour l'empêcher. Je suis désolé, Sophie, je suis vraiment, vraiment désolé.

Elle ne supporte plus de regarder Joséphine sur le lit. À présent qu'elle se rend compte de la situation, son corps se met à trembler. Elle se souvient d'avoir voulu le faire, et des images de la baraque quand elle l'a vraiment fait, et, entre les deux, il y a un vide autour de ce qui s'est réellement passé la nuit dernière.

– Est-ce que j'ai… ?

Louis a l'air plus triste que jamais.

– Oui, Sophie, dit-il. Tu as dû le faire. Ce matin, je t'attendais dans le hall d'entrée en bas. Comme tu n'es pas venue, je suis monté dans la chambre. C'est là que je l'ai trouvée.

– Elle est bien morte ?

Louis acquiesce.

– J'ai pris son pouls. Elle est partie depuis un moment. Tu as dû le faire pendant la nuit.

– Mais je ne me souviens pas…

Elle s'arrête avant de terminer sa phrase. Le vide dans son esprit est en train de se combler. Elle se souvient de ce qu'elle a fait au camp, puis de ce qu'elle a pensé faire ici, et maintenant le reste lui revient.

– Elle m'a raconté quelque chose hier soir. Elle m'a dit qu'elle était dans la Résistance, que tu mentais et que c'était de toi que je devais me méfier. Elle a dit qu'elle en avait parlé à un officier de police et que tu allais faire l'objet d'une enquête, que tu serais sûrement arrêté.

– Bien sûr qu'elle a dit ça, dit Louis. Elle aurait fait n'importe quoi pour rejeter la faute sur les autres. C'est peut-être pour cela que tu l'as tuée. Au fond, tu essayais juste de me défendre. Tu t'es tenue près du lit, tu as pris l'oreiller, tu as appuyé. Tu ne voulais pas lui faire de mal, mais…

Oui, Sophie sent le souvenir se former dans son esprit. Elle se voit, son propre oreiller à la main, près du lit de

Joséphine, appuyer de toutes ses forces pendant que celle-ci se tortille et donne des coups de pied, jusqu'à ce qu'elle cesse enfin de se débattre. C'est peut-être ainsi que fonctionne le subconscient. Elle était outrée de l'accusation de Joséphine contre Louis. Elle l'avait défendu comme elle n'avait jamais pu défendre son propre père.

– Je l'ai tuée, dit-elle enfin en regardant le corps. Je l'ai tuée. C'est moi qui l'ai tuée.

– Oui, dit Louis en essuyant une larme. J'ai bien peur, Sophie, que ce soit la seule explication possible.

88

LE LUTETIA

1945

Sophie

Louis soupire, puis, voyant son désarroi, il s'approche d'elle et la serre contre lui.

– Il faut faire vite, Sophie, dit-il. La police de l'hôtel ne va pas tarder à découvrir le corps. Ils voudront t'interroger. Ton entretien avec la police est prévu pour aujourd'hui. S'ils découvrent que tu as tué quelqu'un, ils ne te laisseront jamais quitter le Lutetia. Ils feront ce qu'ils font toujours aux femmes qu'ils considèrent comme malades : ils t'enfermeront dans un asile quelque part. Tu sais comment sont ces endroits. Je ne peux pas laisser faire cela. Je ne les laisserai pas faire.

Elle a un haut-le-cœur. Elle a passé tellement de temps à vouloir se libérer des camps que l'idée d'un asile lui semble encore pire que la mort. Elle ne peut pas aller dans un endroit pareil. Elle ne peut pas.

– Mais qu'en est-il des choses que Joséphine a dites ? Elle m'a dit que tu avais menti sur ton appartenance à la Résistance. Elle…

– Sophie, écoute-moi. Joséphine était une femme malade. Elle n'a jamais été dans les camps. Elle t'a trahie. Si tu ne m'écoutes pas, je ne peux pas te sauver.

– Que dois-je faire ? dit-elle, alors qu'il relâche son étreinte et se lève à nouveau.

Il fait les cent pas, réfléchit, se passe encore les mains dans les cheveux.

– Je ne peux pas aller dans un asile, Louis, je ne...

Elle s'effondre. C'est à nouveau comme une sélection dans les camps. Ceux qui sont jugés aptes pour la société sont envoyés à droite, ceux qui sont jugés trop fragiles, à gauche. Elle a survécu à toutes ces sélections, par tous les moyens nécessaires, pour finir du mauvais côté de la sélection finale, ici à Paris. Son corps n'est pas blessé cette fois-ci, c'est son esprit qui l'est. Ces mauvais souvenirs l'ont poussée à faire une chose terrible. En pleine nuit, elle a mis en pratique ses pires pensées et tué la femme qui était autrefois sa meilleure amie.

– S'il te plaît, tu dois m'aider. Je ne veux pas être emmenée. C'est impossible.

Louis s'immobilise et prend une grande inspiration.

– Il y a peut-être une solution, dit-il en regardant le corps de Joséphine, puis Sophie. Je veux dire... ça pourrait marcher. C'est quelque chose que nous faisions dans la Résistance.

Il s'arrête, réfléchit encore.

– Joséphine a passé son entretien avec la police hier, n'est-ce pas ? Elle est restée pour obtenir ses papiers officiels avant de pouvoir partir ?

– Oui.

– Tu n'as toujours pas été interrogée ?

– Non.

– D'accord, il va falloir faire vite. Dès que la police trouvera le corps, nous perdrons le contrôle de la situation.

– Je ferai n'importe quoi, dit-elle. Tout plutôt qu'être emmenée dans un de ces endroits. Aide-moi, Louis, s'il te plaît.

Il est assis à côté d'elle sur le lit. Dehors, elle entend le bruit des autres clients et de l'un des responsables de la Croix-Rouge. Louis l'entoure de son bras et baisse la voix.

– Fais tout ce que je te dis, chuchote-t-il. Si on me surprenait en train de t'aider, je pourrais être impliqué à mon tour et je ne pourrais alors plus rien faire pour toi.

– Je suis désolée, Louis. Je suis désolée de t'avoir mis dans cette situation. Et… d'avoir douté de toi.

– Ne t'en fais pas pour ça. Joséphine a toujours été très persuasive. C'était une actrice, après tout.

– Tu ferais vraiment cela pour moi ?

– Dans le bonheur et dans les épreuves, dans la santé et dans la maladie… c'est ça, le véritable amour.

Sophie a connu l'enfer et pourrait y retourner, mais elle a maintenant un partenaire à ses côtés et c'est l'espoir auquel elle s'accroche. Elle a perdu son père dans les camps, alors elle ne perdra pas Louis. Ensemble, ils survivront d'une manière ou d'une autre.

– Maintenant, écoute-moi bien, dit-il. Voilà ce que nous allons faire.

89

LE LUTETIA

1945

Sophie

Sophie Leclerc est morte. Vive Joséphine Benoît.

C'est presque un soulagement de laisser Sophie derrière elle, du moins psychologiquement. La vraie Sophie Leclerc est morte au moment où son père a été mis dans une autre file à Auschwitz. Elle a disparu après cela. C'est la femme des camps qui a pris les décisions terribles qu'exigeait la survie – cuisiner pour le commandant et sa famille, fixer la ceinture posée sur le bras du fauteuil dans le bureau, aider une codétenue à mourir en l'étouffant –, perdant peu à peu toute trace de sa propre humanité.

La Sophie qui aimait la vie, marchait au clair de lune, allait à l'école en sautillant et avait la joie au cœur est morte depuis longtemps.

Elle s'apprête maintenant à quitter le Lutetia. Leurs identités ont été échangées. Sophie Leclerc est désormais le corps allongé à l'étage, attendant d'être retrouvé. Joséphine Benoît a été autorisée à sortir et peut s'en aller en femme libre. Ses trois jours de captivité ici sont terminés. Elle prend un dernier déjeuner dans la magnifique salle de bal, puis se prépare à quitter l'hôtel.

Alors qu'elle se tient dans le hall, sur le point de partir, un policier français prend congé de son collègue près de la réception et s'approche d'elle. Il polit ses lunettes avec un mouchoir.

– Vous partez ?

Elle se fige. Quelqu'un a-t-il déjà découvert le corps dans la chambre 11 ? Va-t-on se demander pourquoi Sophie a les papiers de Joséphine qui l'autorisent à quitter cet endroit ?

– J'ai mes papiers, dit-elle. Aujourd'hui, c'est mon dernier jour ici.

– Qu'allez-vous faire maintenant ? lui demande-t-il.

D'abord perplexe, elle réalise que le policier français doit penser qu'elle est Joséphine et qu'il a dû rencontrer cette dernière à l'hôtel hier. Les deux jeunes femmes se sont toujours ressemblé, mais avec le crâne rasé et les haillons, il est encore plus difficile de les distinguer, surtout pour quelqu'un qui a des lunettes et une mauvaise vue. Les papiers officiels de Sophie ont été laissés près du corps dans la chambre. C'est ainsi qu'ils l'identifieront.

– J'ai toujours voulu essayer la peinture. Et vous ?

– Je voulais vous parler de notre conversation d'hier.

Elle essaie de rester calme. Elle est à quelques mètres de la porte et de la liberté. Elle pense à Louis, à l'asile et sait que ces quelques secondes pourraient tout décider.

– Je vois.

– C'est à propos du nom que vous m'avez donné, dit-il. Louis de Villefort. Vous avez dit qu'il s'agissait d'un collaborateur qui prétend maintenant avoir travaillé pour la Résistance. Nous avons dressé une liste des résistants connus et nous n'y trouvons pas son nom. Évidemment, il est impossible d'en être sûr, étant donné la fragmentation de la Résistance. Ils n'ont ni structure ni documentation. Il est étudiant en médecine et soigne des patients ici, il sera donc difficile d'obtenir l'accord de mes supérieurs, à moins que vous n'ayez des preuves concrètes de son travail en tant que collaborateur. Mais je dois vous dire d'être prudente, mademoiselle. Il est possible qu'il ait des amis haut placés ; si le bruit court qu'il est soupçonné d'avoir collaboré et d'avoir menti sur son appartenance à la Résistance, il pourrait s'en prendre à vous et tenter de vous faire taire.

Elle veut partir d'ici le plus vite possible. Joséphine a dû multiplier les mensonges. Oui, elle était la collaboratrice, et Louis le résistant. C'est ce qu'il lui a dit, ce doit être la vérité.

– Je me suis trompée, dit-elle. Je me suis trompée de nom. Je suis désolée, mais oui… c'est une erreur.

L'officier de police a l'air décontenancé et s'apprête à parler lorsqu'il est rappelé par un collègue à la réception. Elle traverse le hall en direction de l'entrée et observe les nouveaux arrivants qui font la queue sur le boulevard Raspail. Elle se dépêche de franchir la porte tournante et commence à marcher vers les quais de la rive gauche. Elle essaie de comprendre ce que l'homme vient de dire.

C'est une journée ensoleillée et, pour une fois, un léger sentiment d'espoir flotte dans l'air. Les seuls biens qu'elle possède sont des coupons de la Croix-Rouge pour s'acheter de nouveaux vêtements et des papiers officiels pour recommencer à zéro. Le fardeau de Sophie Leclerc, rescapée des camps et orpheline, s'est envolé, comme on se débarrasse d'une vieille peau. Elle est désormais officiellement Joséphine Benoît, innocentée par la police, prête à se fondre dans la chaleur de Paris et à recommencer sa vie.

Elle se retourne et jette un dernier coup d'œil au Lutetia. Elle se demande combien de temps il faudra pour que le corps soit découvert et qu'on se pose des questions. D'après Louis, la police est discrètement chargée d'enregistrer tout décès au Lutetia comme étant survenu en transit, afin de ne pas ternir la réputation de l'hôtel. Le corps sera identifié sous le nom de Sophie Leclerc et le décès enregistré comme ayant eu lieu pendant le voyage d'Auschwitz à Paris. Seuls Louis et Sophie sauront vraiment ce qui s'est passé dans la chambre 11. Son histoire n'est qu'une parmi des centaines, voire des milliers, dans ce lieu où tant de vies ont été à jamais bouleversées par le chaos de la guerre.

Elle s'interroge à nouveau sur les commentaires de l'officier de police. Joséphine a-t-elle dit que Louis avait menti sur son appartenance à la Résistance ? Est-ce une coïncidence qu'elle soit morte si peu de temps après avoir lancé cette accusation ? Le policier l'a prise pour Joséphine et l'a mise en garde contre le danger que représentait Louis, ce qu'il pourrait faire si quelqu'un le soupçonnait d'avoir collaboré et dévoilait ses mensonges.

Mais non, elle ne peut pas penser cela. Joséphine était la traîtresse. Sa prétendue appartenance à la Résistance était fausse. Tout le monde sait qu'elle était une pute nazie. On l'a vue entrer dans tous les grands hôtels au bras d'un officier. Sophie ne sait pas ce que Louis a fait dans la Résistance, mais c'était probablement quelque chose de clandestin et de très secret.

Louis est son sauveur. Il est le vrai héros. C'est lui qu'elle doit croire. Il a dit qu'elle devait d'abord se soigner avant qu'ils ne reprennent leur relation. Il sera son thérapeute et la soignera. Une fois sa formation médicale achevée, il envisage d'installer un nouveau cabinet de consultation au-dessus de son appartement du quai Voltaire. Elle sera l'une de ses toutes premières patientes.

Louis, son Louis chéri, ne la laissera pas emmener dans un asile. Il la protégera toujours. Elle a subi tant de traumatismes. Il lui faudra beaucoup de temps pour guérir, si elle guérit un jour.

C'est le milieu de la matinée, un nouveau bus s'arrête devant le Lutetia et la foule des familles se rassemble autour. Tous regardent à travers les vitres, s'efforçant d'apercevoir les visages de leurs proches, espérant qu'aujourd'hui ils seront réunis avec ceux qu'ils aiment.

Louis lui a trouvé un petit appartement à Montparnasse où elle peut habiter pendant sa convalescence. Il lui a dit qu'il valait mieux faire profil bas pendant un certain temps. Elle a demandé du matériel de peinture pour passer le temps. Elle restera à l'intérieur, soignera ses blessures et peindra. Elle lui rendra visite pour des séances de thérapie et s'habituera à sa nouvelle vie, en tant que Joséphine et non plus Sophie.

– Vous pouvez entrer maintenant ! Un par un ! Pas de bousculade, crie l'employé de la Croix-Rouge.

La file d'attente se forme lentement. Les survivants semblent vidés de leur substance. Cette nuit, on les entendra crier ou arpenter les couloirs. Chacune de ces personnes a une histoire tragique à raconter. Des rumeurs circulent déjà sur qui sont les collaborateurs parmi eux. Il y aura des règlements de comptes et toujours plus de cadavres.

Sophie continue à marcher le long de la rive gauche, vers le reste de sa vie.

Derrière elle, à l'hôtel Lutetia, une autre journée commence.

90

OLIVIA
Aujourd'hui

J'ai à peine le temps de comprendre ce qui s'est passé. Tout d'un coup, un pan entier de ma vie change et prend un nouveau sens.

Je me revois, adolescente, montant les marches du cabinet de consultation du quai Voltaire, encore choquée et traumatisée par la mort de ma mère. Je revois Louis qui promet de m'aider à comprendre mon traumatisme, la façon dont il analyse mes souvenirs de ce que j'ai fait juste avant la mort de maman, se concentrant sur les médicaments et le flacon de pilules. Il a ressassé ce seul souvenir, transformant une pensée adolescente, née de la colère, en une vérité gravée dans le marbre.

Et maintenant, il est là. Les portes se sont ouvertes et il se tient à côté du capitaine Vidal et d'Édouard. Louis, le vieux sage que j'admirais plus que quiconque, voûté, avec sa canne et sa magnifique chevelure blanche comme neige.

J'imagine ses séances avec Bonne Maman, les mensonges qu'il lui a fait croire. Toute ma carrière a été modelée par ce seul personnage. La meilleure façon de cacher ses propres crimes est d'accuser les autres, de détourner l'attention, l'ultime double bluff. Je pense à tous les souvenirs qu'il prétend avoir retrouvés en thérapie, aux personnes qu'il a accusées, à la destruction de familles et de parents. Et je ne sais plus que croire.

– Olivia, ma chère, éloigne-toi de cet homme, dit Louis en brandissant sa canne. C'est de lui que je t'avais mise en garde. Ne lui fais pas confiance. Olivia, écoute-moi, ne crois pas un mot de ce qu'il dit.

Déjà, je recule et me dirige vers l'homme que je considère toujours comme Tom, mais dont je sais maintenant qu'il s'agit de l'inspecteur Myles Forsyth.

– Est-ce vrai ? dis-je. Est-ce vous qui avez ordonné la mort de Bonne Maman ? Lui avez-vous fait croire qu'elle était une meurtrière, comme vous m'avez fait croire que j'étais responsable du suicide de ma mère ? Ingrid Fox disait-elle la vérité ? Est-ce que je vous ai défendu, alors que, pendant tout ce temps, vous ne faisiez que m'utiliser ?

Louis secoue la tête, mais il n'a plus l'air d'un doux vieil homme. La férocité se lit dans ses yeux.

– Je ne sais pas quels mensonges cet homme t'a racontés, ma chère, tu n'es pas dans ton état normal. Cela ne m'étonne pas, du moins cliniquement parlant. La fusillade de tout à l'heure au Mémorial t'empêche de penser clairement. Cinq minutes dans mon ancien cabinet et je pourrais t'aider.

Tant d'autres pensées me traversent l'esprit. Louis a-t-il profité de moi lorsque j'étais une adolescente vulnérable ? A-t-il profité de Bonne Maman lorsqu'elle était une survivante traumatisée par les camps de concentration ?

Je regarde le capitaine Vidal et je me souviens de ce qu'on m'a dit à propos de son rôle dans une fusillade. J'imagine

Louis le pousser à la revivre encore, encore et encore, jusqu'à ce qu'au fond de lui, il finisse par s'en souvenir autrement. Et si le cabinet du quai Voltaire n'était pas un lieu de guérison, comme je l'ai toujours cru, mais la salle des machines pour des décennies de manipulation et d'emprise psychologique ? Si vous contrôlez les souvenirs d'un patient, vous contrôlez également le patient. Vous pouvez manipuler son passé, et donc son avenir.

Les derniers vestiges du masque de Louis tombent à présent. Il a l'air en colère, presque brutal, n'ayant pas l'habitude d'être ouvertement défié de la sorte.

– Je suis un guérisseur, dit-il. Depuis que j'ai travaillé dans cet hôtel après la guerre, tout ce que j'ai essayé de faire, c'est d'aider les gens.

Je vois que le capitaine Vidal est plus méfiant maintenant, qu'il réfléchit à sa propre relation avec Louis tout en regardant l'inspecteur Forsyth.

Louis se tourne vers le capitaine.

– Vous ne croyez pas à ces absurdités, n'est-ce pas ? Ils se jouent de vous, comme ils l'ont fait pendant le procès. C'est moi le bouc émissaire. Rien de tout cela n'est vrai. Des mensonges, un paquet de mensonges.

C'est à ce moment-là, dans cette grande salle de bal, que le passé semble reprendre vie. Je vois Bonne Maman telle qu'elle était à l'époque, avec son crâne rasé et ses haillons rayés. Elle mange sa part de pain, boit de l'eau, et en face d'elle se trouve Louis, l'étudiant en médecine qui se présente comme son sauveur, la rendant dépendante de lui, l'utilisant pour nourrir son monstrueux ego.

Soudain, la voix de ma grand-mère envahit la pièce.

91

OLIVIA

La voix provient du téléphone de Myles. Je réalise qu'il doit s'agir d'un des enregistrements audio des conversations téléphoniques que Louis a eues avec Bonne Maman. J'entends sa voix frêle et tremblante, c'est tellement inattendu que cela me transperce le cœur de plus de douleur et d'émotion que je n'en ai ressenti jusqu'à présent.

Le souvenir me revient sans cesse, dit la voix de ma grand-mère, avec son aura fantomatique. *Je ne sais plus où sont mes clés ni comment je m'appelle, mais ce souvenir ne cesse de surgir. Je suis dans la chambre 11 du Lutetia et je me réveille le dernier jour de ma captivité en 1945. Tu te tiens au-dessus de moi. Je regarde de l'autre côté et je vois le corps de Joséphine sur le lit. Tu me dis que j'ai agi pendant la nuit. Pourtant je ne m'en souviens pas. Je me souviens de m'être endormie et d'avoir été réveillée. Je me souviens qu'on m'a raconté ce que j'ai fait, mais pas que je l'ai fait. Je me rends compte de la différence aujourd'hui. Ma démence fait que je ne me souviens pas du présent, alors que d'autres souvenirs du passé me reviennent.*

Puis il y a la voix de Louis sur l'enregistrement. Il dit à ma grand-mère qu'elle se trompe. Que sa démence la perturbe. Ils en ont déjà parlé, dit-il avec lassitude, tant de fois auparavant. Son esprit est en train de perdre sa capacité à se souvenir de quoi que ce soit, et maintenant elle efface des bribes de vieux souvenirs pour se protéger.

Mais elle sait ce qu'elle a fait ce jour-là. Qui d'autre aurait pu le faire ? Elle s'est endormie en pensant à faire du mal à Joséphine et a agi en conséquence pendant la nuit. Joséphine est la personne qui l'a dénoncée aux nazis. Elle est responsable de la mort de son père. Ma grand-mère a tué Joséphine par vengeance et a ensuite pris son identité pour fuir l'hôtel et éviter d'être envoyée dans un asile. C'est Louis qui l'a aidée à s'en souvenir. C'est pour cela qu'elle a vécu recluse tout ce temps. Bonne Maman a assassiné quelqu'un et Louis l'a protégée.

– Stop ! dit ce dernier en faisant signe à Myles de mettre l'enregistrement audio en pause.

Le silence règne dans la salle de bal. Le vent s'engouffre par la fenêtre ouverte, comme s'il apportait la sentence. Je sens mes derniers doutes s'envoler. La vérité me frappe d'un seul coup. Je regarde Louis, l'homme en qui j'ai toujours eu la plus grande confiance, et je vois un étranger.

– Il est peut-être impossible de le prouver, mais je crois que la vraie Joséphine a travaillé pour la Résistance, dis-je alors. Elle savait que vous étiez un menteur et un imposteur. Elle essayait de vous dénoncer comme collaborateur qui avait menti sur son appartenance à la Résistance et vous ne pouviez pas la laisser faire. Elle a également fait part de ses soupçons à ma grand-mère. Vous avez donc mis au point un plan astucieux. Vous avez tué Joséphine dans la chambre 11 de cet hôtel, puis persuadé Bonne Maman qu'elle l'avait fait, faisant d'une pierre deux coups. Vous l'avez convaincue de couvrir son crime en volant l'identité de son amie et en faisant croire que la morte était Sophie Leclerc.

Louis reste silencieux.

– Tu as toujours été si naïve, chère Olivia, dit-il, comme ta grand-mère. Au fond de toi, tu voulais croire au meilleur chez les autres. Tu ne voyais pas le monde comme moi, comme nous tous pendant la guerre. J'ai fait ce qu'il fallait pour me protéger.

– Non, vous avez abusé des patients. Vous leur avez fait croire que vous étiez l'élément indispensable de leur vie. Vous l'avez fait avec Bonne Maman, et vous l'avez fait avec moi. Vous l'avez fait parce que vous aimiez le pouvoir. Vous vous en nourrissiez.

Je soutiens le regard de Louis pendant que le capitaine Vidal procède à l'arrestation. J'observe Édouard, un homme brisé, qui regarde son père se faire emmener.

Je sens Myles à mes côtés alors que, pendant un bref instant, la salle de bal semble à nouveau remplie de ces survivants d'il y a quatre-vingts ans, dans leurs vêtements rayés, avec leur dignité tranquille et tragique. Puis ils disparaissent lentement, jusqu'à ce que la pièce redevienne ce qu'elle est, rénovée et moderne, prête à héberger de nouveaux souvenirs.

Le passé ne peut plus me faire de mal.

C'est enfin terminé.

SIX MOIS PLUS TARD

92

OLIVIA

Norfolk

La main de TJ est chaude dans la mienne. Nous descendons le chemin de gravier qui mène au cottage. La côte du Norfolk s'étend au loin. Nous sommes seuls au monde. Il y a eu tant de tragédies, mais nous sommes ici pour reprendre les choses en main, pour retrouver le bonheur et la légèreté. Je suis de retour au Fisherman's Cottage.

TJ est enthousiaste et bavard aujourd'hui.

– Tu préfères…

Je souris en attendant la question. La brise marine est rafraîchissante. Il fait froid, humide et c'est délicieux.

– … avoir de la neige pour Noël ou des cadeaux ?

Je fais semblant de réfléchir.

– C'est une bonne question. Je connais déjà ta réponse.

– Quoi ?

– La neige.

– Nooooooon !

– Vraiment ? Ça veut dire que tu veux… des cadeaux pour Noël ?

TJ sourit de toutes ses dents.

– Je veux le nouveau maillot de l'Angleterre avec « TJ 10 » dans le dos.

– Je croyais que tu voulais le maillot du PSG, pour mettre en valeur ton quart français.

– C'était il y a longtemps. Je veux celui de l'Angleterre. Pas l'ancien kit, mais le nouveau. Celui qu'ils utilisent pour la Coupe du monde.

– Je suis déjà au courant.

TJ acquiesce. Il aime être clair sur des sujets aussi importants.

– C'est bien. Tu promets de ne pas oublier ?

– Je le promets.

– Parce que plus personne ne porte l'ancien maillot, maman. Il faut que j'aie le nouveau.

Maintenant, c'est maman, jamais m'maaaaaan, et je m'y habitue peu à peu. Il a neuf ans et, comme il me le rappelle souvent, il n'est plus un bébé. Je suis passée du rôle de geôlière, de taxi et de gendarme à celui d'animatrice de colo : je respecte son espace, frappe avant d'entrer dans sa chambre, et le consulte sur ses projets au lieu de le prendre sous le bras en repoussant les questions à plus tard.

Tout cela est nouveau, très déconcertant, et il me semble tout à fait anormal que dans cinq ans, il aura quatorze ans et ne voudra plus me connaître. J'ai passé tellement de temps à souhaiter la fin de l'époque des couches que je ne m'attendais pas à ce que le reste s'accélère aussi vite. Maintenant, j'essaie de ralentir le mouvement.

– J'ai dit clairement au père Noël que tout ce qui n'était pas le nouveau maillot de l'Angleterre était inacceptable, dis-je.

Mais TJ n'écoute plus. Il est déjà distrait par la vue des vagues et de la mer qui s'étend devant nous.

Nous arrivons au cottage. Il y a un petit sentier qui en part, descendant vers la plage de galets, puis vers la mer. TJ contemple cette dernière, émerveillé. Il commence à me tirer par la main. Il n'a même pas besoin de dire quoi que ce soit, je peux lire la question dans ses yeux.

– À deux conditions…

TJ acquiesce, mais je vois bien qu'il n'écoute toujours pas.

– Ne va pas dans l'eau. Et assure-toi que je puisse te voir du cottage à tout moment. Ne va pas trop loin. Sois prudent.

– Oui, oui, oui, oui.

– TJ, est-ce que tu…

Mais il est trop tard. Il s'enfuit sur le sentier en direction de la plage et de la mer. Nous avons récemment regardé les films *Sauvez Willy* sur Amazon Prime. Depuis, il est obsédé par les baleines, l'eau et la mer.

Je le garde à l'œil jusqu'à ce qu'il atteigne la plage et commence à construire un château de sable. Il fait très chaud pour cette époque de l'année et il ne s'est jamais soucié du froid. J'ouvre la porte d'entrée du cottage. Le Fisherman's Cottage n'a que deux petites chambres à l'étage, une minuscule cuisine et un coin salon en bas. La fenêtre donne directement sur la plage, ce qui me permet de voir TJ.

Je veux que cet instant ne finisse jamais.

Je prends le petit pot de cendres sur le comptoir de la cuisine, puis je retourne à l'extérieur : il est enfin temps.

Je regarde mon fils courir sur la plage, ses cheveux blonds ébouriffés par le vent, ses chaussures couvertes de sable, rayonnant de joie innocente. Je tiens l'urne contenant les cendres de Bonne Maman, comme si c'était une part d'elle, et je sais que c'est à nous de jouer maintenant.

Moi et TJ, le prochain maillon de la chaîne.

Nous aurons notre petit moment, puis ce sera au tour des enfants de TJ et de leurs enfants, et ainsi de suite. C'est ainsi que fonctionne la mémoire, après tout. Elle n'est pas seulement dans notre tête, mais dans nos membres, dans chacun de nos traits. J'ai les yeux de mon arrière-grand-père, le nez d'un oncle lointain, le gros orteil bizarre de ma grand-mère. Je suis constituée des souvenirs des personnes qui m'ont précédée.

Je suis leur héritage.

Je regarde l'urne et je vois Bonne Maman – Sophie, devenue Joséphine – debout à côté de moi. Elle n'est plus vêtue de l'uniforme du camp, la tête rasée, et elle me sourit avec ses longs cheveux bruns et ses propres vêtements. Elle a veillé sur moi au Lutetia et elle est là pour me dire au revoir.

Je pense à toutes les heures de thérapie que j'ai passées dans cette pièce du Quai Voltaire et à la façon dont Louis m'a fait culpabiliser pour la mort de maman. Ai-je délibérément laissé l'armoire à pharmacie ouverte ? Je n'en suis plus très sûre. J'ai tellement revisité ce souvenir qu'il en est devenu méconnaissable. Ces séances étaient censées m'aider ; elles n'ont fait que me blesser davantage.

J'attends que le vent se calme, puis je m'avance et j'ouvre l'urne. Je disperse délicatement ses cendres sur le front de mer, pour qu'elle soit toujours là, avec moi et TJ. Lorsque j'ose enfin me retourner, je vois que la silhouette a disparu, sa mission accomplie. Elle m'a aidée à résoudre le mystère de qui elle était, dans la vie et dans la mort, et de qui je suis aussi.

Elle m'a appris à vivre et c'est ce que je dois maintenant transmettre. C'est finalement le bien le plus précieux qu'elle m'ait donné. L'argent, le statut et le pouvoir, rien de tout cela ne nous survit. Ce ne sont pas les choses dont sont faits les souvenirs.

En fin de compte, ce qui survit, c'est l'amour.

CET OUVRAGE
A ÉTÉ MIS EN PAGES PAR NORD COMPO

REPRODUIT ET ACHEVÉ D'IMPRIMER
EN SEPTEMBRE 2025
DANS LES ATELIERS DE NORMANDIE ROTO IMPRESSION S.A.S.
61250 LONRAI

N° d'imprimeur : 2503296
Dépôt légal : octobre 2025
Imprimé en France